तुम हो मेरा ख़्वाब

(उपन्यास)

प्रणय कुमार

REDGRAB books
redgrabbooks.com

RG
books

Published By

Redgrab Books Pvt. Ltd.
942, Mutthiganj, Prayagraj, 211003
www.redgrabbooks.com
contact@redgrabbooks.com

Price in India : 250.00/- INR

First published by Redgrab Books in 2024

Printed and bound in India
Cover Design & Typesetting by Redgrab Books team

ISBN : 978-93-95697-47-7

लेखक परिचय

प्रणय कुमार बिहार के एक नौजवान पीढ़ी के लेखक हैं। अपनी धुआँधार लेखन से पाठकों के दिलों में अपनी एक अलग जगह बना लेने में माहिर हैं। कल्पना के सागर में डूब कर यथार्थ की मोती तलाश लेना इन्हें बखूबी आता है। प्रणय इंग्लिश लिटरेचर से पोस्ट-ग्रेजुएट हैं और कहानियों को उनके किरदारों की भाषा में लिखने के शौकीन भी। अपने पहले बहुचर्चित उपन्यास 'पल दो पल का प्यार' से इन्होंने पाठकों का दिल जीत लिया। कहानी-संग्रह 'ख्वाबों में भी खयालों में भी' के जरिये इन्होंने मानवीय संवेदनाओं को झकझोड़ कर रख देने वाली ग्रामीण परिवेश की कहानियाँ पाठकों के बीच लायी और तीसरी किताब 'यू आर माय ड्रीम' इन्होंने इंग्लिश में लिखी उसी का हिंदी संस्करण 'तुम हो मेरा ख्वाब' उपन्यास आज आपके हाथों में है। आप ई-मेल authorpranay@gmail.com पर प्रणय कुमार के साथ अपनी बातें साझा कर सकते हैं व सोशल मीडिया इनसे जुड़े रहने का सबसे सुलभ साधन है।

लेखक की कलम से

प्रिय पाठक! मैं इस किताब का लेखक, आपसे कुछ बातें साझा करना चाहूँगा। मैंने इस किताब के अलावा भी पहले तीन और किताबें लिखी हैं। उन्हें आपका खूब प्यार मिला। जैसा कि मेरा मानना है, किसी के लिये हिंदी भावनाओं की भाषा है, तो किसी के लिये अंग्रेजी और मैं सभी पाठकों के लिये ईमानदार बना रहना चाहता हूँ। इसलिए मैंने इस किताब को पहले अंग्रेजी में लिखा था क्योंकि मैं उन पाठकों को निराश नहीं कर सकता था जो मुझे अंग्रेजी में पढ़ना चाहते थे। उन्होंने उस किताब की खूब सराहना की और देखिए न मैंने उस किताब को आप तमाम पाठकों के लिये पुनः हिंदी में लिखा जो मुझे हिंदी में पढ़ना पसंद करते हैं। इस किताब को पढ़ने से पहले ही मैं आपको बता दूँ कि शुरूआत में आपको इसकी कहानी जातिवाद या लव-जिहाद पर आधारित लग सकती है लेकिन यह उन तमाम विचारधाराओं से अलग हट कर काफी भिन्न और संतोषजनक कहानी है। यकीन मानिए, यह किताब आपको आंतरिक खुशी देगी। साथ-साथ इसे खत्म करने के बाद आप इसपर विचार जरूर करेंगे। इस कहानी को आप पेंचिदे मुद्दों से ताल-मेल हटा कर पढ़ें। एक सरल व अकल्पित कहानी में मैं आपका स्वागत करता हूँ।

- प्रणय कुमार

आभार

यूँ तो एक पन्ने में उनका आभार व्यक्त करना मुश्किल है, जिन्होंने इस किताब के लेखन से लेकर, इसे आप तक लाने में सहयोग किया। मगर एक वाक्य में उन सभी का आभार व्यक्त करना चाहूँगा, जिनका नाम मैं इस पन्ने पर नहीं लिख सका।

- आभार जननी और जन्मभूमि का, जननी ने जन्म दिया और जन्मभूमि ने लिखने का अवसर। यदि मेरे जीवन में एक खास अवसर न आया होता, तो शायद ही मेरा रुख साहित्य की ओर मुड़ पाता। इस अवसर का हौसला अफजाई करने वाले मेरे पिता श्री दिलीप कुमार का आभार, जिन्होंने मुझे चलने से लेकर संभलने तक का हुनर सिखाया।

- मेरे बड़े भाई अभिषेक कुमार, जो व्यक्तिगत लोगों से मिल कर मेरी किताब की चर्चा करते हैं। मैं लिख तो देता हूँ, मगर प्रचार-प्रसार में थोड़ा कच्चा हूँ; वे उन सभी कसर को पूरा कर देते हैं और पाठकों तक मेरी किताब पहुँचाने के लिये सदैव सक्रिय रहते हैं।

- प्रिय मित्रों, पाठकों का आभार जिन्होंने मुझे एक लेखक के रूप में तब स्वीकार लिया था, जब शायद ही मैं इसके काबिल था। मेरी पहली किताब के प्रकाशन के पूर्व एवं पश्चात हमेशा मुझे सराहा और मुझे एक लेखक के रूप में देखना चाहा। वे बेहतरीन पाठक जो मुझे मेरी किताबों से जानते हैं। वो इनकी

समीक्षा करते हैं, अपना प्यार व्यक्त करते हैं; जो कि मुझे लेखक बने रहने को प्रेरित करता है यह मेरा सौभाग्य है कि आप जैसे पाठकों के हाथों में किताबें पहुँच रही हैं। आप न केवल किताबों को पढ़ते हैं, बल्कि उनकी चर्चा करने से भी पीछे नहीं हटते हैं।

- प्रकाशक व मेरे प्रिय संपादक-वीनस केसरी जी का आभार, कि मेरे पाण्डुलिपि पर उन्होंने सकारात्मक प्रतिक्रिया दी और मेरी किताब के लिये बेहतरीन से बेहतरीन सुझाव दिये। मेरे लेखन कार्य को हमेशा सराहा और मेरा समर्थन करते हुए किताब को प्रकाशित कर काफी दृढ़ता से पाठकों के बीच पहुँचाने का काम किया।

- बारंबार आभार ऐसी शक्तियों का जो दिखती तो नहीं, मगर हमेशा साथ रहती हैं, जिन्हें लोग ईश्वर कहते हैं-उनकी कृपा मेरी लेखन पर बनी रहती है।

भूमिका

एक अच्छा लेखक कभी भी पाठक का समय बर्बाद नहीं करता तो आइए मैं आपको इस कहानी से परिचित करवा देता हूँ जिसे पढ़ने के लिये आप अपना कीमती समय देने जा रहे हैं।

आदित्य एक बहुत ही सरल लेकिन तेज दिमाग का पढ़ने वाला लड़का है, जो भगवान में बहुत विश्वास करता है। उसके लिये प्रेम शब्द केवल भगवान और उसकी पूजा के लिये है। उसे पहली नजर के प्यार में कोई रुचि नहीं, लेकिन इस उम्र में कुछ फैसले हार्मोन्स लेते हैं। तभी उसे खुशबू नाम की एक बेहद खूबसूरत लड़की से प्यार हो जाता है।

खुशबू भी भगवान में विश्वास रखती है और आदित्य की तरह पूजा करती है। उन दोनों के बीच बहुत-सी समानताएँ हैं। तो फिर समस्या क्या है? गम इस बात का है कि आदित्य अपने भगवान की पूजा करता है और खुशबू अपनी! आदित्य धर्म से हिंदु-ब्राह्मण है लेकिन खुशबू एक मुस्लिम लड़की है। उसके लिये मान-सम्मान ही सब कुछ है। वह अपने तहज़ीब में रहना चाहती है। वह समाज के किसी भी नियम का उलंघन नहीं करना चाहती है। जहाँ आदित्य खुशबू को जीवन भर पाने के लिये सभी बाधाओं को तोड़ना चाहता है। वह समाज द्वारा बनाये गये सभी नियमों को बदलना चाहता है। हर बाधाओं को लाँघ कर वह अपने प्रेम को साकार करना चाहता है।

यदि आप इसे एक जातिवाद और भड़काऊ कहानी मान रहे हैं तो ये आपकी गलतफहमी है। यह कहानी उन सब से काफी परे है। ये लव-ज़िहादी नहीं, बजाए इससे कहीं ऊपर उठ कर यह एक अलग दास्तां रचती है। अंत में कुछ ऐसा होता है जो आदित्य के जीवन के इतिहास के उस पन्ने को उजागर कर देता है जिसके बिना उसके जीवन के मायने अधूरे थे।

इतनी सारी बाधाओं के बाद उन्हें अपना प्यार कैसे मिलता है? और क्या उन्हें उनका प्यार जीवन भर मिलता भी है? आखिर क्या अंजाम होता है आदित्य और खुशबू के अन्तर्जातीय प्रेम का?

जैसा कि आप जानते हैं, एक अच्छा लेखक अपने पाठकों का ध्यान हमेशा अपनी कहानी की ओर केंद्रित रखना चाहता है ताकि उनकी उत्कंठा बनी रहे और वे पन्ने पलटते रहें। शायद मैंने भी खुद को उन्हीं लेखकों-सा मान लिया है।

अनुक्रम

अध्याय- एक

मेरी दो किताबें प्रकाशित होने के बाद मैं कुछ हद तक तो लोकप्रिय हो ही गया था। कुछ सोशल मीडिया पर, कुछ अंजान पाठकों के बीच; जो आगे चलकर अपने बन गये और मेरा ऐसा कहना गलत नहीं होगा कि मैं दोस्तों के बीच कुछ ज्यादा ही चर्चित हो गया था। दोस्त तो होते ही हैं ऐसे। यदि आप अपने गली में बल्ला अच्छे से घुमाने लगे तो वे बातों ही बातों में आपको लॉर्ड्स के मैदान पहुँचा देंगे। मैं तो फिर भी कलम चला कर दो किताबें लिख चुका था।

मेरे तो कुछ ऐसे भी दोस्त हैं, जिन्हें ट्रेन या बस में कोई भी यदि किताब पढ़ता दिख जाए तो यह बोलने से जरा नहीं कतराते कि 'मेरा भी एक दोस्त है, लेखक है। किताब लिखता है। आपने पढ़ी है?' भले ही सामने वाला नहीं बोल दे मगर एक बार कम से कम किताब से अपनी नज़रें हटा कर देखता तो जरूर है। यदि कहीं शायद संयोग से किसी के हाथों में मेरी किताब दिख गयी, तब तो सोच ही लीजिए कि उसके सामने तारीफ के पुल बँधने शुरू हो गये। मैं उनका लंगोटिया यार होऊँ या नहीं, उस वक्त मैं सबका लंगोटिया यार बन जाता हूँ। कोई-कोई तो मुझे इतने घनिष्ठ मित्र बताते कि मानो जैसे किताब पर ऑटोग्राफ वो दें या मैं, बात एक ही है और जब वही दोस्त साथ बैठा हो तो स्टोरीबाज़ी कैसे नहीं होती।

***

दोस्तों से मेरी मुलाकात अचानक ही पटना रेलवे स्टेशन पर हो गयी। वे बी.एड. का एग्जाम देकर वापस लौट रहे थे। कई लोगों का कहना है कि ग्रेजुएशन के बाद बी.एड. करने से आत्मा शुद्ध हो जाता है। बहरहाल मैं भी अपनी आत्मा की तृप्ति के लिये ही यहाँ आया था, बस किसी को पता न चला।

"अरे वाह! धन्य-भाग्य हमारे जो आप पधारे! और सब बताइए लेखक साहब...क्या हाल-चाल हैं और यहाँ कैसे?"- दोस्तों के झुंड में से मेरा एक दोस्त मुझे कुछ ज्यादा ही तवज्जो देते हुए बोला। जिसने मुझे एहसास दिलाया कि मेरी लोकप्रियता की धज्जी उड़ायी गयी है। *लेखक साहब।*

"हाल भी ठीक है और चाल भी। वैसे आज की भीड़ बता रही है कि आपलोग परीक्षा देकर लौट रहे हैं मान्यवर।" मैंने भी मजाकिया अंदाज में उत्तर दे दिया और उनके साथ जाकर मिल गया।

"अरे! मजाक छोड़ो। हमारे बीच लेखक साहब आये हैं उत्सव की तैयारी करो।" एक और दोस्त ने धज्जी उड़ा दी। मुझे मेरा उत्तर भी नहीं मिला था कि दूसरे ने मुझसे प्रश्न पूछ डाला, "तुम किस काम से दोस्त? हमलोग तो परीक्षा देने आये थे।" शुक्र था कि उसने इस बार लेखक साहब नहीं कहा। मैंने तुरंत कह दिया, "मैं भी।"

"लो कर लो बात, अब लेखकों को बी.एड. करने की क्या जरूरत है जी! हमलोगों का तो हर तरफ से रास्ता बंद होता दिख रहा है इसलिए न जी! सुना है लेखकों को उसके किताब के खूब पैसे मिलते हैं।" इस बार मजाक में कुछ सवाल का लहज़ा था।

"लो कर लो बात। इस बात से अंदाजा नहीं लगा सकते कि तुम भी यहीं हो और मैं भी।" मैंने उसकी नकल उतारते हुए कहा।

कुछ देर ऐसी ही हल्की-फुल्की बातें हुईं फिर मैं लेखक साहब से दोस्त के रूप में बोले जाने लगा। सारे दोस्तों ने मेरी पहली किताब पढ़ ली थी और उसे पढ़े काफी दिन हो गये थे। या यूँ कहें की दिन सालों से बदल गये थे। मेरी दूसरी किताब भी आ चुकी थी। इसे भी बहुतों ने पढ़ी थी और जिसने न पढ़ी थी वे सिर्फ दाँत निपोर रहे थे। खैर, दूसरी किताब की भी तारीफ खूब हुई और

तारीफ होते-होते बात एक सवाल पर आ अटकी,

"और बताओ... आगे क्या लिख रहे हो?" सच पूछें तो इसका जवाब मेरे पास तब तक नहीं था, जब तक कि एक और बात सामने न आ गयी।

"वैसे जो कहानियाँ तुमने लिखीं हैं कितनी वाजिव हैं न? ऐसा कभी न लगा कि वो मेरे खुद के जीवन के विषय में न हो। ऐसा लग रहा था कि कहानी कभी ख़त्म ही न हो। मैं और जानना चाहता था दोस्त... खास कर प्रेम या मोहब्बत वाली कहानी।"

जब तक कि वह आगे कुछ और बताता, यह चर्चा और आगे बढ़ती; ट्रेन की हॉर्न बज गयी। हम प्लेटफार्म से ट्रेन के लोकल डब्बे में धक्का-मुक्की खाते हुए सीट की तलाश करने लगे। मेरे सफर करने का तरीका अब तक वही था- लोकल जगह, लोकल डब्बे, लोकल लोग और लोकल बातें। ये सब मेरे इर्द-गिर्द ही रहते थे।

किसी को सीट मिली, किसी को नहीं। कुछ बाजू में खरे रहे और अपना सीट बनाने का जुगाड़ करने लगे। जब माहौल थोड़ा शांत हुआ, तो एक दोस्त बोला,"मैं तो नहीं पढ़ पाया तुम्हारी कहानियाँ। मुझे भी जाननी हैं कि वो कितनी वाजिब हैं?" इसपे दूसरा, जिसने कहानियाँ पढ़ ली थीं; बोल पड़ा,"वह तो तुम किताब में भी पढ़ लोगे! जब खुद लिखने वाला सामने है, तो उससे आगे और बेहतर क्यों नहीं सुनें।"

"हाँ, हाँ, नहीं तो दोस्त होने का फायदा क्या हुआ फिर।" सबने सहमती जता दी। मैं अब तक खामोश माहौल को आँक रहा था कि कहीं ये मुझे एक और कहानी न दे दे, बजाए इसके कि मेरे मन में कोई भी कहानी नहीं चल रही थी।

फिर सब साथ-साथ मुझे कुछ न कुछ कहने लगे।

"हाँ, हाँ, शुरू किया जाए।"

"कुछ ऐसा जिससे हमें कहानियों के बारे में भी पता चल जाए।"

"और कुछ ऐसा जो हमारे लिये उबाऊ न हो जाए।"-जिसने मेरी कहानियाँ

पहले ही पढ़ ली थीं, उसने कहा। मैंने देखा कि कुछ अंजान लोगों की शिरकत मेरी ओर हो गयी थी। उस वक्त मैं खुद को लोगों से कुछ अलग, कुछ अनोखा समझ रहा था। ऐसा प्रतीत होता था जैसे सचमुच सभी मेरे बोलने का इंतजार कर रहे थे।

"एक काम करो तुम प्रेम या मोहब्बत कहानी को विस्तार से सुनाओ। मुझे तो बड़ी अच्छी लगी वो कहानी। मैं और जानना चाहता हूँ, करीब से महसूस करना चाहता हूँ। मेरा यकीन मानों दोस्त ये सबके दिलों को छू लेने वाली कथा है।" अंतिम वाक्य उसने सबको कहा, ताकि सब हामी भर दें।

जब मैंने खुद से प्रश्न किया कि क्या सच में यही सुनाया जाए? तो उसी वक्त मेरे अंदर प्रेम या मोहब्बत कहानी मेरे दिमाग में तैरने लगी। अब यदि मैं वही कहानी सुनाने लग जाता, तो आधे से ज्यादा दोस्त कान में ईयर-फोन ठूस लेते। जो बोगी में बैठे अंजान लोगों के बीच मेरा प्रभाव कम कर देता। ऐसा नहीं था कि लोगों में प्रभाव जमाने के लिये मुझे कुछ सुनाना चाहिए था। ऐसा होता तो फ़जूल की राजनीतिक बहस ही काफी थी। मैं चिंतन कर रहा था। मुझे याद आ रहे थे वे संदेश जिसमें सचमुच बहुत से पाठकों ने मुझसे कहा था कि ये कहानी न होकर उपन्यास होता तो ज्यादा दिलचस्प होता। वो कहानी मेरे जहन में घूम रही थी। फिर मेरे अंदर बैठा लेखक मुस्कुराया। उसने अनुमान लगा लिया था कि कहानी मेरा हाथ थाम कर एक उपन्यास का सफर तय करने वाली थी।

ट्रेन चलने से पहले झटके से आगे-पीछे हुई, जैसे ये मेरे शुरू हो जाने की आग़ाज थी।

***

अध्याय-दो

गाँव में खुशबू के बिना आदित्य की हालत विकृत और बेजान थी उसकी हालातों से अनभिज्ञ आदित्य अपनी दुनिया में खुद को ढालने की कोशिश कर रहा था। वह हर कोशिश कर रहा था कि उसे खुशबू की याद न आये, मगर कहते हैं न जिसे जितना भूलने की कोशिश करो वह उतना याद आता है। खास कर तब, जब उसकी यादें चारों ओर बिखरी पड़ी थी। वही सड़क, वही गलियाँ और वही मंदिर... आज भी मंदिर की घंटियों में, मंत्रों के उच्चारण में, उसका ही नाम सुनाई देता था। उसके जाने से न जाने क्यों आदित्य ने उसे एक बार भी नहीं रोका और न ही उससे संपर्क करने की कोशिश की। आदित्य के पास बस उसकी यादें थीं। ऐसा नहीं था कि वह खुशबू को देखना नहीं चाहता था, उससे मिलना नहीं चाहता था। हर वक्त उसका चेहरा आदित्य के सामने रहता था। वो चाहता तो एक दिन में उसका पता ढूँढ लेता, उसे देख आता, मगर न जाने क्यों चाहते हुए भी वह ऐसा नहीं कर पा रहा था।

कितना दिलचस्प था दोनों का मिलना। वो जगह अब आदित्य को वीरान-सा लगता था, जहाँ दोनों चुपके से मिला करते थे। आदित्य को याद आ रहा था खुशबू का उसके लिये वो बेइंतहा मोहब्बत और उसे याद था खुशबू को दिया वो वादा, जिसमें उसने कहा था कि वह उसकी खुशियों के लिये कुछ भी करेगा।

***

"एक, एक मिनट जरा रुकिए। कहीं मैंने कहानी बहुत आगे से तो नहीं शुरू कर दी? आप समझ तो रहे हैं न कि क्या सब चल रहा था?"- मैंने प्रश्न किया। चलती ट्रेन में दोस्तों की शिरकत मेरी ओर ही थी, फिर भी मुझे लगा कि मुझे अपने धुन में नहीं रहना चाहिए। कम से कम एक बार पूछ लिया जाए।

"कितना अच्छा तो चल रहा था। धीरे-धीरे सब समझ में आ जाता।"- एक दोस्त बोला।

मैंने दोस्तों और अंजान लोगों का चेहरा पढ़ा। न होते हुए भी जिनकी शिरकत मेरी ओर थी, वे मुझे और मेरी कहानी को अब तक करीब-करीब समझ नहीं पाये थे। कुछ के मन में कई सवाल थे, तो कुछ के लिये यह बस एक बातें थीं, जिसे वह सफर में समय काटने भर के लिये सुनना चाहते थे। मगर मुझे बस इतनी सी खुशी थी कि वे मुझे सुनना चाहते थे।

जब एक दोस्त को लगा कि इन बातों से बेहतर तो कहानी सुनना ही था, तो वो बोल पड़ा-"यदि तुम्हें लगता है कि तुम आगे बढ़ गये हो, तो शुरू से सुनाओ। बिलकुल एक नये अंदाज में। बचपन से शुरू करो। आखिर आदित्य और खुशबू क्या एक-दूसरे से प्यार करते थे? कब मिले वो? और दोनों अलग-अलग छोड़ पर कैसे? दोनों की जीवन शैली भी इतनी अलग? आदित्य किसी लड़की के इंतजार में था क्या? क्या वो लड़की भी उससे प्यार करती थी?"

"मुझे तो अंदाजा हो गया था कि तुमने कहाँ से कहानी शुरू की क्योंकि मैं ये पढ़ चुका हूँ। इसलिए तुम इसे एक नये फ्लेवर के साथ शुरू करो। एक नये अंदाज में।तुम वो सारी दिलचस्प बातें कह डालो जो तुम एक छोटी-सी कहानी में नहीं कह पाये। माहौल बना दो... पता न चले कि कब हमारा सफर शुरू हुआ था और कब खत्म हो गया। छा जाओ गुरू...!"

"हाँ, हाँ यही करो ना... सब शुरू से बताओ... हम सुनना चाहते हैं।"-सभी दोस्त कहने लगे।

असल में सुनाने का असली मजा तो अब आने वाला था। अब कहानी सुनने की सबकी दिली इच्छा हो गयी थी। असल में मैं भी यही चाहता था कि वे किरदारों के बारे में जान लें। अपनी रुचि दिखा दें, फिर मैं आगे बताऊँ।

"ठीक है, ठीक है, मैं कहता हूँ। अब ध्यान से सुनो, मैं बिल्कुल शुरू से सुनाने जा रहा हूँ। कहानी बहुत दिलचस्प है और इसमें तुमलोगों की दिलचस्पी भी बेहद जरूरी है।"

"हाँ, हाँ, सब तैयार हैं। अब बस तुम सुनाना शुरू करो।"

मैंने एक दीर्घ श्वाँस ली और खिड़की के बाहर गौर से झाँका, जैसे कहानी बाहर चल रही हो। सबको मेरे बोलने का इंतजार था। मैंने खामोशी तोड़ते हुए कहना शुरू किया-

***

अध्याय-तीन

ये कहानी है एक स्वच्छ व निर्मल गाँव की। जहाँ हिन्दू व मुस्लिम बिरादरी के लोग रहते हैं। किसी छोड़ से रामधुनी गूँजती है तो किसी छोड़ से नमाज अदा करने की ध्वनि। और इसी गाँव में रहते हैं वो दो दिल जो मिलने वाले हैं। जो रचने वाले हैं एक दिलचस्प कथा।

ये कथा आपको किसी दूर-दराज के शहर घूमाने नहीं ले जायेगी और न ही किसी हाई-फाई स्कूल-कॉलेज के कैंटिन में बिठायेगी। तो ऐसा मत मानिए कि इसमें मौज-मस्ती नहीं, दोस्ती-यारी नहीं, प्रेम-मोहब्बत नहीं; इसमें वो सब है। यहाँ तक कि उन जगहों के मुकाबले ज्यादा रोचक भी है। हो सकता है हमने कभी इसे करीब से देखा-सुना नहीं। तो आइए आज वही गाँव चलते हैं जहाँ फोन कॉल होना तो संभव है, मगर उससे कहीं कारगर कोरे कागज पर अपने अरमान लिख कर बता देना है।

***

गाँव काफी बड़ा था। इतना बड़ा कि यदि उन्हें टोले और मुहल्ले में नहीं बाँटा जाता, तो किसी का पता ढूँढ़ने तक में दिक्कत हो जाती इसलिए कई मुहल्ले में बँटा हुआ था। तो स्वाभाविक है कि घरभी बहुत होंगी। किसी के घर ईंट के, किसे के फूँस के और किसी के ऐसे भी जिसे देख कर अंदाजा लगाना मुश्किल हो सकता था कि वह इंसानों के रहने के घर थे या भेड़-बकरियों के। और हाँ,

किसी-किसी के घर ऐसे भी थे, जिसके अंदर भेड़-बकरियाँ और इंसान सब साथ में ही रहते थे, साथ में ही सोते थे। यहाँ जीवन गरीबी में तो जरूर सिमटी हुई थी, मगर प्यार भी यहीं पसरा पड़ा मिलता था।

लोगों को शहर जाना कभी-कभार ही नसीब होता था। गाँव शहर से काफी दूर और काफी अंदर था। वैसे शहर जाने की जरूरत भी नहीं पड़ती थी। यहाँ के लोगों के मुताबिक सब यहीं था। व्यवसायी लोग थे। बाजार था। दुकानें थीं-राशन से लेकर चाकू-छुरी तेज करने वाले तक की। कुछ दूरी पर स्कूल भी था। और दूर निकल जाए तो एक हाई-स्कूल भी था। यानी एक शब्द में कहें तो ये गाँव था, पिछड़ा देहात नहीं। कुछ लोग गाँव का मतलब समझते हैं कि जहाँ खेत के अलावा कुछ न हो। खैर, यहाँ खेत तो था ही। ज्यादातर खेत ब्राह्मणों का था, मगर उनका मौहल्ला बाजार की तरफ था। बीच में सभी जातियों के मिले-जुले, खेती पर टिके हिंदू मध्यवर्गी परिवार थे। मुसलमानों का मुहल्ला संकीर्ण गलियों वाला था। इस मुहल्ले में निम्नवर्गी परिवार ज्यादा थे। इनका गुज़ारा ज्यादातर मुर्गा-मुर्गी या बकरे-बकरी पाल कर हुआ करता था।

"पंडित जी प्रणाम! राधे-राधे! कल हमको लड़की हुई। पहले भी कर्ज था बेटी आ गयी तो और कर्ज सही। हम तो ज्यादा कुछ कर नहीं पायेंगे, इसलिए ये खीर-पूरी चढ़ाने आये हैं।" एक भक्त ने मंदिर आकर माथा टेका।

"अरे ऐसा क्यों बोलते हो। ये तो अच्छा है न कि लक्ष्मी आयी है।"

"यह बात अब किससे छुपी है कि लड़की का बाप उसका शादी-ब्याह करवाने में कर्ज में डूबा चला जाता है।"

"भगवान के घर आकर ऐसी बात करते हो। तुम्हारी बेटी खूब नाम रौशन करे। सर्वगुण संपन्न हो। तुम्हारी बेटी होने की खुशी में आज मैं सभी भक्तों को मिठाई बँटवा देता हूँ। मगर ऐसा कभी न कहना कि लड़की कर्ज होती है। भगवान ने जो दिया है वो अमूल्य है।"

"मेरी बेटी के लिये आप मिठाई बँटवायेंगे पंडित जी! सचमुच आप धन्य हैं।" भक्त ने श्रद्धा के साथ भगवान और पंडित दोनों को नमन किया।

गाँव में ब्राह्मणों के परिवार थोड़े कम थे, मगर हैसियत वालों में थे। इन्हीं

ब्राह्मणों में एक परिवार था दीपक का, जो बहुत ज्यादा हैसियत वाले तो नहीं थे, मगर इनके जैसी ख्याति पूरे गाँव में किसी की नहीं थी और ये ख्याति किसी ठग से या किसी कपट से हासिल नहीं हुई थी। ये पूर्वजों से चली आ रही थी। दीपक के पिता (जो अब नहीं रहे।) एक विख्यात पंडित थे। सालों पहले उन्होंने गाँव में कृष्ण की एक मूर्ति रख कर मंदिर का निर्माण करवाया था, जो कि अब गाँव का एक विशाल मंदिर बन चुका था और यह मंदिर विरासत के रूप में इकलौते बेटे दीपक को सौंप दी गयी थी। असल में इसका असली उत्तराधिकारी बनने के योग्य भी वही था। उसके पूजा-पाठ की विधि और प्रवचन दूर-दूर तक प्रचलित थी। जहाँ भी किसी भव्य यज्ञ या पूजा की बात होती थी, वहाँ दीपक का नाम आता था। दीपक भी विचारों का धनी था। होंठों पर हमेशा मुस्कान लिये मंदिर व भक्तों की सेवा में लगा रहता था। ऐसा कोई भक्त नहीं, जो मंदिर निराश आया और निराश ही वापस गया हो। अपने शब्दों और परमात्मा के श्रद्धा से वह भक्तों के दिल में समाया हुआ था। अपने संतान के आशीर्वाद के लिये काफी सारे भक्त आते रहते थे।दीपक किसी को नाराज जाने नहीं देता। यदि किसी के पास कोई कमी होती तो वो उसे पूरा कर देता। नवजात शिशु को आशीर्वाद देता, उन्हें प्यार से काला धागा बाँधता। मगर खुद के दिल में एक ही कमी खटकती थी। उसकी अपनी कोई संतान नहीं थी!

"हम क्या आपके बेटे नहीं है पंडित जी! हम हैं आपका बेटा।" दीपक को ऐसा सुनने को प्रायः मिल ही जाता था, फिर भी होती है न जीवन में किसी की कमी खलना जिसकी जगह कोई नहीं भर सकता था। वही कमी थी उनकी, एक संतान की। वह खूब पूजा-पाठ किया करता था। भगवान से बस एक ही आरजू थी कि उसे एक संतान हो जाए।

***

फिर एक दिन...

प्रातः चार बजे, जब स्नान कर दीपक पूजा करने आया, तो देखा मंदिर की सीढ़ियों पर एक नवजात बच्चा रो रहा था। वह अपने हाथ-पैर मार रहा था। वह इतना नन्हा-सा था कि एक चौड़े सीढ़ी में समाँ गया था। पहली दफा देखते ही

ऐसा प्रतीत होता था कि कोई उसे वहाँ छोड़ गया था।

दीपक ने तुरंत जाकर उसे सँभाल लिया, वरना वह इस बार गिर गया होता। इतनी सुबह, वो भी मंदिर में बच्चे को इस हालत में देख कर उसका दिल पसीज गया। उसे अब तक इस बात का अंदाजा नहीं था कि किसी ने उस बच्चे को वहाँ पर छोड़ दिया था।

"देखो तो इस सनकी भक्त को... भक्ति में लीन अपने बच्चे को भी कोई इसतरह छोड़ता है भला! यदि पूजा करनी ही थी तो बच्चे को भी पास बिठा लेना था!" बोल कर उसने बच्चे को गोद में उठा लिया और ऊपर मंदिर की ओर देखने लगा। उसे लगा ऊपर अंदर कोई भक्त होगा, उसीका बच्चा होगा। सीढ़ी को प्रणाम करते वक्त उसने बच्चे को रखा और ऊपर चला गया हो।

"ओ... ले... ले... कितना प्यार बच्चा है... रोते नहीं, चलो तो ऊपर चलते हैं। तुम्हारे साथ माँ आयी है या पिता?" दीपक बात करते हुए बच्चे को लेकर सीढ़ियों से ऊपर जाने लगा। बच्चा अब भी रो ही रहा था।

"कौन है अंदर...? तुम्हें इतना भी ख़याल नहीं कि तुम्हारा बच्चा कहाँ है?" ऊपर चढ़ कर उसने आवाज लगायी। देखा तो आश्चर्यचकित रह गया; मंदिर सुनसान पड़ा था। अंदर कोई भी नहीं था। दीपक के कान के नीचे पसीने का रेत बन गया। वह मंदिर के पीछे गया। झाड़ियों में चिल्लाया, "कौन है वहाँ...? मैं कहता हूँ कौन है जिसका बच्चा रो रहा है और उसे ख़बर तक नहीं...!" पत्तों के सरसराने की आवाज़ के अलावा वहाँ से और कोई आवाज नहीं आयी। जिस तरह दीपक डँटडँटकर सुनसान जगहों से पूछ रहा था, अब भय से उसका स्वर बदल गया, "कोई है...? कोई है यहाँ...?" मगर किसी ने कोई जवाब नहीं दिया। बच्चा अब भी उसकी गोद में रो रहा था।

जैसे-जैसे दिन चढ़ता गया, भक्तों और अन्य लोगों की भीड़ जमा होती चली गयी। मंदिर में दीपक की पत्नी भी आ गयी थी। वह बच्चे को सँभाले थी। लोगों में यह सवाल एक कान से दूसरे कानों तक जा रही थी कि बच्चा किसका है? किसने छोड़ दिया यहाँ?

यह बात तो पता चल गयी थी कि बच्चा इस गाँव का नहीं था। वरना अब तक बच्चे वाले को इसकी ख़बर हो जाती। सब एक-एक करके उसे देखने लगे और पहचानने की कोशिश करने लगे कि वह उस बच्चे को जानते थे या नहीं।

किसी ने उस बच्चे को पहले नहीं देखा था।

"आखिर कौन कर सकता है यह? बच्चा बहुत नवजात भी है;लड़का है। सुंदर है हृष्ट-पुष्ट है। भला इसे जान-बूझ कर कौन छोड़ कर जायेगा; वो भी यहाँ?" एक ग्रामीण ने कहा।

"वही तो समझ नहीं आ रहा है मुझे। जब मैं यहाँ आया ये सीढ़ी किनारे पड़ा था। मैंने बहुत आवाज़ दी मगर कोई नहीं था।" दीपक काफी भयभीत हो गया था। सभी को बार-बार सबेरे की यह घटना बता रहा था। अनुमान के तौर पर कुछ लोग दूसरे गाँव गये पता करने, मगर कुछ पता न चला।

सब कुछ छोड़-छाड़ कर अभी गाँव में यही चल रह था कि बच्चा कहाँ से आया, किसने छोड़ दिया उसे? संध्या हो चली थी। सूरज आधा डूब चुका था। अभी तक कहीं से कोई ख़बर नहीं आयी कि बच्चे के माता-पिता कौन थे? बच्चा रो-रो कर अब थक गया था, इसलिए अब चुप था। आरती का समय हो गया था। भक्तों की भीड़ अभी भी उतनी ही थी।

कुछ भक्त हाँफते हुए, पसीने से लथपथ आये और बोले,"पंडित जी... हमने पूरा पता किया। दूसरे गाँव में भी और उनसे भी कहा कि आगे पता करे, मगर कोई अता-पता नहीं इस बच्चे के बारे में। लगता है किसी ने दूर-दराज से आकर जान-बूझ कर इस बच्चे को यहाँ छोड़ा है।"

दीपक ने बच्चे को देखा तो वह अब रोना छोड़ खेल रहा था। उसी वक्त किसी ने मंदिर की घंटी बजायी और राधे-कृष्ण की मूर्ति को प्रणाम किया। उसी वक्त ऐसा लगा जैसे उसे देख कर बच्चे ने भी राधे-कृष्ण को देखते हुए अपने हाथ जोड़ लिये। दीपक यह देख कर अत्यंत खुश हुआ। उसके पास जाकर उसे प्यार से गोद में उठा लिया और बोला,"इसने तो अभी से ही अपनी भक्ति दिखा दी। जिसने देव को पहचान लिया। मुझे यह सूर्य की लालिमा में मिला था मैं इसे आदित्य नाम देता हूँ। मेरी भी कोई संतान नहीं मैं यही मान लूँगा कि मेरे संतान का जन्म इस मंदिर में हुआ। मैं वचन देता हूँ कि जबतक इसके परिजनों का कोई पता नहीं चल जाता है, यह मेरा बेटा है।"

सभी लोगों ने भी यही ठीक समझा। इससे अच्छा और क्या हो सकता था।

***

अध्याय-चार

इस बात के सालों बीत चुके थे। आदित्य की प्रारंभिक शिक्षा भी शुरू हुई तो वेद, ग्रंथ, चालीसा और श्लोकों से। उसका ज्यादा वक्त अपने पिता के साथ मंदिर में ही बीतता था। बचपन से उसने मंदिर, भगवान, भक्त और प्रेम ही देखा और सीखा था। वेदों, ग्रंथों और श्लोकों को सुनने की रुचि आदित्य को शुरूआत से ही हो गयी थी। यूँ कहें कि आदित्य मंदिर में भजन-कीर्तन करने में लीन ही बड़ा हुआ। एक यह भी कारण था कि उसके कोई खास चाहिते दोस्त भी नहीं थे। पढ़ने के लिये स्कूल और मन लगाने व शांत करने मंदिर, यही दो रास्ते थे उसके जीवन में। दीपक और उसकी पत्नी को भी इस बात से कोई दिक्कत नहीं थी। उन्हें तो बस संतान चाहिए था; भगवान ने उनकी सुन ली। वह साल में हर बार उस दिन मिठाइयाँ बँटवाती थी जिस दिन आदित्य उसके दामन में आया था।

"लीजिए प्रसाद... आज मेरे बेटे का जन्मदिवस है।" आदित्य की माँ मंदिर में आये भक्तों को प्रसाद दे रही थी। दीपक भवगवान के सामने अपने बेटे को बैठा कर पूजा-अर्चना कर रहा था।

"अरे वाह... देखते ही देखते कितना बड़ा हो गया ये। ये तो वही है न जो आपको मंदिर में मिला था। सच कहते हैं भगवान के घर देर है अँधेर नहीं।" भक्त ने प्रसाद लिया और इतना कह कर जाने लगा।

माँ ने पीछे मुड़ कर आदित्य को देखा और झूठी मुस्कुराहट बिखेर दी। दरअसल उसे जरा भी अच्छा नहीं लगता कि कोई आदित्य के बारे में ऐसा कहे। अब तो वह यह चाहती थी कि उसे ढूँढ़ने कोई यहाँ आये ही नहीं। इसी वजह से उसे गाँव से कहीं बाहर जाने भी नहीं देती। क्या पता वो माँ जिसकी कोई मजबूरी रही हो जिसने इस खूबसूरत बच्चे को छोड़ दिया था; वह फिर से उसे अपनाना चाहती हो। यह सोचते ही माथे पर चिंता की रेखाएँ बन जाती थीं।

आदित्य ने अपनी माँ की ओर देख कर निश्छल मुस्कान से यह जताया कि वह ऐसा न सोचे। वह उसका बेटा है और उसी का रहेगा। ऐसा नहीं था कि अभी-अभी उसने यह बात सुनी थी कि वह मंदिर में पड़ा मिला था। उसने पहले भी लोगों से यह सच्चाई सुन रखी थी। उसे इस बात की कोई परवाह न थी कि वह अपने असली माँ के पास नहीं था। जबकि वह तो अपनी उस माँ, जिसने केवल उसे जन्म दिया था, से भी बढ़ कर इस माँ को मानता था।

आदित्य के जीवन का अध्याय काफी साधारण था। अपने निर्मल स्वभाव के साथ दिन मंदिर में और रातें घर के अपने छोटे से परिवार के साथ बिताने के अलावा ज्यादा कुछ नहीं था।

***

आदित्य को इस बात का जरा भी अंदाजा नहीं था कि उसके जीवन का एक नया अध्याय अब यहीं से शुरू होने वाला था। वह जहाँ सबसे कम वक्त गुज़ारता था वहीं से वक्त अँगराई लेने वाली थी। अपने जीवन के जिस लम्हे को दरकिनार कर वह खुशियाँ ढूँढ़ने में लगा था, असल में वहीं खुशियों का समुद्र उसके लिये उफान मारेगा; उसे अंदाजा नहीं था।

आदित्य की स्कूली पढ़ाई-लिखाई तो कम होती ही थी साथ ही साथ वहाँ आना-जाना भी न के बराबर होता था। आदित्य की माँ अन्य लड़कों को अपने समूह में हँसी-ठिठोली करते देखती थी। स्कूली लड़के हँसमुख प्रतीत होते थे। मगर उनमें आदित्य को कभी शामिल न देखा। उसके चेहरे पर कभी वो चंचलता न दिखी जो इस उम्र में होनी चाहिए थीं। ऐसा लगता था जैसे वह अपने उम्र से पहले ही बड़ा हो गया था और यह उसकी माँ को जरा भी पसंद नहीं था। वह

उसकी माँ थी वह उसे जीवन के हर आयामों में देखना चाहती थी।

ऐसे में माँ ने आदित्य को सलाह दे दी कि भगवान और भक्तों के साथ स्कूल के अन्य लड़कों के साथ भी संपर्क साध ले। साथ मिल कर रहेगा तो थोड़ी सहूलियत होगी।आदित्य इतना शिष्ट था कि माँ की कोई बात काट नहीं सकता था, तो भला ये क्यों न करता। एक मधुर मुस्कान के साथ उसने इस बात को भी स्वीकार लिया कि अब से ज्यादा समय स्कूल में बीतेगा और बनालेगा रंग-बिरंगे दोस्त।

पहले तो आदित्य ने यह सब उबाऊ समझा था, मगर यह उतना भी नहीं था। कुछ दिन लगातार स्कूल जाते रहने से उसे यह एहसास हुआ कि चारों तरफ अलग-अलग होड़ लगी हुई थीं। कहीं सबसे ज्यादा मार्क्स लाने की, कहीं स्कूल का बॉस बनने की, तो कहीं एक ऐसी होड़ जिससे आज तक आदित्य कोसों दूर रहा।

अब मार्क्स लाने वाले समूह को इतनी फुर्सत नहीं थी कि किसी नये सदस्य को जोड़े और फिर उसे अपने स्तर का होने का इंतजार करे। वहाँ आदित्य के कोई नये दोस्त नहीं बने। बचे बॉस बनने वालों की तो यह लीला आदित्य को शुरू से ही पसंद नहीं थी। उन लड़कों को उसने दूर से ही नमस्कार कर लिया। वैसे एक समूह बचा था। जो किसी को नहीं ठुकराती थी; सिर्फ अपनाने का काम करती थी। जिसे मर्जी हो साथ आ जाए। यहाँ आदित्य के कुछेक दोस्त बन गये। यहाँ तो अलग ही होड़ चल रही थी। आखिर किशोरा मन चंचलता की तलाश कर ही लेता है।

उसे पता भी नहीं था कि यह सब होता भी है और इतना मजेदार भी। यदि पता होता तो यहाँ आने से इतना न भागता। शायद यहीं से आदित्य के जीवन में एक बड़ा बदलाव होना था। उसके जीवन में कोई दस्तक देने वाला था। उसे प्यार होने वाला था।

***

अध्याय-पाँच

आदित्य गलियारे से निकल कर खुशबू के पीछे सड़क की ओर भागा और तेजी से चलने लगा। उसकी नज़रें खुशबू के कामुक कमर को निहार रही थीं। फिर इर्द-गिर्द झूलते बालों की चोटी ने उसका ध्यान अपनी ओर खींचा। चोटी को देखते हुए उसकी नज़रें ऊपर उठीं और हेयर क्लिप पर बनी एक गुड़िया को निहारने लगीं जो खुशबू के अर्द्ध-पारदर्शी दुपट्टे में छिपी हुई थी। उसने अपने माथे को दुपट्टे से ढँककर दुपट्टा अपने दोनों कानों में फँसा लिया था। खुशबू जैसे सच में कोई मोहक खुशबू थी जिसका पीछा करते हुए आदित्य भूल गया था कि उसे करना क्या था... यानी उसे कुछ कहना भी था। वह खुशबू के सम्मोहन में जैसे खो गया था। वह उसके नजदीक से गुजरा और तेजी से चलता रहा, जबकि उसकी धड़कनें उससे ज्यादा तेज चल रही थीं। कुछ दूर जाकर वह रुका और खुशबू को सामने से देखने लगा। खुशबू ने उसे कनखियों से देखा और मुस्कुरा कर आगे बढ़ गयी। आदित्य भी मुस्कुराया, जबकि उसे अफसोस था कि वह आज असफल हो गया।

“पता नहीं हमदोनों के बीच कभी बातें होंगी भी या नहीं?” आदित्य ने मन में कहा।

‘खुशबू’,इस नाम के अलावा आदित्य को बस इतना पता था कि वह उसके साथ पढ़ती थी और बाकी कुछ भी नहीं। वह और ज्यादा कुछ जानना भी नहीं

चाहता था। खुशबू की खूबसूरती ही काफी थी। उसके सौम्य एवं आकर्षक मुखड़े को आदित्य पर्दे में रखना चाहता था। यानी कि अपने साथियों से दूर... वह इतनी खूबसूरत, फूल की तरह थी कि आदित्य को उसकी नज़र लग जाने की चिंता थी। खुशबू प्रायः माथे को दुपट्टे से ढँककर रखती थी। उसकी आँखें बड़ी तीखी और आँखों के ऊपर पलक जैसे आर्टिफिशियल हो। उसके गोरे-गोरे गाल जैसे कश्मीरी सेब हो। ऊपर से हँसते वक्त उनपर बने गड्ढ़े तो जानलेवा ही थे। कानों में कोई बाली नहीं, नाक में कोई नथिया नहीं, गले में कोई हार नहीं, कोई श्रृंगार नहीं; फिर भी खूबसूरती की परिभाषा जैसे खुशबू को देख कर की गयी हो। जिस रास्ते से गुजरती थी, सचमुच में रास्ते जैसे फूलों की महक से सुगंधित हो जाया करती थी। खूबसूरती की जीती-जागती मूरत थी खुशबू।

एक महीने पहले।

जब आदित्य के कुछ साथी-संगी बन गये थे और उनसे खुल कर बातें साझा होने लगी थीं तब उसे स्कूल के अंदरूनी माहौल का अंदाजा हुआ। क्यों पढ़ाई से कोसों दूर भागने वाले लड़के भी यहाँ हाजिरी लगाते थे। (हालाँकि पूरी तरह नहीं, क्योंकि यहाँ कई गुट थे और सभी गुटों में अलग-अलग चीजें प्रचलन में थीं।) कई लड़के तो बॉयज स्कूल से ज्यादा वक्त गर्ल स्कूल के बाहर बिताते थे।

"पढ़ाई अपनी जगह है सही है, उसमें कोई कोताही नहीं। मगर इस शरीर के अंदर जो बावला इंसान छुपा है उसका क्या?" आदित्य का एक साथी बोला और शरारती मुस्कुराहट उसके चेहरे पर पसर गया।

"यानी कि यह सब उस बावले इंसान के लिये हो रहा है। अपने लिये नहीं?" आदित्य इन सब में अभी थोड़ा-सा कच्चा था इसलिए यह प्रश्न किया। सभी हँसने लगे। आदित्य ने फिर कहा,"क्या गलत कहा मैंने? हमारा शरीर एक है आत्मा भी एक और इसलिए हमें जिसकी भी इच्छा होनी चाहिए उसे किसी और शख्स के नाम क्यों करना? जो भी होना चाहिए वो हमारे हृदय से हमारे हृदय के लिये होना चाहिए।"

"आपने बहुत अच्छा ज्ञान बघारा महाशय! आपको कोटी-कोटी नमन।"-

दूसरे साथी ने उसका उपहास उड़ाते हुए कहा। फिर भी आदित्य को बुरा नहीं लगा। सब हँसने लगे। रोज स्कूल से लौटते वक्त यही सारी बातें हुआ करती थीं। आज भी हो रही थी। आदित्य उनके साथ चल रहा था और कई प्रश्न कर रहा था। किसी के उत्तर मिलते और किसी में हँसी छूट जाती।

वे लोग तो गप्प-सरक्का करते हुए घर लौट रहे हैं तब तक आप यह जान लीजिए कि असल में बात क्या हो रही थी। और माजरा क्या था?

आये दिन आदित्य और उसके साथियों के माहौल में कुछ अप्रत्यक्ष बदलाव होने लगे थे। ऐसा कुछ जो कुछ अन्य लड़कों में पहले भी हो चुके थे और अब वह किसी मुकाम पर थे। यह एक ऐसा वक्त था जो चुनौतियों से भरी पड़ी थी। इसमें एक खास चुनौती-किसी लड़की को दोस्त यानी गर्लफ्रेंड बनाना सबसे बड़ी चुनौतियों में से एक थी और मजेदार भी। कितनों के जीवन में यह चुनौती पहली बार आयी थी। इस चुनौती का सामना आदित्य भी कर रहा था। मगर उसका साफ दिल किसी छल-कपट को किसी पर आजमाना नहीं चाहता था। जब उसके साथी किसी गंगा-यमुना जैसी लड़की के बारे में बात कर रहे होते तो आदित्य का दिल भी किसी नदी को तलाशता; मगर उसके नैन किसी भी नदी में गोते न लगा पाते। कभी-कभार उसके पैर किसी पहल के लिये तेजी से आगे बढ़ते, मगर उसके दिल की धड़कन, उसके कदमों को मात दे जाते। वह तबतक कोई पहल नहीं करना चाहता था, जबतक उसका दिल भी उसका साथ न दे दे।

"तुमलोग कर कैसे लेते हो यार... मेरी साइकिल की गती तो गर्ल्स-हाई-स्कूल के निकट आते ही उल्टे और बढ़ जाती है।" आदित्य ने अपने साथियों को अपनी परेशानी बतायी।

"वो इसलिए... क्योंकि तुम अपने धड़कनों का ताल-मेल अपने पैरों से कर देते हो। धड़कनें बढ़ेंगी, मगर तुम्हें लंबी साँसें लेनी हैं और खुद पर काबू पाना है।" एक ने ऐसे कहा जैसे इन सब में पी.एच.डी. कर रखी हो।

दरअसल आदित्य के दोस्त भी चाहते थे कि वो इस चुनौती में उनके साथ रहे। ये चुनौती आसान नहीं थी जब वे बॉयज स्कूल में थे और उनका लक्ष्य गर्ल्स स्कूल की ओर था। बस एक सुविधा यह थी कि गर्ल्स स्कूल रास्ते में ही पड़ता

था। आते-जाते वहाँ मंडराना काफी आसान था।

अब आते-जाते साइकिल की ब्रेक गर्ल्स हाईस्कूल के निकट लगने लगी थी। सड़क के किनारे चाय वाले की दुकान पर उधार चलने लगा था। यूँ ही कहीं रुक कर दाँत चिंगम चबाने लगे थे। बेवजह कितनों की साइकिल पंचर होने लगी थी और नज़रें एक खास गेट पर टिकने लगी थी।

दोस्तों के साथ आदित्य की वार्तालाप जारी थी।

"कैसे करूँ? कोई तो वजह होनी चाहिए। अभी तक कोई ऐसी मिली नहीं जिसके लिये धड़कनें और पैर दोनों वहाँ रुकजाए।"

"रुकोगे तब तो वजह मिलेगी।" दूसरे ने पीछे से कहा। सभी क्लास में थे। अध्यापक को आने में थोड़ी देरी क्या हुई, ये लोग शुरू हो गये।

"हाँ, हाँ, सही है भाई... पूजा-पाठ में रुकने वाले को अचानक ही कहीं और रुकने बोल दोगे तो एकाएक कैसे हो पायेगा उससे। थोड़ा टाइम तो दो यारों।" दूसरे साथी ने आदित्य के मजे लिये मगर उसपर उतना कोई प्रभाव नहीं पड़ा।

"माँ ने केवल यह कहा था कि हमारे जीवन में दोस्तों का होना अहम है, मगर उन्होंने ये तो नहीं कहा कि मैं ये सीखूँ कि मुझे अपनी साइकिल की गति कब तेज करनी है और कब अत्यंत धीमी। यदि उन्हें ये सब पता चला तो कुछ अटपटा नहीं लगेगा?"

"हम कौन-सी तुम्हारी शादी करवा रहे हैं दोस्त। हम भी तो दोस्ती करने ही कह रहे हैं। बस अंतर ये है कि वो दोस्त उधर रहती है और हम इधर बैठे हैं।" एक दोस्त ने आदित्य के पीठ पर अपना हाथ रख कर दुलार से कहा। असल में आदित्य अपने दोस्तों में सबसे रूपवान था। उसके दोस्त ऐसा सोचते थे कि यदि किसी लड़की से आदित्य की दोस्ती हो जाए तो उनके लिये भी एक मार्ग खुल जायेगा। (मगर उन्हें मार्ग चाहिए ही क्यों था? दोस्ती करनी ही क्यों थी? इसका जवाब किसी के पास नहीं था)।

इतने में दूसरे दोस्त ने सलाह दे डाली- "तुम इधर-उधर की बातें मत सोचो। तुम सिर्फ मछली की आँख पर ध्यान लगाओ। ऐसा तीर चलाओ कि सीधे निशाने पर जा लगे।"

कुछ क्षण गंभीरता से गुजरे, फिर सबकी हँसी छूट पड़ी।

...

आदित्य का उबाऊ मन भी इन सब में गोते खाने लगा था। उसके लिये यह महज एक ट्रेंड में चलने वाली कोई चुनौती नहीं थी और न ही वह खुद के अंदर बैठे किसी बावले इंसान के लिये यह सब करना चाहता था। वह चाहता था जो भी हो सुखद हो, आनंदमय हो। उसे अपने साथियों की तरह किसी लड़की की तलाश नहीं थी। हाथ पकड़कर स्कूल तक साथ चलने वाली गर्लफ्रेंड-वर्लफ्रेंड उसे नहीं चाहिए थी। वह बस इतना चाहता था कि कोई तो हो... जिसके लिये वह एक अलग एहसासों को बयां कर सके। मगर अब तक उसके दिल में ऐसी कोई हरकत नहीं हुई थी, जिसके बारे में उसके साथियों ने उसे बताया था। दिल में हलचलाहट मच जायेगी, फेवरेट वाद्ययंत्र गिटार, वायलिन बजने लगेगा। मगर अब तक आदित्य के मन में सिर्फ डमरू ही बजते रहे थे। उसे लगने लगा था कि यह सब बातें शायद सबपर कारगर नहीं थीं।

फिर एक दिन वे बातें सच हो गयीं, जिस दिन आदित्य की नज़रों ने खुशबू को देखा।सहसा उसके सौम्य मुखड़े को देखता ही रह गया। उसकी एक सहेली ने उसका नाम पुकारा। उसके गालों पर डिम्पल्स निखर आये। आदित्य के साथियों की कही फिल्मी बातें, जो आदित्य पर अब तक कारगर नहीं हुए थे; न जाने जैसे एकाएक सच होने लगे। उसके दिल में हलचल मच रही थी, मन में गिटार बज रहा था। आकर्षण का ऐसा गहरा प्रदर्शन आदित्य के दोस्त देखने से अनभिज्ञ रह गये। आदित्य ने भी उनसे यह बात छिपा ली कि उसकी अंतरात्मा में हलचल-सी उठ गयी थी। वह शालीन स्वभाव का था। लड़कियों से ज्यादा शर्म उसमें भरी पड़ी थी (मगर वह डरपोक नहीं था)। खुशबू से एक क्षण आँखें मिल जाने से वह पानी-पानी हो गया। अपने दिल में उठ रहे तरंगों को उसने बिना अपने साथियों को इसकी खबर दिये अपने अंदर ही शांत कर लिया। असल में उसका कोई करीबी दोस्त नहीं था, क्योंकि वह थोड़ा अलग-थलग था। उसका आचार-विचार औरों से जल्दी मिलता नहीं था। जो उसके साथ पढ़ते थे वे केवल उसके साथी थे, कोई बहुत करीब नहीं था।

"क्या हुआ चल न... आज तो तुम्हारी साइकिल की ब्रेक कुछ ज्यादा देर ही लग गयी है। चल सब जा चुकीं।" आदित्य के दोस्त ने उसके खयालों में दखल देकर उसे टोका।

"हाँ, हाँ चल। मुझे लगा चेन उतर गयी।" इतना बोल कर आदित्य ने बात टाल दी, जो उसके अंदर चल रही थी। कुछ क्षण पहले वो सब उसके साथ हुआ...जिसे वह अनदेखा कर रहा था।

आदित्य ने ऐसा भी सुना था कि हर चीज को सबके साथ साझा नहीं किया जाता। कुछ चीजों को मंत्र की तरह गुप्त रखना चाहिए। आदित्य ने खुशबू को भी किसी मंत्र की तरह छिपा लिया। आदित्य अपने साथियों को नहीं बताना चाहता था कि क्षण भर पहले उसके दिल में जिसने हलचल मचा दी वह कौन थी।

***

अगले दिन।

साथियों के साथ स्कूल से लौटते वक्त आज आदित्य साइकिल को पैदल टहला रहा था। सोच रहा था जाने-अनजाने में आज भी खुशबू उसे दिख जाए। वह तो शुक्र था कि उसकी किसी सहेली ने खुशबू को पुकारा और उसका नाम पता चल गया। इसके अलावा उसके बारे में और कुछ भी पता नहीं था। एक तरफ खुशबू के बारे में और जानने की इच्छा हो रही थी तो दूसरी तरफ ख़ुद के भीतर जो कुछ हो रहा था, उसे समझना भी उतना ही जरूरी लग रहा था।

"अच्छा यह बताओ कि वो सभी बातें जो तुमलोगों ने मुझे चिपकाईं हैं; वो सब तुमलोगों पर लागू होती हैं या नहीं? क्या दिल में उफान मारता है? क्या अंदर ही अंदर कुछ हलचल-सी होती है? क्या कोई वाद्ययंत्र सचमुच बजते भी हैं?" आदित्य ने जान-बूझ कर पूछा, ताकि ख़ुद की स्थिति का अंदाजा लगाया जा सके। ये सब सबके साथ होता है या सिर्फ वही ऐसा था, जिसका मन अब किसी समुद्र में गोते खा रहा था।

"तुम हमारी इतनी चिंता मत करो। कभी-कभार हम ख़ुद भी मन में

वाद्ययंत्र बजा लेते हैं।" उसका एक साथी बोला।

"क्योंकि हमें अपनी एलबम निकालनी होती है न, इसलिए।" दूसरे साथी ने भी मजाकिया अंदाज में कहा।

"यानी मुझे छोड़ कर सब-के-सब कम्पोजर हैं यहाँ।" इसबार आदित्य भी मजाक में बोला। सभी हँसने लगे। ठहाके मारने लगे। साइकिल घरकाते वक्त आदित्य की नज़रें अब भी दायें-बायें घूम रही थीं,खुशबू को तलाश रही थीं।

साइकिल घरकाते हुए आदित्य घर के समीप आ गया, मगर आज खुशबू उसे नहीं दिखी। घर आकर अपना बस्ता-वस्ता बिछाँवन पर धराम से रख दिया। कमरे में सब बिखरा-बिखरा था। उसके अंदर का भी ठीक यही हाल था, सब बिखरा-बिखरा था।

यूँ तो आदित्य कभी खाली नहीं बैठता था। कुछ न कुछ करता रहता था। मगर इस वक्त न कोई पाठ पढ़ा और न ही शायद कुछ सुन भी रहा था। वह अपने ही धुन में था, अपने ही खयालों में खोया हुआ। बस वह एक बार खुशबू से बात करना चाहता था। उसकी आवाज सुनना चाहता था।

जब पहली बार उसकी माँ ने उसे ऐसे देखा, तो बोले बिना रह नहीं पायी,"क्या हुआ बेटे... मन लग गया न स्कूल में। तुम्हारे तो नये दोस्त भी बन गये हैं न अब। तुम्हारी शक्ल बता रही है कि अब तुम्हें यहाँ हीं मन नहीं लग रहा... तुम तो बस कल के इंतजार में हो।"

आदित्य ने अचंभित आँखों से अपनी माँ की ओर देखा। वे ऐसे मुस्कुरा रही थीं, जैसे उन्हें सब पता चल गया हो। उनके अगले शब्द को सुन कर आदित्य ने चैन की साँस ली।

"यही तो होता है, जब तुम अपने जैसों के संपर्क में आते हो। और तुम रहे सब दिन अकेले, इन मंदिरों के इर्द-गिर्द। ऐसा नहीं है कि यहाँ रहना कोई गुनाह था, जो मैंने तुम्हें फटकार कर स्कूल भेजा। मगर इस बात को समझो सब समय की माँग पर होती है। जो समय के अनुसार उचित हो वही ठीक होता है। अभी तुम्हारी उम्र है अपने उम्र के लड़कों के साथ रहने की। उनके साथ पढ़ने की। इसलिए मैंने तुम्हें जबरन भेजा और मुझे काफी खुशी है कि तुम खुद को बदल

रहे हो। सब समय की माँग है...” इतना बोल कर वह चली गयीं। उन्हें जरा भी अंदाजा नहीं था कि उसके बेटा का मन समुद्र की लहरों में गोते खा रहा था।

माँ के जाते ही आदित्य ने ख़ुद के मन में दोहराया, ‘सब समय की माँग है।’ शायद अभी समय की माँग यह है कि मैं उससे बात करूँ। आखिर आज तक मेरा मन पहले इस तरह कभी बेताब नहीं हुआ था। कम-से-कम उसे जताना भी तो जरूरी है कि वो पहली लड़की है, जिसने मेरी बेताबी बढ़ा दी है।

आदित्य अपने आप में काफी देर तक मंथन करता रहा। अपने मन में उठ रहे तरंगों से वह कुछ भयभीत, तो कुछ प्रसन्न भी था। आखिरकार ये तरंगे उठ तो रही थीं। मन-ही-मन आदित्य खुशबू का चेहरा याद कर उसपर फिदा था और अब दिल के हलचल को सँभाल पाना मुश्किल लग रहा था। यह प्यार था या आकर्षण या मोह या फिर उसकी अदाओं का कोई जादू; इन सब का जवाब अब खुशबू ही दे सकती थी। मगर उसे इन सवालों के जवाब चाहिए ही क्यों थे? इसका भी जवाब उसके पास नहीं था। उसे बस यह पता था कि उसके अंतरात्मा में जो कुछ हो रहा था वह सामान्य नहीं था।

***

अगले दिन।

रात बड़ी मसक्कत से बीती थी। आदित्य नहीं चाहता था ऐसी किसी रात का सामना उसे करना पड़े। अब तो एक पल भी खुद को रोक पाना गवारा न था। वह एक ऐसे भक्त की तरह स्कूल की ओर गया, जिसे आज भगवान को चढ़ावा चढ़ाना हो।

आदित्य गली में था। उसके दोस्तों को इस बात की खबर नहीं थी कि आज वह पहले ही निकल चुका था। आदित्य नहीं चाहता था कि उसके और खुशबू के बीच कोई बाधा बने या कोई कुछ ऐसा कर दे जिससे खुशबू से निगाहें मिलाना भी संभव न हो। वह अकेला खुशबू के आने का इंतजार कर रहा था। उसके इन रास्तों से गुजरने के इंतजार में पल-पल उसकी बेचैनी बढ़ती जा रही थी। अगले ही पल उसकी निगाहों ने खुशबू को तलाश लिया। वो आज भी ठीक

वैसे ही अपने चेहरे को अपने दुपट्टे से ढँक कर थी, जैसे कि पहली बार आदित्य ने उसे देखा था।

इस पल दिमाग में बेचैनी थी और दिल में घबराहटों का पहाड़ टूट रहा था। फिर कुछ तर्क-वितर्क किये बिना एक पल गँवाये वह गली से बाहर निकल कर खुशबू के पीछे सड़क की ओर भागा और तेजी से चलने लगा। उसकी पीठ आदित्य की ओर थी। वह उसे निहार रहा था...

आज बस इतना ही हो पाया। बस खुशबू को इस बात का एहसास हुआ कि कोई लड़का उसका पीछा कर रहा था। उससे कुछ कहना चाहता था। जब वह आगे आया तो खुशबू ने उसे कनखियों से देखा। उस लड़के के दिल की घबराहट को भाँप कर खुशबू मुस्कुराई और आगे बढ़ गयी।

“पता नहीं हमदोनों के बीच कभी बातें होंगी भी या नहीं?” आदित्य ने मन में कहा।

आज उसे खुशबू के दर्शन भर से काम चलाना था। आज तो उसके करीब जाने में ही पूरी हिम्मत झोंक दी थीं मगर अगली बार पूरी तैयारी के साथ उसका सामना करेगा, यह उसके मन में चलता रहा और वह अपने स्कूल की तरफ बढ़ रहा था।

***

अध्याय- छः

वर्तमान में।

अब रातें पहले से दिन के मुकाबले और भी ज्यादा बदतर होने लगी थीं। दिन-रात आदित्य के जहन में बस एक ही नाम था-खुशबू। कभी पछतावा कि काश! उस दिन उसने उससे कुछ कह ही क्यों नहीं दिया तो कभी हौसलाअफज़ाई कि बस एक बार वैसा ही मौका फिर मिल जाए, इस बार उसे अपनी यह हालत बता कर ही रहेगा।

एक तरफ उसका चंचल मन था, जो बार-बार उसी फिज़ा में लहराना चाहता था तो दूसरी ओर उसका समझदार मस्तिष्क, जो उसे धैर्य रखने को बोल रहा था। इन दोनों में वह संतुलन बना कर खुद को संभाल रखा था। कुछ दिन बीत गये थे, मगर खुशबू उस दिन के बाद उसे नहीं दिखी थी। वह उसे देखने के लिये बेताब था।

"आज तुम्हारा भाई तीर चलाने जा रहा है। उम्मीद करता हूँ कि हर निशाने को भेद दे।" आदित्य ने मजाकिया भाव को लेकर फिल्मी अंदाज में बोला। इसपर उसके दोस्त का उत्तर मिला,"सो कितने हैं तुम्हारे निशाने पर... एक पर ही लगाना और ऐसा लगाना कि जख़्म गहरा दे जाए, रातों की नींद छीन ले उससे।"

"और एक बात याद रखना। आज कल लड़कियों को ज्यादा गंभीर बंदे पसंद नहीं आते। थोड़ा सामान्य ही रहना और खुल कर बातें करना।" दूसरे दोस्त ने यह जोड़ दिया।

आदित्य ने जैसे अपने तीर व कमान को अपने कंधों पर टाँग लिया था और निकल पड़ा था अपना करतब दिखाने। उसने अपने दोस्तों से उसी अंदाज में कहा,"बस मुझे स्वतंत्र छोड़ देना, ताकि मैं स्वच्छंद निर्णय ले सकूँ। ये मेरे और मेरे अंतरात्मा की लड़ाई से निकल कर एक वास्तविक पृष्ठ-भूमि पर घटित होने जा रही है; मैं इसमें कोई रुकावट नहीं चाहता।"

"जो आज्ञा।"

समय से काफी वक्त गुज़र गया मगर खुशबू अब तक मेन गेट से होकर स्कूल के अंदर जाती न दिखी। आदित्य के माथे पर रेखाएँ उभरी हुई थीं। वक्त बीत रहा था। सभी साथी हौसला अफ़ज़ाई करते हुए जाने लगे थे -"चाहे जो हो भाई, अच्छी ख़बर लेकर लौटना।"

"वो तुम्हें आँखें दिखायेगी, मगर तुम डँटे रहना। लड़कियाँ कॉन्फिडेंट लड़के को ज्यादा पसंद करती हैं।"

"यदि सहेलियों के बीच घिरी हो, तो पुराना पैंतरा आज़माना; कोई चिट्ठी लिख कर उसकी ओर फेंक देना।"

"और हाँ, उसकी हरकतों पर ध्यान देना। यदि उसकी नज़र जूती की तरफ हो, तो उससे नज़रें बचा कर भाग लेने में ही तुम्हारी भलाई होगी।"- ये सब कह कर वे लोग अपने स्कूल की तरफ चल दिये।

आदित्य तो पहले ही मन बना कर आया था कि आज खुशबू की महक अपने साँसों में लेकर ही वापस जायेगा। वह एक पेड़ की छाँव में बैठ गया, बाकी सभी साथी चले गये। नज़रें अब भी मेन गेट पर ही टिकीं हुई थीं। सच में ऐसा लग रहा था जैसे वह कोई तीर चलाने वाला था। गेट उसका लक्ष्य था और उसकी बोली-तीर, कमान। अभी वह अंदर-ही-अंदर किसी मंत्र की तरह कुछ पढ़ रहा था-

ये ब्वॉयज और गर्ल्स स्कूल होते ही क्यों है?

काश! कि हम दोनों के स्कूल एक होते।

अब तक उसे देखने में मैंने देरी भी न की होती।

हो सकता था कि अपने दिल की बात मैं उसे कह भी दिया होता।

खैर... अब भी ऊपर वाले से मनाता हूँ कि मेरे साथियों जैसे लड़के अबतक उसके पीछे न पड़े हों। बाकी मुझे ख़ुद पर भरोसा है कि मुझे सिर्फ अपने दिल की बात उसे बतानी है; वह ख़ुद-ब-ख़ुद मुझे अपना लेगी।

दोपहर की धूप, पेड़ के पत्तों से छन कर भी गर्माहट दे रही थी। मगर आदित्य टस-से-मस न हुआ। यह उम्मीद तो मर ही चुकी थी आज खुशबू का दीदार होगा। फिर भी न जाने क्यों आदित्य वहीं पड़ा रहा। कहीं और जाने से बेहतर था कि अपना आज का दिन खुशबू के नाम कर दे। उसने फैसला कर लिया था कि आज हटेगा नहीं। एक उम्र आता है, जिसमें हर बात की कुछ अलग ही बात होती है। आदित्य इसी पड़ाव पर था। इस वक्त उसका हर एहसास नया था। हर फैसले नये थे। इस उम्र में कुछ फैसले मस्तिष्क नहीं, हॉर्मोंस लेने लगते हैं। ध्यान किताब के काले अक्षरों से भटक कर विषमलैंगिक सौंदर्यता को तलाशती है।

आखिरकार वह दूसरा वक्त भी आ गया जब खुशबू का दीदार हो सकता था। चार बज गये। छुट्टी की घंटी की आवाज आदित्य के कानों तक पहुँची। तुरंत उसके शरीर में फुर्ती आ गयी और वह उठ कर बैठ गया। नज़रें फिर से मेन गेट की ओर स्थिर थीं। लड़कियों का झुंड निकला। हर लड़की पर आदित्य की ऐसी निग़ाह थी, जैसे वह हर किसी में खुशबू को ढूँढ रहा हो। फिर उसकी नज़रें और उसके कदम झुंड की किसी एक चलती हुई लड़की के कदमों के साथ-साथ गतिमान होने लगे। उस लड़की की छवि में आदित्य खुशबू को देख पा रखा था। उसने अपना चेहरा अपने दुपट्टे से ढँक रखा था। इस वजह से उसका ठीक अंदाजा लगा पाना थोड़ा कठिन था।

वह उस जाती हुई लड़की के पीछे चल दिया। फिर उसके कदम कुछ और तेज़ हो गये। जब थोड़ा उसके करीब-करीब पहुँच गया तो उसने कुछ महसूस

किया। उसकी धड़कनें काफी तेज चल रहीथीं, जो आदित्य को अपने कदम पीछे करने के लिये मजबूर कर रहे थे। फिर भी आदित्य ने निडरता के साथ हालात का सामना किया और उस लड़की के चेहरे का सटीक अनुमान लगाना चाहा। वह अब भी अपनी सहेलियों के साथ झुंड में थी।

"कुछ बोलूँ? या छोड़ दूँ?" आदित्य ख़ुद से बातें कर रहा था।

"वैसे आते वक्त तो दिखी नहीं, अभी कैसे? हो-न-हो यही खुशबू है; इसकी गवाही मेरा दिल दे रहा है... बस चंद पल के लिये वो बेपरदा हो जाए।"- इन सब खयालों से उलझा वो लड़कियों के झुंड के काफी करीब आ गया था। इतना करीब की वह इसी झुंड का हिस्सा बन गया था। तभी आदित्य को यूँ झुंड में अपनी जगह बनाता देख उस लड़की ने पलट कर आदित्य से कहा,"ऐ लड़के...! दिख नहीं रहा कि यहाँ से लड़कियाँ गुज़र रही हैं और तुम घुसे चले आ रहे हो! शर्म-हया है या नहीं, या सब बेच खायी।" वह अब भी पर्दे में थी। इतने करीब से सफेद दुपट्टे के पीछे छिपा उसका चेहरा आदित्य ने पढ़ लिया।

"यह वही है, यह खुशबू है।"खुशबू की बातों को अनसुना कर आदित्य ख़ुद में बोला।

"अब जुबान पर ताले क्यों लग गये! चलो हटो यहाँ से... उस तरफ से जाओ।" खुशबू ने आदित्य को रास्ता दिखाते हुए कहा। उसने आदित्य को भी पहचान लिया था कि यह वही लड़का था जो एक बार ये कोशिश कर चुका था।

खुशबू के दीदार भर से आदित्य के मन में जितनी छटपटाहट थी, सब खत्म हो गयी। उसने ख़ुद को निडर समझा था, मगर खुशबू ने उसे निडरता का पाठ पढ़ा दिया और वापस अपनी सहेलियों के साथ चलने लगी। आदित्य की धड़कन एक पल के लिये स्थिर हो गयी थी, ठीक उसके कदमों की तरह। वह अपने साथियों से अब तक जितना पाठ सीखा था, कुछ काम न आया। (वह तीर को धनुष पर रख ही नहीं पाया, शायद उसका कमान खाली था।) उसके जुबान ने उसका साथ नहीं दिया।

आज जब वह वापस लौटा, तो उसके दिल में खलबली मची पड़ी हुई थी।

पहले के मुकाबले बेचैनियाँ कहीं ज्यादा बढ़ गयी थी। दिमाग डुबकियाँ लगा रहा था, तो वहीं दिल मध्यम-मध्यम उसे याद करके तैर रहा था। आज के हुए दिलचस्प वाकया को वह बार-बार याद कर रहा था। खुशबू की सबसे बारीकता से उसने जो देखा, वह थी उसकी आँखें और दुपट्टे के पीछे छिपे उसके होंठ। दोनों एक साथ मिल कर क्या गज़ब प्रतिक्रिया दे रहे थे।

"ऐ लड़के...! दिख नहीं रहा कि यहाँ से लड़कियाँ गुज़र रही हैं....

अब जुबान पर ताले क्यों लग गये! चलो हटो यहाँ से... "

उसकी कही इन बातों को वह बार-बार याद कर रहा था। आदित्य खुशबू के स्वभाव से कुछ हद तक वाकिफ़ हो गया था। उसमें छल-कपट नहीं था। शायद जो बोलती थी, सब स्वाभाविक और सटीक ही। इसलिए सबके सामने उसने आदित्य को बीच से निकल जाने को कह डाला, वरना कोई और होती तो ख़ुद अपना रास्ता बदल लेती। आदित्य ने यह भी अंदाजा लगा लिया था कि खुशबू एक अच्छी लड़की थी। बेमतलब शायद वो किसी से कोई ताल-मेल न रखती हो। ऐसे में बात स्पष्ट थी कि आदित्य के साथियों जैसे लड़के यदि उसके इर्द-गिर्द मँडराये भी होंगे, तो निश्चित ही पिटे होंगे।

आदित्य यह भी समझ गया कि उसके आगे कोई चिट्ठी या खून से लिखे प्रेम-पत्र का कोई प्रभाव पड़ने वाला नहीं था। अब आदित्य जो कुछ भी कहना चाहता था, वो खुशबू की कत्थई आँखों में आँखें डाल कर कहना चाहता था।

इन सब से हट कर एकाएक आदित्य के मन में चलने लगा-

आखिर मैं उसे कहना ही क्यों चाहता हूँ? इसलिए तो नहीं कि मेरे साथियों ने ऐसा करने को कहा है। वो भी ऐसा करते आ रहे हैं और काफी हद तक सफल भी रहे हैं; इसलिए? या फिर इसलिए कि इस दौर में बिना किसी लड़की को मित्र बनाये स्वयं के पुरुषार्थ या स्वयं के अस्तित्व का आँकलन कर पाना मुश्किल है?

आखिर क्यों मैं एकाएक उसकी ओर आकर्षित हो गया? ये एक नज़र में प्यार वाली बात सही भी होती है? लेकिन यह भी तो सही है कि इससे पहले

इस तरह मैं किसी की ओर इतना आकर्षित नहीं हुआ हूँ। ये प्यार है या उसका आकर्षण, जिसके कारण मैं उसकी ओर खींचा चला जा रहा हूँ?

उसका दिमाग कुछ ज्यादा ही घबराने लगा तो उसने ख़ुद से ही ख़ुद को कह डाला-

ख़ैर, जो भी हो। कुछ तो है उसमें, जिसने मुझे जीने की एक नयी वजह दे दी है। यदि ये सिर्फ आकर्षण होता तो मैं इस तरह पागल न हो रहा होता। ये प्यार है, क्योंकि प्यार में ही लोग पागल हो जाया करते हैं।

अब आदित्य जान गया था कि उससे मुलाकात छुट्टी के वक्त होना ज्यादा आसान था। वो कब आ जाती थी इसका पता भी नहीं चलता था। ठीक वैसा ही दिन,आदित्य के जीवन में तीन-चार बार और आया, जिसकी वह मन्नतें माँगा करता था कि एक बार वैसा मौका मिल जाए वह अपनी दिल की बात उसे बता देगा। मगर हर बार वैसा ही हुआ। आदित्य निडरता तो खूब दिखाता, मगर उसके सामने आते ही मोम की तरह पिघल जाता।

अब तक तो उसके दोस्तों को भी पता चल गया था कि उसका कोई निशाना कहीं नहीं लग पाया था। आदित्य अब तक कुछ न कह पाया था, मगर खुशबू से हर बार कुछ न कुछ सुन जरूर आ जाया करता था।

“लगता है दोस्त तुम्हें निशाना लगाना ही नहीं आता है। पहले अभ्यास करो फिर हमारे साथ भाग लेना। ऐसा लगता है कि अभी तुम किशोरावस्था में नहीं बाल्यावस्था में हो।” उसके दोस्त भी नाटकीय अंदाज में उसका उपहास बना कर उससे कटे-कटे रहने लगते थे। जबकि आदित्य में परिपक्वता उनसे ज्यादा थी। वो उन लड़कों में नहीं था जो बिना वजह किस लड़की को रोक दे, बातें करने लगे। खुशबू पहली थी जिससे आदित्य दिल से बात करना चाहता था, वो भी नहीं हो पा रही थी इसका उसे बेहद अफसोस था।

इन दिनों खुशबू किसी न किसी बहाने आदित्य को अनदेखा करती रही। उसका मानना था कि एक बार समझा दिया अब दोबारा इसकी जरूरत नहीं थी।

क्योंकि अक्सर लड़कों को इसमें बात बढ़ाने का मौका मिल जाता है। खुशबू भी एक निडर और समझदार लड़की थी।

खुशबू के तीखे नयन और दो-धारी तलवार सी जुबान देख कर आदित्य में इतना साहस नहीं था कि भरे बाज़ार में वह उसका हाथ थाम ले। खास कर तब जब उसे खुशबू के व्यवहार का भी अंदाजा हो गया था।

***

अध्याय- सात

आदित्य अपने दिल की हर बात खुशबू से कह देना चाहता था। अपने दिल के हालात को बता कर उसके दिल का हाल जानना चाहता था। मगर यह सब इतना भी आसान नहीं था। आदित्य को ऐसे दिन का इंतजार था, जिस दिन खुशबू की सहेलियाँ उसे घेरी न हों और सड़क पर मौजूद लोग भी कुछ क्षण के लिये गायब हो जाए; जो शायद ही कभी संभव था।

आदित्य के लिये यह काफी खुशी की बात थी कि उसे इसका पता चल गया था कि आखिर खुशबू उसे सिर्फ छुट्टी के वक्त ही क्यों दिखती थी, आने वक्त क्यों नहीं। दरअसल स्कूल के पीछे एक रास्ता था, जो संकीर्ण गलियों से होकर गुज़रती थी। खुशबू का घर भी उधर पास में ही था। इसलिए थोड़ी लेट से भी घर से निकलती थी तो जल्दी स्कूल पहुँच जाती थी और जाते वक्त उसकी सहेलियाँ उसे साथ चलने कहती थी तो वह रोज़ वापस उनके साथ जाती थी।

इस जानकारी ने आदित्य के लिये एक नया रास्ता खोल दिया था। खुशबू को टोकना भर, जो फिलहाल असंभव-सा लगता था, अब कुछ-कुछ संभव-सा लग रहा था। वहाँ न उसकी कोई सहेली थी और न ही ज्यादा लोग।

अगले ही दिन उसने सब प्लान कर लिया और इस बार पराव का स्थान बदल कर उस गली को चुन लिया, जहाँ से खुशबू आती थी।

सब कुछ ठीक था। बस कुछ ठीक नहीं था तो आदित्य की हालत। जैसे-

जैसे घड़ी की सुई दस बजे के पास जा रही थी, आदित्य का मन विचलित हो रहा था। मगर उसे इतना पता था कि इससे बेहतर मौका और कभी नहीं हो सकता था। गली में कोई नहीं था। कुछ लोग आये भी तो तुरंत निकल गये। आदित्य ने अपने पैंट-शर्ट को निहार लिया कि सब ठीक-ठाक तो है न और फिर ख़ुद को अंदर से भी तैयार कर लिया।

"आज उससे बात न हो पायी तो ये रास्ते मैं हमेशा के लिये छोड़ दूँगा।" आदित्य ने खुद को मजबूती से डँटे रहने को प्रेरित करने के लिये खुद से कहा।

वह वक्त आ ही गया। खुशबू उसी रास्ते से आदित्य की तरफ आ रही थी। पहली मर्तबा तो खुशबू भी अवाक रह गयी। उसके सामने आदित्य खड़ा था। खुशबू मन-ही-मन बहुत कुछ बोले जा रही थी। क्या बोल रही थी, उसे भी पता न था। अंदर से वह काफी डरी हुई थी। मगर उसके कदम ऐसे आगे बढ़ रहे थे, जैसे उसे किसी का खौफ़ न था।

उसे इस बात का डर था कि आज आदित्य एकांत पाकर उसका हाथ पकड़ लेगा। खुशबू के इतना सोचने तक वह आदित्य के काफी करीब आ गयी। एक पल के लिये खुशबू की साँसें अटक गयी और अगले ही पल वह आदित्य के सामने से निकल गयी। आदित्य ने उसका हाथ नहीं पकड़ा तो खुशबू के जान में जान आयी।

इधर आदित्य को यह मौक़ा भी निकलता दिख रहा था। अगले ही पल साहस जुटा कर उसने प्यारे स्वर में खुशबू को टोक दिया,"रुको खुशबू... अनदेखा क्यों कर रही हो। मुझे बस एक मिनट दो..."

"हमारा पीछा क्यों कर रहे हो तुम!" खुशबू ने भी पलट कर बड़े हिम्मत से जवाब दिया, जबकि आदित्य की बात अभी भी पूरी नहीं हुई थी।

"पीछा नहीं, मैं तो तुमसे..." आदित्य उसके सामने जाकर खड़ा हो गया। वह एकदम विनम्र था।

"पीछा नहीं तो ये क्या है? पहले रोड पर और अब बुज़दिल की तरह चोरी-छिपे हमें अकेली पाकर तुम वक्त का फायदा उठा रहे हो। देखो हमें कमजोर मत समझना। चले जाओ यहाँ से!" खुशबू ज्यादा डरी हुई थी, इसलिए ज्यादा

साहस दिखा रही थी।

"मैं बुज़दिल नहीं हूँ। देखो मेरी बात सुनो। मेरे पास तुमसे बात करने के लिये कोई और चारा नहीं था।" खुशबू के फटकारने के बावज़ूद भी आदित्य विनम्रता-पूर्वक बोला।

"देखो हम चिल्ला देंगे। हमें तुम्हारे इरादे नेक नहीं लग रहे!"

आदित्य ने कल्पना कर लिया कि यदि खुशबू सच में चिल्ला दे तो क्या हो सकता था। इसलिए वह चुप ही रहा। एक क्षण के लिये दोनों चुप रहे। मगर न आदित्य अपने रास्ते जा रहा था और ही खुशबू अपने रास्ते। खुशबू ने आदित्य की आँखों में गहराई से देखा तो ऐसा लगा कि जैसे कोई साँप कुंडली मार कर डर के मारे बैठा हो। और साँप का कोई ठिकाना नहीं होता कि वह कब डस ले।

"तुम तो मुझे देख कर मुस्कुराई थी। तुम्हें याद नहीं। क्या मैं तुमसे अपने दिल की बात भी नहीं कह सकता?"

"मुस्कुराये होंगे... लड़कियों को अक्सर तुम जैसे लड़कों को देख कर हँसी आ जाती है। अब इससे क्या वो तुम्हारी सुनने लगेंगी।" खुशबू ने आदित्य को आँखें दिखाई।

खामोशी।

"देखो प्यार से बोल रहे हैं... इस तरह गली में किसी लड़की को रोकने का अंजाम ठीक नहीं होता है। इसलिए चले जाओ यहाँ से और फिर मत आना यहाँ। यह जगह तुम्हारे लिये खतरे से खाली नहीं। चलो अब जाओ यहाँ से।" खुशबू ने कहा। ठीक वैसे ही इशारा देकर जैसे पहली बार कहा था और फिर उसके सामने से गुजर गयी।

आदित्य ने लाख सोचा कि उसे एक बार और टोके, लेकिन साहस न जुटा पाया। पहली बार उसकी हालत इतनी बुरी हुई थी कि किसी के फटकार देने के बाद होंठों से एक शब्द न निकला।

***

वैसे आज का दिन यहीं ख़त्म नहीं हुआ। ये तो दोनों के मिलन की शुरूआत थी। आदित्य और खुशबू दोनों अपने-अपने घर में थे। इधर खुशबू से बात हो जाने की आदित्य की कामना पूरी हो गयी और वहीं खुशबू के मन में भी आदित्य के व्यवहार के चलते हजार सवाल उठ रहे थे।

यह पहली बार था, खुशबू के सामने उसकी किताबें खुली और बिखरी हुई थीं, मगर उसके मन में जो कुछ चल रहा था, वो किताबों से परे था-

हमें तो ऐसा लगा था कि वो हमारा हाथ न पकड़ ले। लेकिन उसने ऐसा नहीं किया। यदि ऐसा करता न तो हम भी कम नहीं, एक तमाचा लगा देते उसे।

वह हमारे चिल्ला देने की बातों से कितना डर गया था न। डर तो हम गये थे, पता नहीं क्या हो जाता आज।

लेकिन वो है थोड़ा सा शर्मीला... हमसे बात तक करने में उसके पैर काँप रहे थे। जब हमने उसकी आँखों में देखा तो ऐसा लगा जैसे वह हमसे कई सवाल करने वाला था, लेकिन उसके अंदर का डर उसपर हावी था।

वैसे हमने तो उससे उसका नाम भी नहीं पूछा।

ओह! हम क्यों पूछे उससे नाम! हमें उससे क्या लेना-देना?

जाने-अनजाने में आदित्य के लिये खुशबू के दिल में एक जगह बन गयी थी। यह पहली बार था जब किसी लड़के ने उसका रास्ता रोक कर उससे बात करना चाहा। यह पहला एहसास उसके दिलों-दिमाग में छप गया था। वह न चाहते हुए भी बार-बार उसे याद कर रही थी। वजह स्पष्ट थी। कोई-न-कोई बात तो आदित्य में भी थी, जिसने खुशबू को अपनी ओर खींच लिया था।

इधर आदित्य अपने बिछावन पर गोल-गोल घूम रहा था, जो किसी ऊट-पटांग व्यायाम जैसा लग रहा था। वह गोल इसलिए घूम रहा था, क्योंकि उसका मन भी गोल-गोल घूमने लगा था-

आखिर उससे बात हो ही गयी। मैंने ज्यादा कुछ नहीं बोला, मगर जो भी बोला उसकी आँखों में आँखें डाल कर बोला। आज यदि उससे बात नहीं हो पाती, तो सच में मैं उस रास्ते जाना ही छोड़ देता। मगर जिस तरह आज उससे बात हो

गयी, यह इशारा करती है कि मुझे उसकी ओर बार-बार जाना चाहिए। शायद भगवान भी यही चाहते हों। मुझे तो लगता है कि उससे बेहतर लड़की और कोई हो भी नहीं सकती। वरना जैसा मेरे साथी बताते हैं कि उनकी पहल को लड़कियों का समर्थन भी मिलता है; इससे तो यही पता चलता है कि लड़कियाँ भी खेल, खेल रही हैं। ख़ैर, खुशबू वैसी नहीं। वह कोई खेल नहीं खेलने वाली। वह बहुत सीधी है। इसलिए तो डँट कर मेरा सामना कर रही थी। और एक बात तो और समझ आती है कि उसे बुज़दिल लड़के पसंद नहीं। शायद वह इशारों में कहना चाहती थी कि मैं उससे सबके सामने बात करूँ, न कि डरपोक की तरह।

आदित्य के ख़याल अब सकारात्मक होने लगे थे। इसकी यह भी वजह भी- उसने खुशबू से बात की और बदले में खुशबू के होंठों ने जवाब दिया न कि उसकी जूती ने। खुशबू का डरा कर बोलना भी उसे प्यार का लहज़ा प्रतीत होता था। आदित्य ने कल फिर खुशबू से मिल कर अपनी पूरी बात रखने का मन बना लिया था। इस बार वह उसे सड़क पर उसकी सहेलियों के बीच, आमने-सामने बात करने वाला था।

***

अध्याय- आठ

स्कूल में छुट्टी हो गयी थी। इन बेचैनी के पल में जब खुशबू गेट से निकलती हुई नहीं दिखी तो उसे इस बात का भय हुआ कि कहीं वो उसे नज़र-अंदाज कर गली के रास्ते से ही तो वापस नहीं जाने लगी। आदित्य ने ख़ुद को सोचने का ज़रा भी वक्त नहीं दिया और गलियारे में जाकर इर्द-गिर्द टहलने लगा। कुछ देर बाद जब गलियारे से सड़क की ओर नज़र पड़ी, तो देखा खुशबू रोज़ की तरह सड़क से होकर जा रही थी। उसने फिर से उस सकारात्मक विचार को अपने मन में दोहराया, 'यानी वह चाहती है कि मैं उसका सामना सबके सामने करूँ; यूँ चोरी-छिपे नहीं। ठीक है, यही सही।'

आदित्य ठीक वैसे ही जैसे पहली बार खुशबू को कुछ कहने के लिये उसके पीछे चल रहा था हू-ब-हू वैसे ही इस बार भी चल रहा था। ऐसा लग रहा था कि जैसे वही दृश्य एक बार फिर से दोहरा रहा था।

"देखो वही लड़का है न? आज भी यहाँ... क्या चल रहा है उसके मन में।" खुशबू की सहेली ने आदित्य की ओर इशारा किया और खुशबू को बताते हुए बोली कि वह उसका पीछा कर रहा था।

"बड़े अरसे बाद... खुशबू के गाल यूँ गुलाबी हो उठे हैं। कभी देखा था पहले ऐसा।" उसकी सहेलियाँ उसे छेड़ रही थीं।

"चुप करोगी तुमदोनों! मेरे गाल तो दिख भी नहीं रहे और तुम्हें वो गुलाबी

होते दिख गये।"

"खुशबू एक बार रुको तो सही... ऐसे नज़र-अंदाज करना तुम्हें भाता है क्या?" आदित्य ने कहा। मगर इतने भी सख्ती से नहीं कि वह रुकती। आदित्य को लगा कि उसकी यह बात खुशबू सुन भी नहीं पायी। मगर खुशबू के कान आदित्य की ओर ही थे। वह बस सामने चल रही थी, मगर ऐसा लग रहा था कि वह उल्टी दिशा की ओर देख सकती थी।

"शायद मुझपर जो बीत रही है... तुमपर नहीं। इसलिए तुम्हें मेरे हालातों का अनुमान नहीं।" आदित्य लगभग उदास हो गया। आज भी उसने आस खो दी थी अब बात हो पायेगी? क्योंकि चलते-चलते वे उस दायरे से दूर आ गये थे जहाँ विद्यार्थियों के चलने पर न किसी की नज़रें गड़ी रहती थीं और न ही कोई पाबंदी थी।

"देखने में तो शरीफ ही जान पड़ता है। एक बार बात कर लेने में क्या बुराई है। यूँ अपने चाहने वालों को तरसाया नहीं करते।" खुशबू की सहेली फिर बोली।

"तुमलोग हमारी सहेली हो या दुश्मन। पता है अंदर से हम कितने डरे हुए हैं। इस तरह किसी ने इसे देख दिया तो बेवजह ही ये लड़का मार खा लेगा और हम नहीं चाहते कि हमारी वजह से कोई मार-पीट की स्थिति बने।"

खुशबू ने यह महसूस किया कि ये जो उसके अंदर का डर था वह उसे कुछ भी सोचने का वक्त नहीं दे रहा था। वह बस आगे चली जा रही थी। यदि उसे किसी का डर न होता तो शायद वह एक मिनट रुक कर आदित्य से बात भी कर लेती।

"लगता है शर्म के मारे मुझसे निगाहें नहीं मिला पा रही हो। आखिर रात भर मेरे ही बारे में सोचोगी तो ऐसा ही होगा।" आदित्य ने जान-बूझ कर यह मजाकिया भाव में कहा। ताकि उस वक्त का तनाव कम हो सके।

आदित्य की यह बात सुनते ही दुपट्टे के अंदर छिपे खुशबू के होंठ मुस्कुराहट से फैल गये।

कुछ ही फासलों के बाद स्कूली सड़क खत्म होने वाली थी। आदित्य को भी डर था उसे यूँ किसी के देख लेने का। वह नहीं चाहता था कि उसके पिता या माँ को इस बात की खबर मिल जाए कि वह किसी लड़की के पीछे जा रहा था। ये सोच कर ही उसके माथे पर पसीना आ गया। सचमुच ये काफी शर्मनाक था।

"तुम होंगे शरमीले... और तुम सोचते होंगे हमारे बारे में, हम नहीं। यूँ कितना भी हमारा पीछा कर लो तुम्हें कुछ हासिल नहीं होगा।" एक मादक मुस्कान के साथ खुशबू पलट कर बोली और वापस अपनी सहेलियों के साथ अपने घर की तरफ चल पड़ी।

आदित्य को खुशबू के इस चंचलता व हास्य से भरे उत्तर का जरा भी अंदाजा नहीं था। यूँ तो खुशबू के होंठ छिपे थे मगर आदित्य को एहसास हुआ कि वह मुस्कुराई। उसके लिये यह किसी सुखद समाचार से कम नहीं था। वह तो वहीं खड़ा मन-ही-मन इस बात का जश्न मना रहा था।

इधर खुशबू भी अपने इस अंदाज़ का अनुमान न लगा पायी कि आखिर क्यों वह आदित्य को देख कर इस तरह मुस्कुराई और एक हास्यप्रद जवाब दे दिया। क्या बस एक रात उसके बारे में सोच लेने भर से उसे आदित्य अच्छा लगने लगा था? खुशबू के मन में उठ रहे ऐसे प्रश्न इस बात की गवाही दे रही थी कि आज आदित्य का ख़याल और ज्यादा आने वाला था।

***

बिलकुल वैसा ही हुआ। खुशबू के सामने पहले की तरह किताबें बिखरी हुई थीं, मन कहीं और लगा हुआ था। अब मन भयभीत होने के सिवा अंदर ही अंदर मुस्कुरा रहा था। और इस बात का भी उत्तर ढूँढ रहा था कि आखिर आज वो मुस्कुराई क्यों?

इसका जवाब उसके अंदर से मिला कि 'बस मन किया।' आज पहले के मुकाबले आदित्य का चेहरा उसके सामने कई बार आ रहा था। कई प्रश्न थे और बहुत सारे उत्तर की खोज भी। कुछ प्रश्नों के उत्तर वह ख़ुद पाना चाहती थी और कुछ आदित्य के मुँह से, मगर आदित्य से पास जाकर प्रश्नों के उत्तर पाने की

उसकी मर्यादा उसे रोके रखी थी।

आदित्य के दिल का भी यही हाल था। खुशबू की मुस्कान ने आदित्य के अरमानों को छेड़ दिया था। उसके दिल में जो हलचल थी, अब कुछ रूहानी-सी हो गयी थी। आदित्य को ऐसा लग रहा था जैसे आज खुशबू ने उससे हजार बातें कर लिये थे। बजाए इसके कि आदित्य के मन में अब भी कई सवाल अटके थे-

"आज तो उसने जैसे इजाजत भी दे दी थी कि मैं जाऊँ और उससे बात कर लूँ। शायद जो हाल मेरा हो रहा है, जैसे मेरी रातों की नींद उड़ गयी है; उसके साथ भी ऐसा ही हो?"

यूँ बार-बार यदि मैं उससे नज़रें चुरा कर भागता रहा और असफल होता रहा तो कहीं मैं सचमुच एक असफल लड़का न बन जाऊँ। और मुझे पता है किसी को भी असफल लोग पसंद नहीं होते।

मैं कुछ तो करूँगा, जिससे वो मेरे बारे में सोचने को मजबूर हो जाए, जैसे मैं हो गया और प्यार हो गया। उसे भी मेरे बारे में सोचना होगा। क्योंकि प्यार का पहला अध्याय मन से ही शुरू होता है।

***

अगले दिन।

सब कुछ अन्य दिन की तरह ही था। लेकिन आदित्य के लिये आज का दिन खास होने वाला था। आज उसका हौसला कई गुणा ज्यादा था, क्योंकि आज उसके पास खुशबू को देने के लिये कई उत्तर थे और कुछ विशेष भी।

आज वह गली में नहीं गया। स्कूल की छुट्टी के बाद अपने साथियों से अलग होकर वह खुशबू की राह देख रहा था। शाम के चार बज रहे थे, मगर सूर्य में अभी भी गर्मी थी। सूर्य की गर्मी शरीर को भी गर्म कर रही थी। फिर भी आदित्य का शीतल मन खुशबू के दीदार के लिये खड़ा था।

सब कुछ बिल्कुल कल की तरह हुआ। खुशबू के निकलते ही आदित्य उसकी ओर बढ़ा। आजखुशबू पलट-पलट कर आदित्य को देख रही थी कि

वह आज क्या करने वाला था और खुशबू की सहेलियाँ उसे देख रही थीं कि आज वह क्या कहने वाली थी। कुछ ही क्षण में आदित्य खुशबू के साथ कदम से कदम मिला पाने में सफल हो गया। खुशबू की सहेलियों को अजीब लगा की एक लड़का उनकी झुंड में घुसा आ रहा है और खुशबू कुछ बोल नहीं रही, बल्कि उसे ताक रही है। जब तक कोई कुछ बोलता, आदित्य खुशबू की सहेलियों की तरफ देख कर बोला,"क्या मैं खुशबू से दो मिनट बात कर सकता हूँ?" खुशबू की सहेलियों ने खुशबू और आदित्य को घूरा और फिर वे उनसे दूर हो गयीं, जैसे इसी वाक्य का इंतजार था।

"तुमलोग कहाँ चलीं?" खुशबू भयभीत होकर बोली।

"उन्हें जाने दो... और बस एक बार मेरी बात सुनो।"आदित्य ने निवेदन किया।

खुशबू एक क्षण के लिये रुकी फिर आगे चलने लगी। आदित्य भी उसके साथ चलने लगा। इस बात के लिये आदित्य को खुशबू ने मना नहीं किया। दोनों साथ चल रहे थे। आदित्य ने उसे अपने दिल की बात बतानी शुरू की। कल्पना में इसका अभ्यास न जाने उसने कितनी बार किया था। कभी आइने के सामने, कभी दीवार, कभी तुलसी को जल ढारते वक्त। आँखों की पहली मुलाकात से लेकर अब तक जो भी उसके मन में चल रहा था।आदित्य ने जल्दी में, मगर बड़े प्यार से उसे सब बता दिया। क्योंकि उसे पता था कि खुशबू से बात करने के लिये उसके पास वक्त कम था।

आदित्य की बातों से अंदर ही अंदर खुशबू के मन में भी कुछ चलने लगा। उसे अपनी तारीफ सुन कर अपनी ख़ूबसूरती पर यकीन नहीं हो रहा था। जिस प्रकार आदित्य की आँखों ने देखा था। जिस तरह आदित्य थोड़ा अलग-थलग था ठीक वैसी ही खुशबू थी। वह भी अपनी दुनिया में जी रही थी। यह पहली बार था, जब वह किसी लड़के से अपनी तारीफ सुन रही थी। वह उस दिन को याद कर रही थी, जब उसने अपना चेहरा दुपट्टे से सही से नहीं ढका था। बार-बार उसका दुपट्टा खुल कर उसकी गर्दन पर आ जाता था। उसी दिन आदित्य की नज़र उसपर पड़ी थी। प्रायः वह माथे के साथ-साथ अपना चेहरा भी ढक लेती

थी। यह भी कारण था कि उसपर ज्यादा लड़कों की नज़र नहीं पड़ती थी। खुशबू मंद-मंद मुस्कुराई जा रही थी। फिर अचानक उसे कुछ याद आया। आदित्य के माथे और छाती पर चंदन का टीका लगा था। इतने में आदित्य अपनी बात ख़त्म कर चुका था। जब तक खुशबू कुछ कहती, उसी क्षण आदित्य भी बोलने लग गया, "तो कहो क्या मैं गलत हूँ? पिछले कुछ दिनों से जो मेरे साथ हो रहा है वह असामान्य था, इसलिए मैं तुमसे एक मिनट माँग रहा था तुम्हें यह सब बताने के लिये। पता है तुमने मेरे रातों की नींद छीन ली है। हर वक्त मेरे दिलों-दिमाग में बस तुम ही तुम हो।"

जब खुशबू ने देखा कि आदित्य की बात ख़त्म हो गयी तब खुशबू बोली, "अभी हमारा कुछ कहना मुनासिब नहीं होगा। बहरहाल कुछ कहना भी नहीं चाहते। हमारा घर आने वाला है। ख़ुदा हाफिज़..." बोल कर वह अंतिम मोड़ की गली में घुस गयी। जिधर उसका घर था। आदित्य का मुँह खुला का खुला रह गया। उसके मन में चला, "तो खुशबू मुसलमान है!"

वह वापस लौट आया। काफी देर तक दिल और दिमाग के बीच द्वंद्व चलता रहा। फिर इन सब से हट कर उसे याद आया -

उसकी आवाज कितनी पतली थी न और कितनी सुरीली भी... उसकी बातों ने तो मुझे दीवाना कर दिया। आज उसे जो देना था, वो भी न दे पाया। अब कल उसे जरूर दे दूँगा।

***

एक बार लड़की साथ चल कर बात कर ले, तो जैसे उसे रोकने-टोकने का लाइसेंस मिल जाता है। शायद आदित्य को भी मिल गया था। आदित्य ने एक और बात याद किया, जब खुशबू पहली बार मुकर गयी थी तो उसने ख़ुदा-हाफिज़ नहीं कहा था, मगर इस बार वह ऐसा बोली थी। यानी कुछ था उसके दिल में।

"तुम मुसलमान हो, मगर नाम से अंदाजा नहीं लगाया जा सकता। कोई ज़ारा या नाम में खातून, प्रवीन लगा होता तो समझ जाता।" आदित्य ने हँसी-

ठिठोली करते हुए आज भी उसका साथ पकड़ लिया। वह चुप रही। आदित्य बोला,"तो क्या सोचा तुमने? वो... क्या कहा था तुमने कि मुनासिब नहीं है। कब मुनासिब होगा? और क्यों नहीं है मुनासिब?"

इसबार आदित्य थोड़ा बचपना दिखा रहा था ताकि माहौल गंभीर न हो। उसे यह अंदाजा हो गया था कि खुशबू इस तरह उसकी बात सुनने में सहज थी। आदित्य के प्रश्न में बचपना व चंचलता का मिला-जुला भाव था। खुशबू ने मुस्कुराने की कोशिश की और फिर सामान्य बर्ताव करते हुए बोली,"हम कुछ बोलना नहीं चाहते। हमारा तुमसे मिलना और तुमसे बात करना जायज़ नहीं... तुम हिंदू ब्राह्मण हो और हम मुसलमान!" अंतिम वाक्य को उसने ऐसे कहा, जैसे उनका आपस में बात करना भी किसी पाप से कम नहीं था।

"हाँ, तो क्या हुआ? हम साथ पढ़ते हैं, साथ चल रहे हैं। तो बात करना जायज़ क्यों नहीं?"

"हमें कुछ नहीं पता। बस हमने कह दिया तो कह दिया।"

"मैं बस दोस्ती का हाथ आगे बढ़ा रहा हूँ। इसे स्वीकारने में क्या गुनाह है?"

"दोस्ती करनी ही क्यों है? हमें कुछ नहीं करना, चले जाओ।" इस बार खुशबू ने इशारा नहीं किया।

"पहले तो तुम मुस्कुरा दी थी। क्या वो मुस्कुराहट भी किसी धर्म की थी? यदि ऐसा था तो एक मुसलमान एक हिंदू को देख कर मुस्कुराया कैसे? और जैसे ही पता चला कि सामने वाला हिंदू है तो उस मुस्कुराहट की कोई वजह नहीं? यह किस धर्म में है?" आदित्य ने सवाल किया। खुशबू ने कोई उत्तर नहीं दिया, वह चलती रही।

"बोलो, चुप क्यों हो?"

"तहज़ीब नाम की भी कोई चीज होती है और हमें अपने तहज़ीब में रहना चाहिए।"खुशबू ने कहा और चलती रही।

"और यह तहज़ीब, तुम्हें सिखाई है किसने? असल में वो तुम्हारा डर है। मैं भी तो जाना कि तुम मुसलमान हो, फिर मुझे किसी तहज़ीब की बाधा क्यों नहीं?"

“ये सब तुम नहीं समझोगे। तुममें सिर्फ किताबी ज्ञान होगी। समाज नाम की भी कोई चीज है, वो तो पता होगा?” खुशबू ने इस तरह कहा जैसे आदित्य ने कोई जघन्य अपराध किया हो और खुशबू इसका एहसास दिला रही हो।

“मुझे ऐसा लगता है कि एकाएक तुम्हारे मन-मस्तिष्क को कुछ हो गया है। क्योंकि यह स्थान और समय दोनों ही सटीक नहीं। शायद सोचने के लिये तुम्हें वक्त चाहिए। मैं और कुछ नहीं कहूँगा। तुम चली जाना अपने घर। बस मैंने तुम्हारे लिये कुछ लिखा है, कल नहीं दे पाया। कम से कम वो तो रख लो।” बोलते हुए आदित्य ने अपने पॉकेट से वो पत्र निकाला जो उसने दो दिन पहले अपने दिल का हाल खुशबू को बताने के लिये लिखा था। आखिर प्यार में वो तीन लफ्जों का जादू और कागज-कलम का कारवाँ चाहे कितना भी पुराना क्यों न हो, हर प्यार करने वाला इसे आज़माता जरूर है।

“ये लो... कागज़ का कोई धर्म नहीं होता, रख लो इसे। मैंने तो यह अलग माहौल में लिखा था कुछ और समझ कर। अब शायद ये तुम्हारा तनाव कम कर दे।” आदित्य ने पत्र उसकी ओर बढ़ाया। खुशबू बहुत हिचक रही थी। जब कोई रिश्ता ही नहीं तो पत्र क्यों लेना? फिर भी ख़ुद-ब-ख़ुद खुशबू के हाथ आदित्य के लिखे पत्र की ओर बढ़ गये।

“जैसा एक प्रेमी पत्र लिखता है, वैसा इसमें कुछ भी नहीं। मगर यह तुम्हें मेरी याद दिलायेगा।” कहते हुए आदित्य ने वह पत्र खुशबू के हाथों को सौंप दिया और रुक गया। शायद आज के लिये इतना ही काफी था। खुशबू को सचमुच वक्त चाहिए था। शायद उसने जिस हालात की अपेक्षा की थी, उसके विपरीत हुआ। पत्र को अपनी किताब में रख कर वह आगे बढ़ती रही। आदित्य उसे जाता देखता रहा, जब तक की वह अपनी गली के अंदर न चली गयी।

***

अध्याय- नौ

शायद ही वह इस तरह इतना रोई होगी जितना कि आज। खुशबू के सामने पहले की तरह किताबें बिखरी हुई थीं। इस बार मन कहीं नहीं भटका था, न ही कोई प्रश्न मन में था और न ही किसी उत्तर की अपेक्षा थी। बस उसके नैन रोना चाहते थे, आँसू बहाना चाहते थे। ऐसा नहीं थी कि आदित्य का हिंदू होना कोई गुनाह था या खुशबू का मुसलमान होना। मगर उसे यह एहसास था कि दोनों का मिलना गुनाह था।

रोत-रोते जब उसने अपना ख़ुश्क चेहरा आईने में देखा तो आदित्य की बातें याद आयी कि एक दिन वह उसके चेहरे की बहुत तारीफ कर रहा था। आज वही चेहरा निर्जल-सा हो गया था। अब तक वह क्यों रोई इसका भी कुछ अता-पता नहीं था। फिर उसे कुछ याद आया। आदित्य ने उसे कुछ दिया था। किताबों के पन्नों के बीच वह उस पत्र को बेताबी से खोजने लगी। और जब मिल गया तो उसे हाथ में लेकर उसे राहत-सी मिली। वह पढ़ने लगी कि उसमें क्या लिखा था-

कभी दीवारों से,

कभी हवाओं से

बातें करता फिरता हूँ मैं।

कभी आशिक़ की तरह,
कभी आवारा की तरह
घूमता-फिरता हूँ मैं।

कभी तुम्हारी गलियों को,
कभी तुम्हारी खिड़कियों को
घूरता फिरता हूँ मैं।

कभी तुम्हारी निगाहों से,
कभी तुम्हारी अदाओं से
शरमाता फिरता हूँ मैं।

जब भी देखना चाहती हो तुम मुझे,
कभी तुम्हारी मदमस्त नज़रों से,
कभी दीवानगी की लहरों से बचते-बचाता फिरता हूँ मैं।

दिल करता है गले से लगा लूँ तुम्हें, मगर
कभी ख़ुद से,
कभी ज़माने से घबराता फिरता हूँ मैं।

नीचे आदित्य का नाम लिखा हुआ था। खुशबू ख़ुद-ब-ख़ुद मुस्कुरा उठी। उसके गालों पर गुलाबी रंग की परत चढ़ गयी थी। उसने उस ख़त को प्यार से देखते हुए कहा,"यह तो बिल्कुल उसकी तरह है, थोड़ा-सा भावुक और थोड़ा

शर्मीला।" वापस जब अपने चेहरे को शीशे में देखा तो ख़ुश्क चेहरा खिलखिला उठा था।

अगले दिन भी आदित्य खुशबू के साथ चल रह था। आदित्य को देख कर खुशबू की सहेलियाँ पहले ही उसे अकेला छोड़ चुकी थीं।

"मुझे पता है कि मेरे उस पत्र में ऐसा कुछ खास नहीं था कि तुम मेरे गले से लग जाओ। मगर उसमें जो कुछ भी लिखा है वो सब सच है और कुछ तो है तुम्हारे और मेरे दरम्यां, जो हमें एक-दूसरे की ओर खींच लेता है। है न?" आदित्य ने कहा। शायद इसलिए भी कि यदि ऐसा न होता तो खुशबू उसे कब का फटकार कर भगा चुकी होती। बजाए इसके कि वह उसके साथ कदम से कदम मिला कर चल रही थी।

खुशबू ने कोई उत्तर नहीं दिया तो आदित्य ने सीधा सवाल किया, "तो क्या सोचा तुमने? मैं सही था न?"

"हमने अभी तक कुछ नहीं सोचा है।" खुशबू ने कहा।

"वैसे तुम्हें इतनी सोचने की जरूरत भी नहीं है। तुम अपने दिल से पूछो, जवाब तुम्हें ख़ुद मिलेगा।"

"हाँ, हमें सब सोच-समझ कर करना पड़ता है, वरना अब्बा हमसे ख़फा हो जाते हैं। आज तुम दोस्त कह रहे हो, कल कहोगे कि मोहब्बत हो गयी, तो? हम अपने तहज़ीब में रहना चाहते हैं।"खुशबू ने कहा, जैसे वह एक ही दिन में कितनी समझदार हो गयी हो।

"तहज़ीब... कैसी तहज़ीब? क्या सबकी तहज़ीब अलग-अलग है? और हाँ ये प्रेम ही तो है। मैंने तो दोस्ती का नाम इसलिए दिया ताकि तुम और ज्यादा उलझन में न पड़ो। कुछ विचार कर सको और निर्णय दो। देखो मेरी हालत... दिन-रात मेरे दिलों-दिमाग में तुम ही तुम हो और हृदय तो जैसे मेरा है ही नहीं। अंतारात्मा में तरंगें उठती हैं, बड़ी मुश्किल से खुद को सँभाल पाता हूँ।" शालीनता से आदित्य ने खुशबू के साथ अपने भाव प्रकट किये। आदित्य की बातें खुशबू के कानों से पूरे शरीर में ऐसे फैल रही थीं जैसे झड़ना का पानी शरीर को भिगोता है।

"हमें तुमसे मोहब्बत नहीं... हमारी सोच अलग है, हमारा धर्म अलग है और हम अपने रिवाज को तोड़ना नहीं चाहते हैं।"

"क्या हम परंपरा ढोने वाले मजदूर हैं?" आदित्य ने सवाल किया।

"शायद हाँ। और हमें इसे बरकरार रखना है। हमदोनों अलग हैं। हममें कोई समानता नहीं। मोहब्बत का तो कोई सवाल ही नहीं उठता है।"

"धर्म अलग है, तो प्रेम नहीं हो सकता? ऐसे परंपरा को बरकरार ही क्यों रखना?" आदित्य ने तीखा सवाल कर दिया। उसके मुँह से यह अनायास ही निकल गया।

"या अल्लाह! ऐसा दोबारा मत कहना। यानी कि तुम तो मोहब्बत के लिये किसी का कत्ल भी कर दोगे?"

"आत्माओं का मिलन है प्रेम। इसे जाति-बिरादरी की कोई दरकार नहीं। हाँ, कत्ल भी कर सकता हूँ उन संकुचित विचारों का जो प्रेम-मोहब्बत के बीच आयेगा।"आदित्य ने निडरता के साथ कहा।

"बात विचारों की नहीं, जायज़ और नाजायज़ की है। हमें पता है कि हम अलग हैं। एक होकर भी एक नहीं हो पायेंगे। तुम श्लोक पढ़ते हो मैं नमाज पढ़ती हूँ। मोहब्ब्त तो दूर, साथ रहना और उठना-बैठना भी गवारा नहीं है।"

"सब गवारा है। हम कैसे अलग हैं? सही कहा तुमने मैं श्लोक पढ़ता हूँ और तुम नमाज। मैं जिसे प्रेम-प्यार कहता हूँ, तुम उसे मोहब्बत कहती हो। जिसे मैं ईश्वर कहता हूँ, उसे तुम अल्लाह कहती हो। सब एक ही तो हैं; बस तरीका अलग है। देखो मैं तो एक मुस्लिम लड़की से भेद-भाव नहीं कर रहा हूँ। भेद-भाव करने का हक तो मुझे भी है।"-आदित्य समझाते हुए बोला। खुशबू ने आदित्य की आँखों में निश्छलता देखी। अंदर ही अंदर आदित्य की बातें खुशबू पर एक गहरा प्रभाव डालती जा रही थीं। इतनी कम उम्र में वे प्रेम-मोहब्बत का पाठ पढ़ रहे थे।

"जीवन की खोज ईश्वर की खोज है और प्रेम मिलना ईश्वर मिलने के बराबर है। फिर तुम्हें किस बात की चिंता। तुम्हारे धर्म में भी तो जन्नत की बात होती है

और सच कहूँ तो प्रेम ही जन्नत है।" आदित्य ने कहा।

आज वो सभी ज्ञान, जो आदित्य ने किसी स्कूली किताब में नहीं पढ़ा था, किसी उत्तरमाला की तरह उसके जुबान से निकल रहा था। आदित्य के इस उत्कृष्ठ विचार से खुशबू को हैरत हुई, मगर उसने प्रकट न होने दिया।

"बस... मैं तुम्हारे दिमाग से नहीं, दिल से जवाब चाहता हूँ।" आदित्य ने अपनी बात ख़त्म करते हुए खुशबू से उत्तर की अपेक्षा की।

"वो इतनी जल्दी नहीं। तुमने सुना नहीं, हमें सब सोच-समझ कर करना पड़ता है। तुम क्या चाहते हो कि इतना बड़ा फैसला हम यूँ सड़क चलते-चलते कर लें" होंठों पर मुस्कान व संतुष्टि के भाव को समेटते हुए खुशबू ने अपना चेहरा अपने दुपट्टे से ढक लिया और अपनी गली के अंदर चली गयी।

बातों-बातों में आदित्य को पता नहीं चला कि वह खुशबू के साथ उसकी गली के काफी करीब तक आ गया था। खुशबू के मुस्कुरा कर चले जाने भर से यह तो स्पष्ट था कि आने वाला दिन शुभ समाचार लेकर आने वाला था। खुशबू ने कहा था कि वह सोच कर बतायेगी। आदित्य इस बात से खुश था कि खुशबू कुछ तो सोचने वाली थी। प्रेम की यही तो ख़ासियत है, जितना सोचा जाता है; उतना हो जाता है।

आज रात।

आदित्य ने खुशबू के हृदय में प्रेम की चिंगारी भड़का दी थी। आज खुशबू को प्रेम और मोहब्बत दोनों शब्द में कोई अंतर नहीं दिख रहा था। दोनों बिलकुल एक समान प्रतीत हो रहे थे। मगर उसके मन में भविष्य की एक ऐसी प्रतिबिंब बन रही थी, जो यकीनन डरा देने वाली थी-

आखिर उन दोनों का भविष्य ही क्या था? यदि समाज में यह बात फैल जाए कि एक ब्राह्मण लड़का और एक मुस्लिम लड़की के बीच कुछ है तो क्या होगा? खुशबू के लिये छोटे समाज में रहना और मोहब्बत करना सिर्फ दो मोहब्बत करने वाले तक ही सीमित नहीं था। यहाँ किसी से मोहब्बत करने की

इजाज़त भी समाज से लेनी पड़ती है या फिर समाज के नियमों के अनुसार ही चलना पड़ता है।

खुशबू इस रिश्ते को मोहब्बत का नाम नहीं देना चाहती थी। उसने आदित्य से कह तो दिया था कि वह सोच कर बतायेगी, मगर अब तक वह सुन्न पड़ी थी। उसका दिमाग इन सब रिश्ते-नाते को भूला देने को कह रहा था और दिल आदित्य को बिना अपनाये मानने को तैयार कहाँ था।

"वैसे तुम्हें इतनी सोचने की जरूरत भी नहीं है। तुम अपने दिल से पूछो, जवाब तुम्हें ख़ुद मिलेगा। मैं तुम्हारे दिमाग से नहीं, दिल से जवाब चाहता हूँ।" -खुशबू को आदित्य की कही बात याद आ गयी।

इस बार खुशबू दिमाग को अपने दिल से खेलने नहीं देना चाहती थी। वह चाहती थी कि फैसला जो कुछ हो, उसका दिल ही करे। फिर क्या था उसने वही किया, जो प्यार में पड़ने वाला इंसान अपने जीवन में कम-से-कम एक बार तो जरूर करता है। उसने कागज-कलम लिया और लिखने लगी अपने जज्बातों को...

हमें पता नहीं कि हम क्या लिखने वाले हैं। बस इस उम्मीद में लिख रहे हैं कि जो कुछ लिखें वो मेरे दिल से निकला हो। क्योंकि मेरे दिल में क्या है आज तक हमें भी पता न चल पाया। जब तुम हमारे पास, हमसे बात करने आते थे, हम तुमपर ही ध्यान रखते थे कि आखिर क्यों एक लड़का अचानक हमारे पीछे आने लगा। हम भयभीत थे कि तुम सरेआम हमें बदनाम न कर दो। फिर एक दिन गली में हमें रोक कर तो तुमने हमारी साँसें ही अटका दीं। हम किसी लड़के से पहले इतना अभी नहीं डरे जितना तुमसे, पता नहीं क्यों। उस रात हमें रातभर तुम्हारे ही ख़याल आते रहे। हमारे ज़ेहन में सिर्फ तुम ही तुम थे। तुम्हें याद करके हमारे जिस्म का खून तेजी से दौड़ने लगता था। हम भी तुमसे बात करना चाहते थे, अपने हालात बताना चाहते थे।

फिर तुम्हारे माथे पर चंदन टीका देख कर न जाने क्यों जैसे हमारे जिस्म का खून सूखने लग गया। हमारे गले से कोई भी शब्द न निकल पाया। मुझे एक भयानक झटका-सा लगा कि ये हम क्या कर रहे हैं। फिर हमने तुम्हारे चेहरे को

देखा। तुम्हें भी पता था कि हम मुसलमान हैं, लेकिन तुम तो बेचैन नहीं थे। सच कहें, इस शांत स्वभाव ने हमें भी धैर्य दिया कि हम वक्त की नज़ाकत को समझ सकें। जिस तरह तुमने हमें मोहब्बत का पाठ पढ़ाया सचमुच हम उससे तुमपे अंदर-ही-अंदर फिदा थे और जो तुमने ख़त हमारे लिये लिखा था, सचमुच वो तुम्हारी याद दिलाती है। हमारी नज़रों के सामने तुम आ जाते हो।

हमें तुमसे मोहब्ब्त है या नहीं यह तो पता नहीं, क्योंकि कभी करीब से समझा ही नहीं गैरों से मोहब्बत होती कैसी है? लेकिन कुछ तो है जो हमें तुम्हारी बातों को सुनने के लिये मजबूर करती हैं। उनपर विश्वास करने पर मजबूर करती हैं। हमें भी तुम्हारा साथ पाकर अच्छा लगता है। यदि ये मोहब्बत है तो भी हम इसे मोहब्ब्त का नाम नहीं देंगे। हम काफी दबे-कुचले ख़ानदान से हैं। हमें फिलहाल अपनी पढ़ाई से मोहब्बत है। यदि अब्बा या हमारे गली के लोग जान गये कि हमें किसी लड़के से मोहब्बत है तो हमारा जीना हराम हो जायेगा। हम बस इतना चाहते हैं कि तुम हमारे साथ रहो, मगर हमारे जिस्म के करीब नहीं। क्योंकि हमने भी सुना है- ख़ूबसूरत चेहरे से शुरू की गयी मोहब्बत अक्सर जिस्मों पर आकर ख़त्म हो जाती है।

हमें तुम नेक लगे। इसलिए तुम्हें समाज की चिंता नहीं; जो करते हो दिल की करते हो। देखो हम अभी तक फैसला नहीं कर पाये कि करना क्या है? इसलिए अब सब कुछ तुमपर सौंपते हैं। यदि तुम हमसे सचमुच मोहब्बत करते हो तो हमें समझोगे। हमदानों एक रिश्ते में जरूर रहेंगे, लेकिन लोगों के सामने उजागर नहीं करेंगे। अभी पढ़ाई ही हमारी पहली जरूरत होगी। कभी बात करने का मन करे तो... हमारे अब्बा के पास फ़ोन है, मगर हमदोनों एक-दूसरे को ख़त लिखेंगे। अब हमें एहसास हुआ है कि ख़त लिखना दिलचस्प होता है।

तुम्हारे फैसले का हमें इंतजार रहेगा।

खुशबू

***

"फैसला क्या? तुम्हारा हर फैसला मुझे मंजूर है। ये प्रेम है, इसमें न कोई

फैसला होता है और न ही कोई शर्त लगती है।" पढ़ने के बाद आदित्य ने ख़त से बात करते हुए कहा। इस ख़त ने आदित्य को एहसास दिला दिया था कि खुशबू उसे कितना चाहने लगी है। वरना इतना लंबा ख़त कोई ऐसे ही न लिख दे। हाथ तो बस कलम को सहारा देता है, लिखती तो हमारे अंदर छिपी भावनाएँ हैं।

आदित्य को खुशबू की हर बात अच्छी लगी। उसका समाज के प्रति सचेत रहना। पढ़ाई की ओर झुकाव होना यह दर्शाता था कि वह सीधी-साधी, समझदार और महत्वाकांक्षी लड़की थी।

खुशबू को आदित्य का फैसला अगले ही दिन मिल गया। यही कि उसे कोई फैसला करने की कोई जरूरत नहीं। खुशबू ने कोई अन्याय नहीं किया था। आदित्य के सीने में दिल था, कोई अदालत नहीं। उसके बाद आदित्य ने खुशबू को नहीं रोका। न उसे कोई प्रश्नों का जवाब लेना था और न ही किसी प्रश्नों का जवाब देना था। दोनों मान चुके थे कि वे एक-दूसरे के हो चुके हैं। फोन पर बात करना संभव नहीं था और बार-बार अपने महबूब के लिये ख़त लिखा जाए यह जरूरी नहीं। कुछ बातें आँखों से भी हो जाती हैं।

खुशबू की महत्वाकांक्षाओं ने आदित्य के जीवन को भी महत्वपूर्ण बना दिया था। अब उसे यह बात नहीं खटकती थी कि कल खुशबू से क्या बात होगी। उसे एहसास दिलाना होगा कि जिस प्रेम को खुशबू नाम देने के कतरा रही थी, असल में वही प्रेम था।

आदित्य को अब पेड़ के नीचे खुशबू का इंतजार करने की जरूरत नहीं थी। यह वक्त था एक-दूसरे के करीब न होकर भी साथ चलने की। अब आदित्य अपने साथियों के साथ पहले से ज्यादा मस्त रहता था। और बस उसे स्कूल न जाने या वहाँ से भागने के लिये बहाना नहीं चाहिए था। खुशबू ने कहा था कि उसे वह नेक लगता है। आदित्य का भी दायित्व था कि वह नेकता का प्रमाण दे। जबकि खुशबू को किसी प्रमाण की जरूरत नहीं थी। अब आदित्य को अपना जीवन सार्थक लगने लगा था। प्रातः उठ कर अब जो पूजा-पाठ करने में मन लगता था। शायद इतना पहले कभी न लगता था। खुशबू का पढ़ाई के प्रति झुकाव था, यह जान कर आदित्य के कोर्स की किताबों के साथ भी यूँ अचानक

ऐसा लगाव हो गया कि जैसा भक्तों का भक्ति से हो जाता है।

दिन में दो वक्त के दरम्यां दोनों का मिलन संभव था। अब कभी-कभी खुशबू अपनी सहेलियों के साथ या अकेली ही सड़क से होकर स्कूल के लिये निकल पड़ती थी। इस सोच में भी कि आदित्य का दीदार हो जायेगा। और यही होता भी था। रास्ते में आदित्य को देख भर लेने से खुशबू का मन प्रसन्न हो जाता था। फिर लौटते वक्त वह रोज की तरह अपनी सहेलियों के साथ चलती थी, मगर अब मन कहीं और लगा होता था। सड़क की दायीं ओर से आदित्य चल रहा होता, तब खुशबू की आँखें उससे बातें किया करती थीं।

"आज तो बड़े जँच रहे हो..." खुशबू ने आँखों से कहा।

"आज सो ऐसा क्या है? हर दिन की तरह स्कूल ड्रेस में ही हूँ।" आदित्य ने भी आँखों से जबाव दिया।

"हमने कपड़ों के बारे में कब कहा...?" जैसे खुशबू ने यही कहा हो और फिर हँसने लगी।

"वैसे तुम तो हर दिन कातिलाना लगती हो।" आँखों से कह कर आदित्य के आँख झपकाईं।

"ऐसे सड़क पर मत किया करो, लोगों की नज़र पड़ गयी तो!" खुशबू ने आँखें दिखा दीं।

"मुझे फर्क नहीं पड़ता है।" आँखों के साथ आदित्य ने मुँह टेढा कर दिया।

"हमें पड़ता है। हम नहीं चाहते की ये रिश्ता यूँ ही बिगड़ जाए।" खुशबू का चेहरा गंभीर था, तो बदले में आदित्य मुस्कुरा दिया।

सफेद शर्ट और नीले रंग के पैंट में दूर से सभी लड़के एक जैसे लगते थे, मगर उस सब में आदित्य को पहचानना खुशबू के लिये आसान था। उसकी नज़रें सिर्फ आदित्य से जा मिलती थीं। खुशबू को आदित्य के माथे पर लगा चंदन टीका अब सुशोभित लगता था व उसकी सुगंध को वह दूर से ही महसूस कर लेती थी। ये सब आदित्य के साथ भी था। यूँ तो खुशबू अपना चेहरा ढक कर रखती थी, मगर उसकी कत्थई आँखों में लगा सुरमा आदित्य के होश उड़ाने के

लिये काफी थे। खुशबू का दीदार सारी थकान मिटा देता था।

उलझन के दिन जा चुके थे और प्यार का मौसम आ गया था। मंदिर, स्कूल और घर, इनमें कोई अंतर ही प्रतीत नहीं होता था। हर जगह प्रेम, प्रेम और बस प्रेम...ही था। आदित्य को यह अंदाजा था कि ये तो प्रेम के अंकुर हैं। अभी इसका विस्तार होगा। इसका विकास होगा।

***

अध्याय- दस

कुछ महीने बीत चुके थे। अब हर बार सड़कों पर आँखों से बातें हो पाना मुमकिन नहीं था। इस प्यार के मौसम के बीच किसी और ही मौसम ने अपनी जगह बना ली थी। यूँ तो आदित्य को सब मंजूर था मगर इतनी सख़्ती, वह भी दो प्यार करने वालों के बीच। यह आदित्य को गवारा न था। यह मौसम था इम्तिहान का... प्यार के इम्तिहान का नहीं। दसवीं से इम्तिहान का। माहौल काफी सख्त हो गया था। जो प्रेमी जोड़े मिला-जुला करते थे, इस मौसम में तो उनमें भी दूरियाँ आ गयी थीं। फिर आदित्य और खुशबू का क्या हाल होगा इसका अंदाजा लगाया जा सकता है।

ऐसा नहीं था कि आदित्य पढ़ाई से भाग कर कुछ करना चाहता था। मगर वह वैसा चाहता था जैसा पहले था। एक खुशनुमा पल। मगर स्कूल से लेकर सड़क तक में जैसे अफरा-तफरी का माहौल छाया हुआ था। स्कूल में दिये जाने वाले सजेशन और स्कूल से बाहर सड़कों पर बिकने वाले फोटो-कॉपी की हुई उत्तर पुस्तिका... इनसे आदित्य का मन शिथिल पड़ गया था। वैसे आदित्य के अलावा कुछ के लिये ये उत्साह और कुछ के लिये ये डरावने दिन थे।

खुशबू कभी स्कूल आती थी तो कभी नहीं भी। और अब तो आना-जाना भी वह अपनी गलियों से किया करती थी। इससे समय बचता था। उसे घर पर ज्यादा पढ़ना होता था। आदित्य भी पढ़ता था, मगर उसकी आँखें किताबों के

अलावा खुशबू को भी देखना चाहती थीं। उसके लब खुशबू से बातें करना चाहते थे। जब अपनी हालत बताने साथियों के पास बैठता, तो न पढ़ने वाले साथी किसी फलानी कुंजिका, तो फलाना गाईड के बारे में बात कर रहे होते। इन सब के अलावा फिलहाल किसी को कुछ दिख ही नहीं रहा था। आखिर आदित्य ने एक छोटा-सा प्यार भरा ख़त लिख दिया-

ये कैसा मौसम आ गया है?
मेरी रातों की नींद ग़ायब है
और तुमने अपना मुँह बना लिया है।
अपना मुखड़ा तो दिखा दिया करो,
जुबान से नहीं तो कम-से-कम
आँखों से अपना हाल बता दिया करो।
ये भी न हो, तो मुझे कोई किताब दे दिया करो
और उस किताब में कोई ख़त छिपा दिया करो।
काटे नहीं काटी जाती ये तन्हाई मुझसे...
ये कैसा मौसम आ गया है?
मेरी रातों की नींद ग़ायब है
और तुमने अपना मुँह बना लिया है।

लिख कर स्कूल जाते वक्त ही आदित्य ने इसे गर्ल्स-स्कूल के पीछे वाली गली के रास्ते में, जहाँ एक दीवार के दो ईंटों के बीच खाली जगह थी उसमें छिपा दिया। खुशबू इसी रास्ते से आती-जाती थी और खुशबू को भी यह जगह मालूम हो गयी थी। पहले भी इसी तरह दोनों में एकाध बार बात हो चुकी थी।

जब खुशबू ने ईंटों के बीच ख़त देखा तो वह चहक-सी गयी और तुरंत उस ख़त को वहाँ से निकाल लिया। रास्ते में उससे रहा नहीं गया। उसने ख़त निकाल कर देखा, तो पाया कि किसी कलश की तस्वीर बनी हुई थी। कोई देख न ले तो

उसने पुनः कलश को, मतलब कि ख़त को समेट कर रख लिया। वह चहकते हुए स्कूल पहुँची और फिर से चोरी-छिपे ख़त को पढ़ने निकाला कि उस कलश रुपी कविता में लिखा क्या था।

जब उसने पढ़ा तो पहले से ज्यादा खुशी से चहक गयी। आदित्य का यह स्वभाव उसे सिर्फ ख़त में ही देखने को मिलता था। आदित्य का यह रूप उसे पसंद था। आदित्य के लिये खुशबू ने स्कूल में ही कुछ लिखा और फिर वहीं रख दिया, जहाँ से उस ख़त को निकाला था।

लौटते वक्त आदित्य फिर चोरी-छिपे वहाँ गया और उसके साथ भी वही हुआ। वहाँ खुशबू का ख़त था। मोबाइल का नोटिफिकेशन इसके सामने कुछ भी नहीं, जो नोटिफिकेशन ख़त देख कर आदित्य का दिल दे रहा था। उसके दिल में जैसे कोई गुब्बारे की तरह हवा भर और निकाल रहा था। ख़त लेकर वह घर आया और अपना बस्ता रख कर जल्दी से ख़त को निकाल कर पढ़ने लगा।

हमने कोई मुँह नहीं बनाया है जनाब। बस कुछ दिनों के लिये एक दायरा बना लिया है। लेकिन ऐसा लगता है कि जनाब ने अपनी कॉपी को गज़ल की किताब बना ली है। इसलिए तो रातों की नींद ग़ायब है। कुछ दिन अपने शरारती शायर को आराम का मौका दें।

और हाँ किसी किताब की जरूरत हो तो हम तुम्हें किताब देंगे, लेकिन उसमें कोई ख़त नहीं छिपायेंगे। क्योंकि अभी ख़त पढ़ने की नहीं, सिर्फ किताबें पढ़ने की जरूरत है। इम्तिहान पास कर गये फिर तो हमारे कुछ दायरे भी बढ़ जायेंगे। फिर हम कोशिश करेंगे कि नज़रों और लबों दोनों से बातें हों।

ख़त पढ़ने के बाद आदित्य को अंदाजा हो गया कि शायद यह खुशबू के बेपनाह मोहब्बत का आगाज़ कर रहा था और अभी बेपनाह मोहब्बत के पहले कि खामोशी थी

"ठीक है किताबों को ही तुम्हारा ख़त समझ कर पढ़ लूँगा और परीक्षा में जाकर वो सब लिख दूँगा।" आदित्य ने ख़त से बात करते हुए कहा।

***

इतने दिन तक तुम हमें बिना देखे रह पाये और तो और तुम्हारे अंदर का शायर भी हमसे मिलने न आया, हमें उम्मीद है कि इसके पीछे के कारण को तुम यूँ ही ज़ाया नहीं होने दोगे। इम्तिहान का वक्त आ गया। हम इबादत करेंगे कि तुम जितने बेहतर इंसान हो उतने ही बेहतर तुम्हारा अंजाम भी हो।

हम आज ही अब्बा के साथ शहर चले जायेंगे। वहाँ किराये का कमरा लेकर रहेंगे। तुम इस ख़त का जवाब भी मत देना। इम्तिहान के बाद भी कुछ दिनों के लिये शायद हमारा मिलना मुमकिन न हो। क्योंकि किस बहाने से बाहर निकलेंगे हम? शायद ये हमारा भी इम्तिहान होगा। बस जब भी मुमकिन होगा शहर से आने के बाद हम यहीं ख़त रख देंगे। हमारे ख़त का इंतजार करना तुम और यदि हमारा ख़त न मिले तो हमारे पुराने ख़त को पढ़ कर हमें याद कर लेना। क्योंकि हम भी यही करते हैं, हमें काफी अच्छा लगता है। ऐसा लगता है तुम्हारे ख़त नहीं, तुम हो हमारे पास। अपना ख़याल रखना।

ख़ुदा-हाफिज...

इस बार आदित्य ने ख़त के साथ काफी देर तक बातें कीं। जैसे उसके सामने खुशबू हो और वह उससे बात कर रही हो। क्योंकि खुशबू ने कहा था कि इस ख़त का जवाब न दे। इसलिए ख़त को वो सब सुनाया कि कैसे उसने खुशबू के बिना दिन काटे।

"वैसे यह उतना भी चुनौती भरा तो नहीं रहा। क्योंकि तुमने कहा था कि यह किताबें पढ़ने का दिन है। इसलिए दिन रात पढ़ता ही रहा, जैसे यही मेरा धर्म हो। मैं बेहतर हूँ या नहीं यह तो पता नहीं, मगर तुम बेहतरीन हो... तुम्हें भी परीक्षा के लिये मेरी शुभकामनाएँ।"- इतना कह कर आदित्य ने ख़त को अपने सीने से लगा लिया।

***

ये समाँ... समाँ है ये प्यार का... किसी के इंतजार का... दिल न चुरा ले कहीं मेरा... मौसम बहार का...- दूर किसी खेत में जुताई हो रही थी और ट्रेक्टर के बाजे में यह गीत ऊँचे आवाज में बज रहा था। काफी देर से आदित्य इस गीत

को सुन रहा था और उसमें डूबने की कोशिश कर रहा था। मगर उसके लिये ये समाँ प्यार का कम और इंतजार का ज्यादा प्रतीत होता था। रिजल्ट आ गया था। आदित्य पास हो गया था। वैसे यह तो होना ही था। एक तो आदित्य पढ़ कर याद करने में माहिर था दूसरा खुशबू का जादू था उसपर।

सभी विद्यार्थियों के लिये इंतजार की घड़ी ख़त्म हो गयी थी। सिवाय आदित्य के... खुशबू की कोई ख़बर नहीं थी। आदित्य को इस बात का विश्वास था कि खुशबू अच्छे अंक से पास कर गयी होगी, फिर भी दोनों एक-दूसरे का हाल तक नहीं जान पा रहे थे। आदित्य उसे ख़त लिखना चाहता था, मगर खुशबू का कहा उसे याद आ जाता था। शायद खुशबू उस गली से स्कूल की तरफ जाती भी न हो इसलिए वहाँ ख़त रखने से भी कोई फायदा नहीं था। खुशबू ने कहा था कि वह ख़त लिखेगी। हर दिन आदित्य उस जगह पर जाकर देखता था कि वहाँ खुशबू का लिखा ख़त है या नहीं। मगर निराशा के अलावा वहाँ कुछ नहीं मिलता था।

कहीं ऐसा तो नहीं कि खुशबू को पहले ही पता था कि हम साथ नहीं रहने वाले, इसलिए मुझे एक बच्चे की तरह बहला कर साथ होने का ढोंग किया और फिर चली गयी अपनी दुनिया में?

नहीं, नहीं, यदि ऐसा होता तो मुझे स्वीकार ही क्यों करती, पहले ही नकार देती। उसका मुझे ख़त लिखना, आँखों से बातें करना... वह सब छलावा नहीं हो सकता है।

या फिर ऐसा तो नहीं... उसने बताया था बड़ी मुश्किल से उसे पढ़ने की और स्कूल जाने की इजाजत मिली थी। क्या पता उसके अब्बा ने उसकी पढ़ाई यहाँ तक ही सीमित कर दी हो और बिठा दिया हो उसे घर के अंदर?

नहीं, नहीं, मुझे पता है चाहे खुशबू अपने ज़ुबान से न कहे, मगर उसे मुझसे प्रेम है और प्रेम को कब तक घर की चार दीवारी में बंद करके रख पायेगा कोई? वह मुझे ख़त लिखेगी।

यह सब आदित्य के अंदर चल ही रहा था कि अख़बार वाले की आवाज उसके कानों में पड़ी, "ले लो भैया... देख लो... हमारे गाँव की बेटी जिला टॉप...!

आज की ताज़ा ख़बर अल्पसंख्यकों का बढ़ाया हौसला गाँव की बेटी जिला टॉप...!"

आदित्य धड़-फड़ कर घर से बाहर निकला और अख़बार वाले के पास दौड़ा गया। उसे यकीन था कि वह खुशबू ही हो सकती थी। खबर पढ़ने की ऐसी बेताबी थी कि अख़बार वाले से अख़बार छीन लिया और जो देखा, एकाएक उसका चेहरा खुशी से दमक उठा। वह खुशबू ही थी। जिला टॉप कर गयी थी। ख़बर पढ़ कर उसे अख़बार वाले को प्यार से अख़बार लौटा लिया।

"चल निखट्टू..." अख़बार लौटाने पर अख़बार वाला बोला और फिर बोलता हुआ वहाँ से जाने लगा, "आज की ताज़ा ख़बर..."

"यानी ये तो टॉप कर गयी है... तो भला हम पीछे से टॉप होने वाले उसे कहाँ याद आयेंगे। अब बहाना मिल गया उससे मिलने का वो सामने नहीं आयेगी मैं तो जा ही सकता हूँ, उसे मुबारकबाद देने।" आदित्य मन ही मन में बोला और फिर निकल पड़ा साइकिल लेकर खुशबू की गली की ओर।

"कहाँ चले...?" उसकी माँ ने पूछा।

"जिला टॉपर के पास...." जवाब देते हुए आदित्य ने जोर की पायडल मारी।

साइकिल गली की शुरूआत से कुछ दूर तक तो चली, मगर जिधर खुशबू जाती थी उधर की गली तो और भी सँकरी थी। बगल में उसने साइकिल लगा दिया और पैदल ही जाने लगा। यह मुसलमानों का इलाका था। छोटे-छोटे दुकान भी थे। आदित्य को इस गली से कोई लेना-देना नहीं थी, इसलिए कभी आया भी नहीं था। पहली बार इतना अंदर आ गया था। उसने देखा कि एक लंबी दाढ़ी वाला आदमी चाकू-छूरी का धार तेज़ कर रहा था। यह उसकी दुकान थी। इतनी चाकू-छूरी देख कर वह डर गया। उसकी नज़र भी वहाँ से हट नहीं रही थी।

"क्या ख़ोज रहे हो? चाकू चाहिए या धार तेज़ करवाना है?" उस आदमी ने पूछा। ऐसा लगा जैसे उसकी जुबान में भी चाकू जैसी तेज़ धार थी।

"नहीं, नहीं, कुछ करवाना नहीं। वो है न... जिस लड़की ने जिला टॉप किया है, उसका घर किधर है..." आदित्य की बात अधूरी थी कि वह आदमी झल्लाते हुए बोला,

"तो दफा हो जाओ यहाँ से! यह पता पूछने की दुकान है क्या!"

आदित्य तुरंत वहाँ से आगे बढ़ गया। वह गली में जैसे भटक रहा था। उसने पहले किसी दूसरे के घर को ही खुशबू का घर समझ लिया था। आज पता चल रहा था कि उसका घर कितना अंदर था। इस गली में ऐसा लग रहा था जैसे किसी दूसरी जगह आ गया हो। एक-एक घर को वह निहार रहा था कि खुशबू का घर कौन-सा हो सकता था। इस अनजान गली में वह थोड़ा असहज-सा महसूस कर रहा था।

वह सबसे अंतिम छोर तक आ गया। जहाँ गाँव लगभग ख़त्म ही होता था। इसके आगे खेत और कुछ झाड़ियाँ थीं और फिर मेन सड़क से मिल जाता था। यहीं कहीं खुशबू का घर होना चाहिए था। कुछ वक्त के लिये तो आदित्य को लगा कि बेवजह ही वह यहाँ आ गया। इतने कम जगह में इतनी छोटी-छोटी झोपड़ियाँ थीं और ऊपर से पतली गलियाँ कि किसी का घर ढूँढ़ पाना आसान नहीं था। फिर आदित्य को लगा कि उस तरफ एक और घर था, वहाँ से बकरियों के मिमयाने की आवाज आ रही थी। वह आगे बढ़ा और देखा कि वहाँ एक घर था। शायद यह घर का छोटा बैठकी हो। सामने खूँटे पर एक बकरे को लटकाया गया था। उसके शरीर से चमरा खींच कर आधा उतार लिया गया था। बकरे का खून टपक कर नीचे जमीन पर गिर रहा था और वातावरण में एक अजीब-सी गंध फैली हुई थी। आदित्य को उल्टी होने ही वाली थी कि पीछे के किसी ने उसे टोका।

"क्या बात है? इधर क्या करने आये हो?" उसकी आवाज उस वक्त आदित्य को काफी डरावनी लगी। वह आदमी उम्रदराज था। उसके गालों पर सफेद दाढ़ी थी। आदित्य को देख कर उसके माथे पर लकीरें उभर आयी थीं। उसके हाथ में भारी और धारदार हथियार था। आदित्य ने गले में अटका थूक घूँटा और बोला,

"वो है न... जिस लड़की ने जिला टॉप किया है, उसका घर..."

इस बार भी आदित्य की बात अधूरी रही और वह आदमी बोला,

"हाँ, यही है। दावत तो रात में है, अभी ही चले आये।"

आदित्य की जान जैसे अटक गयी थी।

"दावत? ओ हाँ, दावत, दावत... हाँ, रहा नहीं गया न इसलिए।" आदित्य अटक-अटक कर बोला।

"अभी तुरंत दर्जन भर लोगों को पीछे से लौटाया है। गोश्त खाना है तो रात में आना।" उस आदमी ने कहा और फिर बकड़े के पास जाकर अपना आधा काम पूरा करने लगा। वह आदित्य से सलीके से ही बात कर रहा था फिर भी न जाने क्यों आदित्य अंदर-ही-अंदर डरा हुआ था। उसे उस आदमी की ओर देखने में नहीं बन रहा था। वह आदमी बकरे के ऊपर बारीकी से छूरा चला रहा था। प्रतीत होता था कि वह आदमी इस काम में माहिर था।

"वो... दावत तो ठीक है जी! मगर उसे मुबारकबाद भी तो देना है। खास कर यही सोच कर आया था जी!" आदित्य ऐसे बोल रहा था जैसे अपने डर को काबू कर रहा हो। उस आदमी ने बकरे के शरीर का एक छोटा-सा अंग काट कर बर्तन में रखा और बोला,

"जाओ... अंदर जाकर दे दो मुबारक़बाद। टॉप क्या की हमारे गले तो आफत ही आ गयी है। जाओ तुम खड़े क्यों हो? और हाँ, आने में देरी मत करना।"

आदित्य अब भी सोच में था कि अंदर जाए या रहने दे। जब घर के बाहर ये माहौल था तो अंदर क्या चल रहा होगा पता नहीं। लेकिन जब अनुमति मिल गयी थी तो धीरे-धीरे उसके कदम अंदर की ओर बढ़ गये। अंदर जाते ही सबसे पहले खुशबू को देख कर उसने चैन की साँसें लीं। ऐसा लगा जैसे सारा डर ख़त्म हो गया।

"याह अल्लाह!" बोलते हुए खुशबू ने अपने सीने पर हाथ रख दिया। उसके कँधे पर उसका दुपट्टा नहीं था। एक क्षण के लिये आदित्य की नज़रों ने खुशबू के

गोरे-चमकते सीने को निहारा और फिर नज़रें नीचे हो गयीं। खुशबू भागी कुछ दूर गयी और सीने पर अपना दुपट्टा ले लिया। जिस लड़की के चेहरे को किसी पराये लड़के ने ठीक से नहीं देखा, आदित्य ने उसे बेपरदा देख लिया। उसने लंबे गले वाली कुर्ती पहनी थी और गले पर उसका दुपट्टा भी नहीं था। खुशबू लज्जा से पानी-पानी हो गयी थी। उसे इस बात का आश्चर्य भी था कि आदित्य उसके निगाहों के सामने था।

"तुम! यहाँ कैसे!" खुशबू की बोली में आश्चर्य और खुशी के मिले-जुले भाव थे।

"हाँ, मैं यहाँ। टॉप करके तो तुम मुझे भूल ही गयी।"

"कौन है बेटी?" किसी लड़के की आवाज सुन कर उसकी अम्मी बाहर आयी और आदित्य को घूरने लगी। उसे पहचानने की कोशिश करने लगी।

"मेरी सहेली का भाई है अम्मी। वह नहीं आयी तो इसे भेज दिया।"खुशबू डरी हुई थी, इसलिए कुछ ज्यादा ही जोर से बोल पड़ी।

"उसे मुबारकबाद देने आया है... वो..." बाहर से उस आदमी ने आवाज दिया, तो खुशबू की अम्मी थोड़ी बेफिक्र हो गयी कि लड़का जाना-पहचाना था।

"आओ बैठो... और बताओ क्या-क्या कहा उसने?" खुशबू ने आदित्य को अपनी अम्मी से दूर रखी एक खाली टूल पर बैठने को कहा और फिर स्वयं भी एक टूल पर बैठ गयी।

घर का माहौल बिलकुल शांत था। ऐसा लगता था जैसे कई सालों से यहाँ कोई आता-जाता नहीं हो। बस बीच-बीच में बकरियों के मिमयाने की आवाज आती थी। आदित्य ने नज़र दौड़ाया तो पाया कि घर के पीछे बकरियाँ चर रही थीं। तभी एक मेमना दौड़ कर सामने आया और फिर उसे पकड़ते हुए एक लड़की। उस लड़की को देखने के बाद आदित्य ने खुशबू को देखा तो अंदाजा लगा लिया कि वह उसकी छोटी बहन थी। उसने आदित्य की ओर देखा फिर मेमने को गोद में उठा कर चली गयी।

"तो यह है तुम्हारा परिवार?" आदित्य ने धीरे से कहा। इतने धीरे की खुशबू की अम्मी तक आवाज नहीं गयी।

"हाँ, दरअसल आज हमने छोटी-सी दावत दी है उसी की तैयारी चल रही है।" खुशबू ने चावल की ओर इशारा देकर कहा, जिसे शायद वह कुछ देर पहले फटक रही थी।

"लोगों को दावत दिया जा रहा है और मुझे यह तक पता नहीं कि तुम यहाँ थी भी या नहीं? क्या एक बार मेरी याद नहीं आयी।" आदित्य खुशबू को देख कर खुश था, मगर उसकी हरकतों से उदास था। इसलिए उसके शब्द भी उदास निकले।

"ऐसा बोल कर हमारा दिल झल्ली न करो। इम्तिहान के बाद हम अपनी नानीजान के यहाँ चले गये थे। दो दिन पहले ही लौटे हैं।"

"दो दिन हो गये। तुमने तो कहा था कि मुझे ख़त लिखोगी उसका क्या हुआ? यदि आज मेरे घर के सामने से अख़बार वाला न गुजरता तो मैं तो जान भी न पता।"

"वैसे हमारे घर का पता कैसे चला? हमारा घर तो एकदम एकांत में है। ढूँढ़ने में दिक्कत तो नहीं हुई?" खुशबू ने कहा। उसके अंतिम वाक्य पर आदित्य बोला,

"ये इश्क़ नहीं आसां... बस इतना समझ लो तुम... कि भयानक गलियाँ थीं और भयभीत होकर आना था। पहले तो छूरे की दुकान वाले ने मुझे डरा दिया और जब यहाँ आया तो घर के बाहर ही..."

आदित्य को रोकते हुए खुशबू बोली, "बस इतने में ही हालत पंचर हो गयी। तुम तो कहते थे मोहब्बत को किसी का ख़ौफ नहीं। और हाँ, वो छूरे वोले हमारे चच्चाजान हैं और बाहर हमारे अब्बा हैं।"

"चाचा छूरा बेचते हैं और अब्बा क्या बखूबी उसका इस्तेमाल करते हैं।" आदित्य ने अपना डर जताया।

"चच्चा हमारे अब्बा से ख़फ़ा हैं। वो नहीं चाहते थे कि हम मदरसा के अलावा कहीं और पढ़े। अब्बा हमारी जिद पर इतना तक किये हैं, वो भी सिर्फ हमारी खुशी के लिये।"

"इतनी छोटी बात तुम्हारे घर पर बैठने पर पता चलता है कि कितनी बड़ी है। इस गली की और लड़कियाँ तुम्हारी तरह सचमुच में बाहर नहीं जाती होंगी,

मुझे ऐसा अंदाजा होता है।"

"हाँ, मौलवी साहब उन्हें पढ़ाने आते हैं। और कुछ को एकाध मास्टर साहब।"

"चलो वो सब तो ठीक है। अब यह बताओ की भूल गयी थी क्या मुझे? तुम कहती हो मुझसे मोहब्बत नहीं करती, मगर मैं तो करता हूँ। मेरी याद तक नहीं आयी तुम्हें?"

"तुम्हें लगता है कि हमने तुम्हें याद नहीं किया...? ऐसा पहली बार हुआ है जब किसी की इतनी याद हमें सतायी है। और किसने कहा कि हमने तुम्हें ख़त नहीं लिखा। हर रोज़ हम तुम्हें ख़त लिखे थे, लेकिन तुम्हें लगता है कि यहाँ से निकल कर हम सिर्फ ख़त रखने वहाँ जा सकते?"-खुशबू ने कहा और अपनी बदकिस्मती पर भी मुस्कुरा दी। वह अपने जगह से उठी और कमरे के अंदर गयी। जब वहाँ से वापस आयी तो उसके हाथ में एक छोटा थैला था।

"ये लो देख लो कितने ख़त हैं और ले जाओ इसे वरना एक बेचैनी रहेगी हमें।" कह कर खुशबू ने ख़त से भरा थैला आदित्य को थमा दिया। इतने सारे ख़त एक साथ देख कर आदित्य बड़े आश्चर्य में था।

"ये तो एक महीने का राशन है।" आदित्य ने कहते हुए थैला अपने पास रख लिया और फिर बोला, "वैसे यह बताओ, तुमने कहा था कि तुम्हारे अब्बा गर्म मिज़ाज के हैं फिर मुझे तुमसे बात करने कैसे दे रहे हैं? वो भी इतनी आसानी से अंदर भेज दिये आश्चर्य वाली बात है?"

"वो शायद इसलिए कि तुम यहाँ तक पहुँच गये, वरना यहाँ हमसे मिलने कोई नहीं आता। तुम्हारी हिम्मत के कारण अब्बा ने उतना दिमाग नहीं लगाया, वरना बकरों के साथ तुम भी खूँटे से बँधे होते।" बोल कर खुशबू हँस पड़ी।

"एक तो पहले से डरा हुआ हूँ, ऊपर से तुम और डरा रही हो।"

"सचमुच... रात को दावत में मत आना फिर देखना अब्बा तुम्हें खोज कर दावत देंगे।" खुशबू ने आदित्य का उपहास कर डराते हुए कहा।

"तुम्हें तो पता है कि मैं शुद्ध शाकाहारी हूँ।"

"इसलिए हमने पहले ही कहा था हम इस रिश्ते को मोहब्बत का नाम कैसे दे सकते हैं? हम दोनों अलग हैं। हमारा दस्तूर अलग है... यही हमारा समाज है और हम तुमलोगों से अलग हैं।"

"मैं वो सब नहीं जानता। ये इतने सारे ख़त गवाही हैं इस बात के की तुम्हें भी मुझसे प्रेम है। तुम डरती हो अपने ही समाज से।" आदित्य की आवाज थोड़ी ऊँची हो गयी तो खुशबू की अम्मी थोड़ी और करीब आ गयी और चावल फटकने लगी। उनकी बातें सुनने कि आखिर उनकी बातें ख़त्म क्यों नहीं हो रही थीं। भला ख़त्म कैसे होती, दो प्रेमी इतने दिन बाद एक-दूसरे से मिले थे।

"ये सारे नोट्स तुम बहन को दे देना..." खुशबू ने अपनी अम्मी को एहसास दिलाया कि सब ठीक है। खुशबू की अम्मी को पास बैठे पाने पर आदित्य धीमे स्वर में बोलने लगा,"ख़ैर... तुम तो शोहरत बटोरने में लगी होगी। गाँव की टॉपर हो? लोगों की तो ख़ूब प्रशंसा मिल रही होगी न तुम्हें?"

"तारीफ! हम तो चाहते हैं कि कोई और ही टॉप कर गया होता। हम बस पास किये होते तो आगे पढ़ पाते। हमें तो लोगों की तारीफ नहीं खरी-खोटी सुनने को मिल रही है। वह तो पत्रकार लोग आये थे तो अब्बा से कुछ लोगों ने दावत माँग लिया तो अब्बा मना नहीं कर पाये।"

"खरी-खोटी! क्यों? इसमें ऐसी क्या बात है। सरकार तुम्हें प्रोत्साहित भी करेगी। और आगे पढ़ पाते, का क्या मतलब?" आदित्य को खुशबू की कोई भी बात समझ नहीं आयी।

"बस इतना समझ लो कि हमें हमारे हिस्से की खुशियाँ मिल चुकी हैं अब और नहीं।"

"क्या अब और नहीं?" आदित्य ने सवाल किया। बोलते वक्त उसकी आँखें सिकुड़ गयीं।

"बातें अब और नहीं... रात को दावत में तो आ रहे हो न, जरूर आना।" बोलते हुए खुशबू खड़ी हो गयी। उसने अंदाजा लगाया कि शायद उसकी अम्मी उनकी बातें सुनने की कोशिश कर रही थी। इसलिए खुशबू ने बात दूसरी ओर मोड़ दिया और मुस्कुरा दी। आदित्य भी खड़ा हो गया। बात काफी लम्बी चली

फिर भी आदित्य को ऐसा लग रहा था कि कुछ बातें नहीं हुई। बहुत कुछ पूछना था उससे... सब अधूरा रह गया।

"खुशबू उससे पूछो कि वो सेवईया खायेगा..." खुशबू की अम्मी ने कहा। आदित्य अपने खयालों से बाहर निकला। अब जाने का वक्त हो गया था।

"नहीं... नहीं... रहने दीजिए... फिर कभी।" बोल कर एक दिखावटी मुस्कान लिये आदित्य बाहर निकला तो देखा कि खुशबू के अब्बा ने अपना काम पूरा कर लिया था।

***

अध्याय- ग्यारह

रात के आठ बजने को थे। आदित्य को ख़याल आया कि दावत शुरू हो गयी होगी। यह ऐसी दावत थी कि अपने महबूब के हाथों का बनाया चख भी नहीं सकता था। आदित्य को दावत में आने के लिये कहना भले ही एक औपचारिकता थी, मगर आदित्य इस मौके को गँवाना नहीं चाहता था। यह बड़ा अच्छा मौका था अपने महबूब के घर जा धमकने का। खास कर तब जब न्योता स्वयं उसके बाप ने दी हो।

यूँ तो वह खास से खास साथी के यहाँ रात में किसी दावत पर नहीं जाता, मगर उसके अंदर जो अधूरी बातें रह गयी थीं, वे उसे घर पर बैठने नहीं दे रहे थे। साइकिल से निकलता तो लोग पूछते कि रात को कहाँ चल दिये? इसलिए इसबार पैदल ही निकल पड़ा।

“माँ... मैं अपने एक साथी के घर कुछ विचार-विमर्श करने जा रहा हूँ... आने में देर हो जाएगी तुमलोग टेंशन मत लेना खाकर सो जाना...” आदित्य ने दहलीज पार करते हुए बोला।

“लेकिन खाना तो बन गया है, खाकरजाओ...” माँ ने आवाज दिया।

“नहीं... उसने खास कर खाने में बुलाया है...” वह और इंतजार नहीं कर सकता था, इसलिए बोला और वहाँ से चला गया।

सड़क पर उसके पैर जल्दी-जल्दी चल रहे थे। वह अंदर-ही-अंदर यह भी सोच रहा था कि साइकिल ले ही लेता तो ठीक था। सड़क पर कोई मिल तो रहा नहीं फिर डर किसका। अगले ही पल कुत्तों ने उसे डर का एहसास करवाया। रात को आवारा कुत्ते भी शेर बन जाते हैं। जब वे सारे कुत्ते भौंकने लगे तो सुनसान रास्ता, भयानक रास्ते में तब्दील हो गया। बस एक ही चीज की कमी रह गयी किसी ने 'चोर-चोर' नहीं चिल्लाया। आदित्य किसी तरह उन कुत्तों से अपनी जान बचा कर भाग निकला।

रात को खुशबू के घर की तरफ जाने वाली गलियाँ तो और भी डरावनी लग रही थीं। ऐसा लग रहा था जैसे वहाँ कोई रहता ही नहीं था। कहीं एक-दो सौ वाट की बल्ब, तो कहीं घना काला अँधेरा। ऊपर से रात के कीड़े आवाज कर इस गली को और भी भयंकर बना रहे थे। शुक्र था कि अब तक एक भी कुत्ते नहीं मिले थे, वरना आदित्य के इस दावत यात्रा में चार चाँद लग जाते। अँधेरे में गली का अनुमान लगा पाना भी मुश्किल लग रहा था। उसे एक टॉर्च की कमी खल रही थी। जैसे कुछ देर पहले साइकिल की कमी खल रही थी।

सबके घर इतने छोटे और एक जैसे थे कि अँधेरे में यह भी पता करना आसान नहीं था कि खुशबू का घर कौन-सा था। घर के सामने खूँटे को देख कर आदित्य ने खुशबू के घर को पहचान लिया। हाँ, वही खूँटा, जिसपर सवेरे बकरा लटका था। रात के नौ बजने चले थे। दावत के दिन इतनी शांति पाकर आदित्य को जरा अटपटा लगा। इसलिए पीछे के रास्ते से जाना बेहतर समझा।

"यदि किसी ने पूछा कि इधर से कैसे? तो कह दूँगा कि रास्ता भटक गया था।" आदित्य ने मन में सोचा और पीछे की ओर जाने लगा।

उस वक्त झाड़ियों में उसे साँप या बिच्छू का डर नहीं लगा। आहिस्ते से ताकि सूखे पत्तों की आवाज न हों वह पीछे की ओर बढ़ रहा था। जब घर के ठीक पीछे गया तो देखा कि यह बकरियों के रखने की जगह थी। यहाँ एक छोटी-सी डिबिया जल रही थी। उस हल्की रोशनी में आदित्य ने देखना चाहा कि वहाँ और क्या सब था तो देख पाया कि कहीं बकरियों के लिये चारा रखा था तो कहीं उनके पीने के लिये पानी। ऐसा प्रतीत होता था कि खुशबू के अब्बा बकरियाँ पालते थे। कहीं कुछ बकड़े व बकरियाँ बाँस की लकड़ियों से बनी हुई कोठरी

में खूँटे से बँधे थे तो कहीं खुले में कुछ बकरियाँ सुस्ता रही थीं। कोठरी के पास कोने में एक खर और फूँस का एक तरह का बिछावन बना था। शायद देख-रेख के समय यहाँ बैठने के लिये बनाया था। बड़ी बारीकी से इन्हें देखते हुए आदित्य आगे बढ़ा। महक से यह अनुमान लगाया जा सकता था कि यहाँ दावत तो हुई थी। शायद लोग जा चुके थे। जब आदित्य ने आँगन में झाँका तो देखा, एकमात्र डिबिया जल रही थी। मट्टी की जमीन थोड़ी गिली थी। ऐसा लग रहा कि किसी ने अभी-अभी यहाँ झाड़ू लगाया था। सभी घर के अंदर थे। अंदर रोशनी के लिये शायद लालटेन जल रहा था। आदित्य चोरों की तरह घर को निहार ही रहा था कि उसे किसी के कदमों की आहट हुई। वह तुरंत पीछे हटा और कोठरी के पास जाकर छुप गया। देखा तो खुशबू इधर ही आ रही थी। उसने पटियाला सूट पहन रखा था। सवेरे की तरह ही उसके कंधे पर दुपट्टा नहीं था। वह निःफिक्र थी। उसके हाथ में झाड़ू था। शायद वह झाड़ू रखने के लिये इधर आ रही थी।

पास के एक ट्यूब-वेल से उसने हाथ-पैर धो लिया। वह काफी थकी हुई लग रही थी। जो लड़की पढ़ने में एक टॉपर थी, शायद अपने घर के कामों में भी माहिर थी। ऐसा प्रतीत होता था कि सारे काम उसी ने किये थे।

“सब कुछ हो गया हो तो पीछे का फाटक लगा कर डिबिया बुझा देना।” उसकी अम्मी की आवाज आयी।

“हाँ ठीक है... सब हो ही गया है...” खुशबू बोली और जाने लगी। आदित्य समझ न पाया कि क्या करे। यदि वह अचानक उसके सामने आ गया तो वह चिल्ला देगी। चुपचाप बैठा रहे तो वह फाटक लगा कर चली जाएगी। फिर जान पर खेल कर आया किस काम का। इसलिए उसे अपने पास बैठी सुस्ताई एक बकरी को छेड़ दिया। बकरी मिमियाई। खुशबू ने बकरी की ओर ऐसे देखा जैसे उसकी बकरियाँ मिमियाती ही न हों। उसे एहसास हुआ कि कोई तो था अँधेरे में। वह उस बकरी के पास आयी, जिसे आदित्य ने छेड़ा था। बकरी को सहलाने के लिये वह जैसे ही नीचे झुकी तो हल्की रोशनी में देखा कि होंठों पर अपनी एक उँगली रख कर आदित्य बैठा था। यह उसके चुप रहने का इशारा था। यूँ अँधेरे में आदित्य को इस तरह देख कर खुशबू चिल्ला उठी, मगर उसकी चीख अंदर ही थी। उसके मुँह से कोई आवाज न निकल पाया।

"मैं हूँ... आदित्य। तुम चिल्लाना मत। मैं हूँ देखो।" आदित्य खड़े होते हुए धीरे से बोला।

"लेकिन तुम हो ही क्यों! यहाँ! वो भी ऐसे!"

"क्यों तुम सबने ही तो बुलाया था दावत में..."

"वो तो आधे घंटे पहले ही खत्म हो गयी... अभी क्यों आये हो?"

"अभी क्या रात नहीं है? रात में ही बोला था आने को।" आदित्य फुसफुसा रहा था।

"कोई बड़ी दावत नहीं थी छोटी-सी थी। कम लोग थे, इसलिए ख़त्म हो गयी। और जब तुम्हें आना ही था तो ऐसे चोरों की तरह क्यों आये हो?" खुशबू बोल कर थोड़ा मुस्कुराई। जबकि भय अब भी उसके दिमाग में था कि आदित्य यह क्या कर रहा था। पहले अचानक घर आना और फिर इस तरह रात में...!

"तुम्हारे घर में लाइट नहीं है क्या? इतना अँधेरा क्यों?" आदित्य ने पूछा।

"नहीं, लाइट बहुत कम ही रहती है, लेकिन इससे काम तो चल जाता है।" खुशबू ने जल रहे डिबिया की ओर इशारा करते हुए कहा। ऐसी डिबिया जो धुकधुका रही थी, न जाने कब बुझ जाए।

"फाटक लगाई... जल्दी करो..." उसकी माँ ने फिर आवाज दिया।

"तुम अब जाओ यहाँ से... अब्बा थक के सो गये हैं, जग गये तो मुसीबत हो जाएगी।" खुशबू जल्दी से बोली और जाने लगी। तभी आदित्य में इतना साहस कहाँ से आ गया कि उसने खुशबू को पीछे से पकड़ा और उसे अपने आगोश में ले लिया।

"या अल्लाह! ये क्या कर रहे हो! इसकी इजाज़त हम तुम्हें नहीं देते... जल्दी छोड़ो हमें..." खुशबू घबराते हुए बोली, मगर इतने धीरे कि उसकी आवाज सिर्फ आदित्य ही सुन सके। आदित्य अपने ही धुन में था जैसे वह खुशबू के कमर का नाप ले रहा हो। उसके कोमल बदन की छुअन से आदित्य के रक्त का संचार बढ़ गया था। जब देखा की खुशबू काफी असहज हो चुकी है तो आदित्य बोला,

"छोड़ दूगाँ... पहले कहो कि यहाँ वापस आओगी?"

"अगर हम चले गये... तब तो आने का सवाल ही नहीं उठता है। हमें तुम्हारे मनसूबे ठीक नहीं लग रहे हैं।"

"तो फिर रहो यहीं..." बोल कर आदित्य ने उसकी नाभी को छेड़ दिया। खुशबू की छटपटी छूट रही थी। आदित्य उसे इतनी सख़्ती के पकड़ रखा था कि खुशबू उससे ख़ुद को छुड़ा नहीं पायी।

"ठीक है... हम आयेंगे। पहले ये वादा करो कि ऐसी हरकत नहीं करोगे?"

"ठीक है। लेकिन जल्दी आना।" बोल कर आदित्य ने उसे मुक्त कर दिया।खुशबू की अटकी साँसें उसके फेफड़ों से बाहर निकली। उसे यह यकीन नहीं हो रहा था कि पल भर पहले उसके साथ क्या हुआ था।

वह दौड़ कर गयी और फूँक मार कर डिबिया बुझा दिया। फिर फाटक सटा कर घर के अंदर चली गयी। आदित्य भी उस तरफ से देख रहा था कि वह और क्या-क्या करने वाली थी। मगर अँधेरे में कुछ नहीं दिख रहा था सिवाय कमरे से आती धीमी रोशनी के।

"अम्मी तुम सोई नहीं अभी तक?" खुशबू के पास कोई शब्द ही नहीं था, इसलिए यह बोल दिया और देखा कि अम्मी सोई या नहीं। उसकी अम्मी सिर्फ बिछावन पर लेटी हुई थी। खुशबू ने लालटेन बंद कर दिया और फिर कहा,"हम जा रहे हैं सोने के लिये।" बोल कर वह निकली और बगल वाले कमरे में गयी।

वह अपनी छोटी बहन के साथ सोती थी। वहाँ भी धीमी रोशनी में लालटेन जल रहा था। कमरे में दो छोटे बिछावन थे। एक पर उसकी छोटी बहन सो रही थी। इस कमरे का लालटेन भी उसने बुझा दिया और यह पुष्टि करने के लिये कि उसकी बहन सोई या नहीं, खुशबू बोली,"सो गयी क्या...? सब सो गये हैं, हम भी सो रहे हैं ठीक है..." बदले में कोई जवाब नहीं मिला तो समझ गयी कि वह सो गयी थी। खुशबू लंबी-लंबी साँसें लेने लगी। यह पहली बार था जब वह ऐसा कर रही थी। घर के पीछे एक लड़का था और वह उसका इंतजार कर रहा था। उसे भगाने के बजाए, घर को अँधेरा कर उसके पास जा रही थी। दबे पाँव वह अँधेरे में फिर से घर के पीछे गयी। खर के बिछवान पर आदित्य बैठा था।

"देखो हम आ तो गये, लेकिन तुम हमें छूना मत।" खुशबू उसके पास

जाकर बोली।

"फिर तुम मेरे पास क्यों आ रही हो..." आदित्य शरारती अंदाज में बोला।

"तुम्हें घरवालों से बचाने के लिये। यदि रात में किसी ने आवाज सुन लिया न तो ख़ैर नहीं।"

"यदि इतना डर था तो दोबारा यहाँ आयी ही क्यों तुम? इसका मतलब है कि तुम मुझे चाहने लगी हो... तुम मुझसे प्रेम करने लगी हो।"

"बस भी करो ये सब... कोई सुन लेगा। तुम तो चोर की तरह आये हो। तुम्हारी वजह से हमें भी अपने ही घर में चोर बनना पड़ा।" खुशबू बोल कर रुकी और फिर बोली, "वैसे तुम आये ही क्यों इस तरह? जब दावत में शरीक होना ही नहीं था?"

"प्रेम किया और छिप कर कभी मिले नहीं, तो ख़ाक प्रेम किया।" आदित्य ने कहा।

"हमने तो नहीं... हम बस साथ हैं।" खुशबू ने प्रेम वाली बात को सरासर नकार दिया। उसे याद था कि कुछ देर पहले आदित्य ने उसे कैसे पकड़ लिया था। और प्रेम की बातों से उसका मन और न बढ़ जाएगा।

आदित्य ने अँधेरे में खुशबू का चेहरा देखना चाहा। उसके करीब अपना चेहरा लाकर बोला,

"छिप कर मिले न?"

"हाँ।"-खुशबू ने जवाब दिया।

"और छिप कर क्यों मिले? क्योंकि..." आदित्य बोल रहा था।

"बस... बस... बस भी करो तुम अपनी रूहानी बातें। इन बातों से तुम मुझे काबू में कर लेते हो।" खुशबू आदित्य को रोक कर बोली।

"तुम अब भी मेरे काबू में हो, नहीं तो रात में इस तरह मेरे पास क्यों बैठी रहती?" आदित्य मुस्कुराया। बदले में खुशबू भी मुस्कुरा दी। शायद बात सही थी। फिर भी खुशबू बोली,"तुम कोई जादू-टोना करने वाले हो? हम यहाँ हैं

क्योंकि..., क्योंकि... हम यहाँ आये हैं।” उसने सोच कर कहा। उसके जवाब के बाद आदित्य ने कुछ नहीं सोचा। वो समझ गया की खुशबू डरी हुई थी।

“तुमने मेरे ख़त पढ़े?”खुशबू ने पूछा।

“अभी तक तो नहीं। सोचा कि आज ख़त लिखने वाली से ही मिल कर आ जाऊँ। मैं वो सब भी जानने आया हूँ, जो शायद उस ख़त में न हों।”

“क्या जानना है तुम्हें? पूछो...” अँधेरे में भी खुशबू की नज़रें आदित्य की ओर लगी हुई थी।

“इतना इंतजार करवाया तुमने। तुम तो टॉप भी हो गयी। अब आगे क्या सोचा है, क्या करोगी?”

“सोचना क्या है। बातों-बातों में बताया तो था तुम्हें। अब तक अब्बा ने हमारी खुशियों का ख़याल रखा। अब हमारी बारी।” बोल कर खुशबू मुस्कुरा दी।

“यानी अफसर बनना है...?” आदित्य सचमुच अबतक खुशबू की बात नहीं समझ पाया था।

“अफसर... न जी। अब तो वक्त है घर में रह कर अब्बा-अम्मी की ख़िदमत करने का और हमारी छोटी बहन भी है, वो स्कूल नहीं जाती; सिर्फ मदरसा जाती है। हम ही उसे स्कूल के विषय पढ़ाते हैं। ये सब जो देख रहे हो-ये बकरियाँ, चारा-पानी, मेरी छोटी बहन देखती थी, हमारी गैर-हाजिरी में। अब हमारी बारी। हम देखेंगे और उसे पढ़ायेंगे। ऐसा करने के लिये तो अब्बा तैयार भी हो गये हैं।” उसने फिर हल्का मुस्कान भरा।

“जो लड़की टॉप कर चुकी है, वो इन गलियों में सीमित होकर रह जायेगी? और कब तक काट पाओगी ऐसे?” आदित्य उसकी स्थिति देख कर थोड़ा भावुक हो गया।

“ऐसी सिर्फ हम ही नहीं हैं। इस गली की हर घर की यही कहानी है। कोई भी लड़कियों को ज्यादा दूर निकलने नहीं देते हैं। और रही पढ़ाई की, तो इसका क्या फायदा? उतनी जानकारी काफी होती है, जितने में जिंदगी जी जा सके।

यहाँ कोई बड़ा ख़्वाब नहीं देखते, क्योंकि इसके चक्कर में कितने घर उजर चुके हैं। कितने झाँसे में फँसे हैं और कितनों का कोई पता नहीं कि घर खाली कर वे कहाँ चले गये। हमारी छोटी-सी दुनिया है और हम इसी में खुश रहना जानते हैं, क्योंकि हमें ऐसा ही सिखाया गया है। हम बस उन्हीं रहमों करम पर चलते हैं। ऐसा नहीं है कि यहाँ किसी ने किसी गैर से छिप कर मोहब्बत नहीं किया, मगर जिसने भी किया... उसका अंजाम बहुत ही बुरा हुआ।" खुशबू को इस बात की ख़बर नहीं रही कि वह आदित्य के काफी करीब आ गयी थी। उसके शरीर का कुछ भार आदित्य ने सँभाल रखा था। ऐसा पाकर खुशबू थोड़ा हिचकिचा गयी।

"कोई बात नहीं मैं ठीक हूँ... और तुम भी यहाँ सलामत हो।" आदित्य ने कहा। खुशबू की बातों से आदित्य की आँखें नम हो गयी थीं। उसे प्रेम भी हुआ तो उस शख्स से जिसने आज तक प्रेम का कोई अच्छा अंजाम न देखा। खुशबू अपनी ही बातों से खामोश हो गयी तो आदित्य बोला,"और वो तुम्हारे चाचा? वो भी..."

"हाँ...वो भी हमसे और अब्बा से ख़फा थे। आज माने, जब अब्बा ने कह दिया कि अब हम किसी कॉलेज में नहीं पढ़ने वाली हैं, यहीं रहेंगे। मेरे टॉप होने पर काफी सारे लोग हमारे घर आने लगे। हमें देखने लगे। पहले ननीहाल में और अब यहाँ भी। ये सब उन्हें पसंद नहीं कि इतने सारे लोग हमें देखें और उन्हें लगता था कि टॉप होने के बाद अब्बा हमें बाहर भेज देंगे और क्या पता हम वहाँ से आयेंगे भी कि नहीं। ये दुनिया भी तो फरेब की है। क्या पता वहाँ हमारे साथ कौन खेल जाए। क्योंकि ऐसा पहले हो चुका है। शायद एक भी ऐसी घटना नहीं, जो इस गली-मोहल्ले में न घटी हो। बस उस सब का बचाव है हमारा रिवाज।"

आदित्य ने प्रेम को जितना आसान सफर समझा था, खुशबू की बातों ने उसे एहसास दिला दिया कि सचमुच ये कोई एक आग का दरिया है। एक काफी ज्वलंत आग का दरिया और इसे पार करने वाला ही अपने प्रेम को साकार कर सकता है।

"इसलिए हम अपनी जुबान पर यह कभी आने भी नहीं देते कि हमें तुमसे मोहब्बत है..." खुशबू की जुबां से ये शब्द अपने आप ही निकल गये। आदित्य ने महसूस किया कि खुशबू के हाथ काँप रहे थे। आहिस्ते से उसने खुशबू का हाथ

अपने हाथों में ले लिया और प्यार से उसे सहलाने लगा। (उसका हाथ इतना कोमल कि रात के अँधेरे में उसे लग रहा था कि वह किसी गिलहरी की पीठ को सहला रहा हो।)खुशबू ने कहा था कि वह उसे छूए न, मगर जब आदित्य के हाथ उसे छू रहे थे तो उसने इस बार इंकार नहीं किया।

“तो क्या हमारा रिश्ता भी एक अच्छे अंजाम तक नहीं पहुँचेगा?” आदित्य की यह बात खुशबू के दिल में जाकर अटक गयी। इसका उत्तर शायद दोनों में से किसी के पास नहीं था।

“मगर मैं तुम्हें इस डर से छोड़ देने वाला बुज़दिल नहीं हूँ। मैंने सच्चा प्रेम किया है और मैं आखिरी दम तक निभाऊँगा। तुम सिर्फ गम की हकदार नहीं हो... मैं तुम्हारी खुशियों के लिये कुछ भी करूँगा ये वादा रहा।” आदित्य ने उसका हाथ सख्ती से पकड़ लिया। जिस शरारती अंदाज में वह यहाँ आया था, सोचा था कि आज खुशबू को चूम लेगा। मगर अब हालात कुछ और ही थे। दोनों की धड़कनें कुछ और ही वजह से धड़के जा रही थी।

“क्या हम ऐसे ही मिलते रहेंगे? डर को गले लगा कर किसी और के गले नहीं लगा जाता।” खुशबू ने मासूमियत से कहा।

“मुझे पूरा यकीन है कि हम इस समाज से जीत जायेंगे। जो रीति इन्होंने बनाई है वो जीवन जीने का नहीं, उससे डर कर मुँह छिपाने का नहीं है। हाँ, हम मिलेंगे और ऐसे ही मिलते रहेंगे; अपने प्रेम को नया आकार देते रहेंगे, क्योंकि प्रेम किसी एक ढाँचे में सिमट कर नहीं रह सकता।”

“कभी-कभी तुम मुझे उम्र से ज्यादा ही उम्रदराज लगते हो।” खुशबू बोल कर मुस्कुराई और कहना जारी रखा,

“क्या यह सब गलत नहीं है? हमारा समाज... हमारा परिवार...? हमारे नियम कुछ और कह रहे हैं और हम कुछ और ही कर रहे हैं।”

“मैं यह नहीं कहता कि अपने परिवार-समाज को छोड़ कर मेरे साथ भाग चलो... भागते तो बुज़दिल हैं। हम तब तक लड़ेंगे जब तक हमारा समाज हमें समझ न ले कि हर बार वे ही सही नहीं हैं। और बात रही नियमों की, तो नियम तो बस एक विश्वास है। हम जिसपर विश्वास करते हैं, वही हमारा नियम बन

जाता है। मैं प्रेम की शक्ति पर विश्वास करता हूँ और प्रेम ही समाज को चलाने का नियम है। इसलिए क्योंकि मैं प्रेम पर विचार करता हूँ। हम जिसपर विचार करते हैं, उसपर हमारा विश्वास बढ़ जाता है और जिसपर विश्वास करते हैं, वही एक दिन नियम बन जाता है।"

"लेकिन हम अब भी नहीं स्वीकारेंगे कि हम तुमसे मोहब्बत करते हैं क्योंकि हमें पता है एक दिन हम किसी और की हो जायेंगे और उस दिन हम तुम्हारे बारे में एक शब्द भी नहीं बोल पायेंगे। भला ये कैसा मोहब्बत हो सकता है, जिसका जिक्र करना भी गुनाह हो?"

"हम जिक्र इसलिए भी नहीं करते कि हम अपने ही समाज से डरते हैं, क्योंकि उन्हें प्रेम का नियम नहीं पता। उन्हें बस उसमें विश्वास है जो सदियों से चली आ रही है। मगर हम भी डँटे रहेंगे, हार नहीं मानेंगे। जब तक की यह पृथ्वी घूम रही है, हम यही मानते रहेंगे कि तबतक जीवन है। आखिर पहले ही विनाश का खौफ़ क्यों? एक दिन ये जमाना ख़ुद समझ जायेगा कि प्रेम नियमों का अनुसरण नहीं करता।"

भले ही आदित्य की स्कूली शिक्षा अभी सामान्य थी, मगर उसके विचार असामान्य थे। ईश्वर के आँगन में रह कर शायद उसने जीवन के असली सौंदर्य तो तलाश लिया था।

खुशबू का हाथ अब भी आदित्य के हाथों में सलामती से था। रात शांत थी और दोनों के बीच एक ख़ामोशी... जैसे ये रात भी शांति से कुछ कह रही थी और दोनों सुन रहे थे। काफी वक्त तक जब दोनों खामोश रहे तो खुशबू को कुछ याद आया,"अब फिर से इस तरह यहाँ मत आना समझे। यदि पकड़े गये तो दोनों के साथ बुरा होगा। हम नहीं चाहते कि यह रिश्ता भी बदनामी का रूप ले ले। परिवार ने हमारी खुशियों के लिये बहुत किया है। हम उनका मान रखना चाहते हैं।"

"लेकिन तुम्हें बिना देखे मैं रह भी तो नहीं पाऊँगा न। न तुम ख़त वहाँ रख पाती हो और न ही तुम्हारे पास मोबाइल रहता है कि किसी बहाने मैं तुमसे बात कर लूँ... अब इतनी दूरी बर्दाश्त नहीं होती।"

"हम कोई उपाय निकाल लेंगे। जैसे सहेलियों के घर पर पढ़ने जाना या

छोटी बहन को छोड़ने जाना... कभी-कभार सब्जी लेने हम जाते हैं। ख़त रखने का जगह बदल देंगे।" बोल कर खुशबू मुस्कुराई और फिर बोली, "लेकिन एक वादा करो कि तुम हमारी खुशियों की परवाह करोगे, जैसे हम अपने परिवार की करते हैं। तुम हमसे किसी बात का जिद नहीं करोगे। हमें समझोगे।"

"अभी वादा करने की क्या जरूरत है? ये सब मैं पहले से करते आ रहा हूँ-तुम्हें पता है न? फिर भी वादा रहा..." आदित्य ने वादा किया।

खुशबू ने अपना दूसरा हाथ भी आदित्य के हाथों के ऊपर रख दिया। सचमुच में उसका छुअन आदित्य के लिये एकदम अद्भुत एहसास था। यह दोनों की पहली मुलाकात थी। इतनी सहजता और इत्मीनान के साथ दोनों कभी मिलेंगे इसकी कल्पना भी दोनों ने नहीं की थी। इस मिलन से दोनों की भावनाएँ और भी ज्यादा एक और मजबूत हो गयी थीं।

आदित्य के लिये सृष्टि के तमाम सुख एक तरफ थे और खुशबू की हथेलियों को थामना एक तरफ। खुशबू भी अपनी हथेलियाँ आदित्य को सौंप कर तृप्ति हो गयी थी। उसे इस बात का भली-भाँति एहसास था कि उसकी हथेलियाँ एक महफ़ूज़ हाथों के हवाले थीं। दोनों एक-दूसरे के एहसास में कबतक खोये रहे यह भी पता न चला। काफी रात हो गयी थी, इतनी रात कि कब सुबह हो जाए इसका भी अंदाजा न था। मगर यह जाने का वक्त था जैसे ऐसा किसी ने कान में आकर कह दिया और आदित्य जाने के लिये खड़ा हुआ। उसकी तमन्ना थी कि वह इस बार मज़ाक से नहीं ईमानदारी से खुशबू को अपनी बाँहों में भर ले। मगर अब तक खुशबू ने अपनी बाँहों को ख़ुद में ही समेटे रखा था। जल्दी में वह दुपट्टा लेना भूल गयी थी।

आदित्य रात को राज़ बना कर वापस आ गया और मंदिर में जाकर सो गया। इस बार उसे पहले की तरह आने में कोई भय नहीं लगा, बल्कि ऐसा लगा जैसे भय उससे कोसों दूर भाग गया था। उसके शरीर से सिर्फ मंद-मंद सुगंधित खुशबू आ रही थी, बिल्कुल जादुई... खुशबू की तरह।

अध्याय- बारह

कुछ वक्त बीत चुके थे।

"नहीं, नहीं, इसकी क्या जरूरत है? यह तो बस मैंने आपलोगों का मन रखने के लिये किया और कुछ ख़ुद को सिद्ध करने के लिये भी। मुझे इसकी कोई जरूरत नहीं है।" आदित्य ने पैसे लेने से सख्त मना किया और अपने कदम पीछे कर लिये।

"न... न... न... आपको तो लेनी ही होगी और ये हम आपको पैसे नहीं दे रहे हैं, यह तो आपकी दक्षिणा है, इसे स्वीकारिए!" भक्त ने आग्रह किया। उसकी हथेलियों में एक सौ इक्यावन रुपये थे।

"ले लो बेटा, दक्षिणा को अस्वीकार नहीं किया जाता है।" दीपक ने आदित्य से कहा। बाबा की बात को भला वह कैसे टाल सकता था। उसने अपने हाथ आगे किये और भक्त ने बड़ी श्रद्धा से आदित्य के हाथों में दक्षिणा दिया। यह आदित्य का पहला दक्षिणा था और यकीनन पहला पूजा भी। इस बार दीपक उसके सहयोग में था और पूजा कि क्रिया विधि आदित्य कर रहा था। वह काफी खुश था कि उसने अपने जीवन का पहला पूजा करवाया था।

दीपक अच्छे बाप होने के नाते आदित्य को वह सब सीखा रहा था, जो समय की माँग थी। यह सब करके आदित्य का प्रफुल्लित मन भी दीपक को संतोष पहुँचाता था।

***

पूजा संपन्न करने में थोड़ी देरी हो गयी थी। आज और इसी वक्त में ख़ुशबू ने मिलने का मन बनाया था। पिछले कुछ दिनों में ख़त का सिलसिला फिर से शुरू हो गया था। ख़ुशबू ने झोले भर के जो ख़त लिखे थे, आदित्य को उसका जवाब भी तो देना था। इसलिए ख़त रखने का जगह अब बदल कर नया चुन लिया गया था। इस बार ख़ुशबू ने कहा था कि ख़त रखने नहीं बल्कि वह ख़ुद ख़त लेने आयेगी। आदित्य भागते हुए उसके पास जा रहा था। उसने अपने पास एक चाकू छिपा कर रख लिया था।

ख़ुशबू पहले ही वहाँ पहुँच चुकी थी। आदित्य ने देखा तो ठीक वहीं पाया, जहाँ ख़त की अदला-बदली होती थी। गली से निकल कर वह बाज़ार आयी थी। वह सब्जी वाले से तोल-मोल कर रही थी। शायद आज का तोल-मोल कुछ ज्यादा ही हो गया होगा, क्योंकि आदित्य को आने में देरी हो गयी थी। यही वो जगह थी, जो ख़ुशबू ने बनाया था। सब्जी वाला युवक ही था। दो-चार अतिरिक्त पैसे लेकर ख़त रख लेता था और आदित्य के आने पर उसे दे देता था। कभी-कभार आदित्य और ख़ुशबू सब्जी ख़रीदने के बहाने खड़े-खड़े बातें भी कर लेते थे। दुकान थोड़ी आड़ में भी इसलिए उनपर सबकी नज़र नहीं पड़ती थी।

“इतनी देरी... पहले तो तुम खड़े रहते थे। आज हमें इंतज़ार करवा कर बदला तो नहीं ले रहे हो न?” ख़ुशबू दबी ज़ुबान में आदित्य को बिना देखे बोली और एक-एक कर धीरे-धीरे सब्जियाँ चुनने लगी।

“मैं भला तुम्हें इंतज़ार क्यों करवाऊँ... वह तो मैं आज पूजा करवा रहा था। तुम्हें पता है कि मैंने आज अपने हाथों से पहला पूजा करवाया और बदले में मुझे दक्षिणा भी मिली है।” आदित्य ने कहा और ठीक वैसे ही सब्जियाँ चुनने लगा जैसे की ख़ुशबू चुन रही थी।

“अच्छी बात है यह तो... वैसे घर से निकलने का एक और बहाना मिल गया है हमें। छोटी बहन को स्कूल छोड़ने कभी-कभार आ जाया करेंगे।”

“हाँ, यह अच्छा हुआ। यही तो मैं तुसमे कहने वाला था। जबसे मैंने तुम्हारा हाथ थामा है तब से ख़ुद को रोक पाना काफी मुश्किल है। मैं तुमसे अकेले में

मिला चाहता हूँ, यूँ शोरगुल में नहीं।"

"फिर से वही बात। तुम्हें पता है न कि हमारा इतना करना ही काफी है। हम तुम्हें पहले ही अपने परिवार और समाज के बारे में बता चुके हैं। अब और कितना बतायें कि हम अपने तहज़ीब को लाँघ नहीं सकते।" खुशबू ने कहा और सब्जियाँ तौलने के लिये दे दिया। वह काफी पहले से यहाँ थी और ज्यादा देर रुकना संदेह के घेरे में आना था। खुशबू के हाथ में एक थैला था। आदित्य ने सब्जी वाले के पास अपना ख़त रख दिया। सब्जी वाले ने ही ख़त को खुशबू के थैले में रख दिया और फिर उसमें सब्जी डाल दिया।

"अब चलो चलें। तुमने अपने पास चाकू तो रख लिया है न?" खुशबू बोली और आदित्य को अपने साथ चलने को बोली।

"हाँ।" आदित्य ने कहा और उसके पीछे कुछ दूरी बना कर चलने लगा कि उनदोनों की बातें भी हो जाए और किसी को कोई संदेह भी न हो।

दोनों गली में थे। सुबह के समय में भी लगभग अँधेरा ही था यहाँ। खुशबू आगे थी। आदित्य ने उसे पीछे से कहा,"जितना तुमने अपने परिवार और समाज के बारे में बताया है, उसके हिसाब से तो तुमने अपनी तहजीब लाँघ ही दी है। मुझे ख़त लिखना, मुझसे मिलने के पैंतरे अपनाना, मेरे कंधे पर सर रख कर सब कुछ बताना... सबसे छिप कर मुझसे बातें करना... आखिर क्यों कर रही हो तुम ये सब मेरे लिये? जबकि तुम्हें पता है कि ये सब तुम्हारे रिवाजों के ख़िलाफ़ हैं।"

"तुम्हारी खुशी के लिये, क्योंकि हमें पता है कि यदि हम इतना भी नहीं करेंगे, तो तुम हमसे ख़फा हो जाओगे और तुम ख़फा हो गये तो हमें मन नहीं लगेगा।" खुशबू ने कहा और चलती रही। उसके होंठों पर चंचलता भरी मुस्कान थी।

"कब तक इनकार करोगी खुशबू... और कब तक? यही तो प्रेम है... यही तो मोहब्बत है... तुम मेरी खुशियों के लिये ये सब कर रही हो। क्योंकि तुम्हारा दिल ऐसा करके ही खुश होता है। बिना प्रेम के किसी ने आज तक थैला भर कर ख़त नहीं लिखा होगा। वो सारे ख़त मैंने पढ़े। जो चीख-चीख कर इस बात की

गवाही दे रहे हैं कि तुम मुझसे प्रेम करती हो। तुम्हारे दिल में मेरे लिये मोहब्बत है। हर ख़त को अंत तक पढ़ कर ऐसा लगता है कि तुमने सब कुछ कह दिया, बस यह नहीं स्वीकारा कि तुम मुझसे मोहब्बत करती हो।"

"या अल्लाह... ये प्रेम-मोहब्बत की बातें धीरे करो! यह कोई सड़क नहीं है। यह लोगों के घरों के पीछे का हिस्सा है। किसी ने सुन लिया तो!" खुशबू ने पलट कर आदित्य को हिदायत दी।

"कुछ ही देर के लिये सही, मगर मैंने तुम्हें अपनी बाँहों में भर लिया था। फिर भी बाद में तुमने कोई शिकायत नहीं की। इसके बजाए तुम तो उस रात मेरे साथ घंटों बैठी रही। और फिर देखो सब्जी वाले को तुमने अपने ही जलवों से मना लिया और एक पैंतरा निकाल लिया। इन सब को मैं क्या समझूँ?"

"हमारा बड़प्पन समझो और क्या? ख़ैर मनाओ की हम अब भी तुम्हें चाहते हैं। वरना तुम्हारी हरकत ऐसी थी कि शायद ही हम फिर मिलते।"

"तुम मुझे चाहती हो? क्या अंतर है प्रेम करना और चाहने में?" आदित्य ने सवाल किया।

"तुम इतना ज्ञान बाँटते हो, ख़ुद ही क्यों नहीं समझ जाते। बस इतना समझो एक लकीर है दोनों के बीच और हम उसे अपने रीति-रिवाजों से, धर्म से, परिवार से और बेबुनियादी सवालों से लड़ कर उस लकीर से पार नहीं जा सकते हैं।"

"जब तुमने बेबुनियाद कह ही दिया। तो तुम भी समझ क्यों नहीं रही हो... फिर किस बात का डर है तुम्हें?"

"डर नहीं है। बस हम सब बातों का ख़याल रखते हैं। और हाँ, इस बार भी ख़त में मिलने की बात और वो बाँहों में भरने की बात तो नहीं है न?" खुशबू ने कहा। क्योंकि लगातार दो खतों में आदित्य उससे मिलने और उसे बाँहों में भर लेने की इच्छा को जाहिर कर चुका था और बदले में जो ख़त उसे मिला उसमें वही-तहजीब, मुनासिब, रिवाज, धर्म और गाँव समाज के लोगों की बातें ज्यादा सुनने को मिलीं।

आदित्य खुशबू की बात पर मुस्कुरा उठा। खुशबू को कोई जवाब नहीं मिला तो पलट कर आदित्य को देखा। उसकी मुस्कुराहट बयां कर रही थी कि इस बार भी ख़त में वही सब बातें होंगी।

"चलो अब तुम यहाँ से लौट जाओ। अच्छा हुआ कि अभी कोई मिला भी नहीं।" खुशबू रुकी और आदित्य से जाने को कहा। उसका घर अब करीब ही था। खुशबू को यूँ रुका और गली को सुनसान पाकर आदित्य के दिल में एक लहर दौड़ रही थी कि उसे अभी ही बाँहों में भर ले। उसने उसकी कमर को निहारा और याद किया की एक रात उसने उसे अपनी गिरफ्त में ले लिया था। खुशबू ने आदित्य की नज़रों को पढ़ लिया और आँखें दिखा दीं कि वह ऐसा करने की कोशिश भी न करे।

"अपने मन के अरमानों को दबाओ और जल्दी जाओ यहाँ से... हम तो चले।" बोल कर वह जाने लगी। एक बार पलट कर देख लिया कि आदित्य गया या नहीं। आदित्य वहीं खड़ा था। खुशबू मुस्कुराई और चलती रही।

आदित्य ने अपने कमर पर हाथ फिराया, तो पाया कि चाकू अब भी उसके कमर में छिपा पड़ा था। अपने साथ चाकू लाने खुशबू ने कहा था। वो इसलिए कि यदि उसे किसी ने खुशबू के पीछे मंडराता गली में देख लिया और पूछ लिया कि वह क्या कर रहा है तो उसके पास एक बहाना हो कि चाकू तेज़ करवाने आया था।

रात का समय।

खुशबू भावनात्मक रूप से आदित्य के इतने करीब आ चुकी थी कि उसे पता था कि ख़त में क्या हो सकता था। फिर भी अपने बिछावन पर लेट कर इतनी उत्सुकता से ख़त को खोल रही थी, जैसे यह आदित्य का पहला ख़त हो। आदित्य के अक्षर भर को देख देने से खुशबू मुस्कुरा उठी। वह मन ही मन पढ़ने लगी।

मुझे पता है कि तुम भले ही सामने दिखावा कर दो, मगर मेरे ख़त को बड़ी बेचैनी से पढ़ती हो। जैसे ही ख़त खोलती हो मुस्कुरा देती हो। क्योंकि ये सब मेरे

साथ भी होता है और हमदोनों अलग नहीं, एक ही हैं। हमारी भावनाएँ अब एक हो चुकी हैं, शायद यह एहसास तुम्हें हो गया होगा।

तुम ख़त के बदले जवाब में ख़त चाहती हो, मगर पता है कि जब से मैंने वो तुम्हारे सारे ख़तों को पढ़ा है, ऐसा लगता है कि तुम्हारा जवाब ही मैं हूँ। जरा देखो तो तुम अपने आप को... तुम्हारे लिये मैं भी हम है और हम भी हम। इसका प्रत्यक्ष प्रमाण और क्या हो सकता कि हमदोनों एक ही हैं और ऐसा स्वतः तुम्हारा दिल भी कहता है। अभी तुम्हारी बेचैनी और बढ़ रही होगी कि मैं आगे क्या कहने वाला हूँ... अपने दिल पर हाथ रखो, तुम्हारी धड़कन जोड़ों से धकड़ रही होगी।- (खुशबू को अपना हाथ दिल के पास रखने की जरूरत भी नहीं थी, उसे यह एहसास हो गया था कि सचमुच उसकी धड़कनें तेज़ थीं।)पता है यह सब मुझे कैसे पता? क्योंकि यह लिखते वक्त भी मेरी धड़कन तेज़ हो रही है। मेरे ख़त को तुम इतनी बेचैनी से इसलिए पढ़ती हो, क्योंकि मैं उतनी ही बेचैनी से इसे लिखता हूँ और यही हमदोनों के आत्माओं से जा मिलती है। तो फिर तुम्हें यह एहसास क्यों नहीं कि मैं तुमसे मिलने के लिये भी कितना बेचैन हूँ? यदि ख़त की बेचैनी सही है, तो मिलने की भी सही है। तुम भी मुझसे मिलने के लिये बेचैन हो शायद, मगर तुम घबराती हो। मेरा यकीन करो। घबराहट से एक कदम आगे बढ़ाओ और मिल कर ख़त्म कर दो इन बेचैनियों को।

मैं तुमसे मिले बिना, तुम्हें बाँहों में भरे बिना अब रह नहीं सकता हूँ। मैं तुम्हें बाँहों में भरने के लिये इस जमाने की हर खुशियों को, यूँ त्याग सकता हूँ। क्या तुम त्याग सकती हो- अपना डर, अपनी घबराहट...? यदि जरा सा भी डर तुम्हें घेर रहा है, तो मेरा यकीन करो कि मैं तुम्हें किसी मुसीबत में नहीं डालूँगा। बस चली आओ मेरे पास... बिना किसी हिचकिचाहट के, जैसे तुम आ गयी थी मेरे दिल में... मैंने हमारे मिलने का उचित जगह भी चुन लिया है और इस बार मैं अपनी इच्छा नहीं, अपनी चाहत को आदेश दे रहा हूँ। घबराहट की आहट से चाहत का दम घुटता है। मैं तुम्हें घुटने नहीं दे सकता।

मैं कल दोपहर एक बजे तुम्हारा इंतज़ार करूँगा।

नीचे मिलने का स्थान पढ़ कर खुशबू की घबराहट कई गुणा ज्यादा बढ़ गयी। उसने तो उसे ऐसी जगह पर बुला लिया कि मिलने तो दूर वह शायद ही ऐसे भी वहाँ जा पाती। उसे आदित्य से मिलने की तो चाहत थी, फिर भी वह ऐसा कैसे कर सकती थी। आखिर अब-तक उसने जो भी किया अपने चाहत के लिये किया।

"अब ये क्या... चाहत को भी कोई आदेश देता है क्या?" खुशबू मन में ही बोली। ख़त को छिपा कर उसने रख दिया और बिछावन पर करवटें बदल-बदल कर सोचने लगी।

"क्या सचमुच हम घुटन में हैं?" वह इसका जवाब चाहती थी। उसका मस्तिष्क यह विचार करने से नहीं रुक रहा था कि उसे कल जाना है या नहीं? पस्त होकर जब उसने अपनी आँखें मूँद लीं तो भी ऐसा लग रहा था कि वह कल्पना में ही धागे को सुई में पिरो रही थी। कब रात बीती कब सवेरा हुआ। इसका कोई ख़याल न रहा।

***

अध्याय- तेरह

ख़ुद में ही पहेलियाँ सुलझाते हुए खुशबू के कदम उसी ओर बढ़ रहे थे जहाँ आदित्य उसकी इंतज़ार में उसका राह ताक रहा था। एक बज चुके थे और आदित्य वहाँ उसका ऐसे इंतज़ार कर रहा था जैसे खुशबू के आने की ख़बर उसे पहले ही किसी ने दे दी थी।

यकीनन खुशबू के लिये यह जगह उचित नहीं था। मगर इसे आदित्य से दिल का लगाव कहें या प्रेम की कोई शक्ति, जिसने खुशबू को यहाँ आने पर विवश कर दिया था। धूप का पारा सिर चढ़ कर बोल रहा था। खुशबू नकाब के अंदर पसीने से भीगी हुई थी। उसके कदम ऐसे भाग रहे थे, जैसे किसी से जान बचा कर भाग रहे हों। जो काफी हद तक सही भी था। वह अनजान लोगों की नज़रों से जान बचा कर भाग रही थी। वह मन ही मन ख़ुद से बात कर रही थी,

“आदित्य इन सब में बड़ा माहिर है। जानबूझकर यह समय दिया, ताकि सड़क पर लोग कम मिले और वह कह सके कि देखा कोई दिक़्क़त नहीं है यहाँ आने में। मगर इस गर्मी के बारे में भी सोचना चाहिए न? और बुलाया भी तो देखो कहाँ! पता नहीं वहाँ क्या होगा? बस आदित्य अपनी बात मनवाता रहता है।”

आदित्य ने अपनी बात मनवाई या खुशबू के कदम ख़ुद-ब-ख़ुद समय पर उसकी ओर चल दिये, इसका अनुमान उसे नहीं था। वह तो बस जा रही थी,

घबराहट को पीछे छोड़, अपनी चाहत से मिलने।

कुछ ही देर बाद वह उसके सामने थी। हाँ, खुशबू उसके सामने थी। कुछ क्षण के लिये आदित्य की अचंभित आँखें उसे निहारती रहीं। खुशबू को दूर से ही उसने देख लिया कि वह उसके करीब आ रही थी। उसने बादामी रंग की सलवार-सूट पहनी थी और हर बार की तरह सफेद दुपट्टे से उसने अपना चेहरा ढक लिया था। ढके चेहरे में भी आदित्य को खुशबू सुंदर व आकर्षक लग रही थी। फिर आदित्य को ख़याल आया कि यह अचरज कैसा? जब वह संकल्पित होकर उसकी इंतज़ार में था ही कि वह आयेगी, तो उसे आना ही था।

"तुम यहाँ आ गयी! मुझे तो यकीन ही नहीं हो रहा है!" आखिरकार आदित्य का उत्साह दब नहीं पाया और उसके मुँह से उत्साह भरे शब्द निकल ही गये।

"हम आते कैसे नहीं, तुमने तो फरमान जारी कर दिया था न?" खुशबू उसके और पास आते हुए बोली। "बस यह मत कहना कि यहाँ आना हमारे लिये आसान है। तुम्हें पता नहीं अंदर-ही-अंदर कितनी मुसीबतें उठा कर आये हैं हम। ऐसा लग रहा था जैसे लोगों की नज़रें हमपे ही हों। ख़ैर, लोग कम ही थे और इस तरफ आते किसी ने देखा भी नहीं।"

"इसलिए तो मैंने तुमसे कहा था कि यहाँ कोई दिक्कत नहीं। यहाँ लोगों की नज़रें नहीं होती। यहाँ आराम से बातें कर सकते हैं।"

"हाँ, काफी हद तक इत्मीनान तो लग रहा है यहाँ..., वैसे बातें तो ख़त पर भी हो ही रही थीं। हमें तुम्हारे इरादे नेक नहीं लग रहे हैं। एक बात याद रखना हम अब भी पहले की तरह ही हैं। अगर तुमने हमारे मन के खिलाफ कुछ किया तो हम चिल्ला देंगे।" खुशबू ने यह कह कर आदित्य को एक तरह से हिदायत दे दी कि वह अपने चंचल मन पर काबू रखे। क्योंकि इस जगह सचमुच इतना इत्मीनान था कि ऐसा लगता ही नहीं रहा था कि वह इस गाँव में थी। ऐसा लग रहा था कि कहीं दूर चली आयी हो। (आपको पता है यह जगह कौन सी थी?)

यह गाँव का एकमात्र ऐसा जगह था, जहाँ आगे तो काफी भीड़ रहती थी, मगर पीछे की ओर कोई ताकता तक नहीं था। आदित्य का यहाँ बचपन से संबंध था और इतना तो आँकलन हो गया था कि यह गाँव के एकांत जगहों में से एक

था। यह जगह था उसी के मंदिर के पीछे। इसलिए खुशबू मंदिर का नाम सुन कर ही घबरा गयी थी। मगर आदित्य ने कई बार इसका जिक्र किया था कि मंदिर के लोगों से इसका कोई वास्ता नहीं। बस उसे यह नहीं बताया था कि यह परिसर भी मंदिर का ही था। यह हाता चारों तरफ से आम और लीची के पेड़ों से घिरा हुआ था और बेमतलब की झाड़ियाँ इस जगह के केंद्र को ढके हुए थीं। यदि यहाँ कोई भ्रमण करे तो भी दूर से किसी के होने का अंदाजा लगा पाना मुश्किल था। खासकर दोपहर के वक्त भला क्यों कोई अंदाजा लगाये। आदित्य के लिये यह स्थान इस वक्त के लिये काफी सटीक था। धूप की गर्म किरणें भी जहाँ छन कर शीतल हो जाती थी। अब और क्या चाहिए था भला?

"चिल्लाने की नौबत होती तो तुम यहाँ आती ही नहीं। वैसे निश्चिंत रहो, आगे भी तुम्हें इसकी जरूरत नहीं पड़ेगी।" आदित्य विश्वसनीय अंदाज में बोला और आगे आने का इशारा किया। ऐसा लग रहा था कि उसने बड़ा इंतजाम किया था। इंतजाम बस इतना था कि उसने एक आम के पेड़ के नीचे कुछ पत्थरों को सटा-सटा कर रख दिया था, ताकि बैठा जा सके।

"तो यह इंतजाम हैं साहब के..." खुशबू बोली और आदित्य को देख कर मुस्कुरा दी, मगर अब भी शंका उसके दायें-बायें घूम रही थी। उसके शरीर से पसीने की बूँदें अब भी उभर रही थीं। आदित्य पत्थर पर बैठ गया कि खुशबू भी उसके साथ बैठ जाए, मगर वह अब भी खड़ी थी। आदित्य ने उसके हाथों को देखा। उसके गोरे व कोमल हाथों ने एक-दूसरे को पकड़ रखा था। ऐसा लग रहा था कि वह किसी असमंजस में थी। तभी आदित्य ने खुशबू का हाथ उसके अपने हाथों से छुड़ा कर अपने हाथों में ले लिया। यूँ तो उसका हाथ पकड़ कर आदित्य उसे अपने पास बिठाना चाहता था, मगर उसके नाजुक-कोमल हाथों को वह सहलाये बिना रह नहीं पाया।

"इतने तवज्जो से हमारा हाथ मत थामो।" खुशबू ने अपनी नज़रें नीचे करते हुए कहा।

"क्यों न थामूँ... इस छुअन के लिये तो मैं बेताब हूँ और इस बेताबी के लिये तो सब जायज है..." आदित्य ने खुशबू के पलकों को देखते हुए कहा। खुशबू

थोड़ी और शरमा गयी।

आदित्य ने उसका हाथ थामते हुए उसे अपने पास तो बिठा लिया, मगर उन दोनों के बीच अब भी दूरी थी। यह दूरी उस रात लापता थी, जब वे घर के पीछे बैठे थे। खुशबू के चेहरे पर अब भी दुपट्टा बँधा हुआ था। आदित्य इस चाहत में था कि कब खुशबू अपने चेहरे को दुपट्टे से आजाद करे। वह उसके चेहरे को करीब के निहारना चाहता था। उस रात तो उसका चेहरा भी स्पष्ट नहीं दिख रहा था। आज चमचमाती धूप की किरणें थी, मगर खुशबू का सफेद दुपट्टा आदित्य के चाहत में बाधा बन कर खड़ी थी। वह सिर्फ खुशबू की आँखों को देख सकता था और अबतक वह यही कर रहा था। उसकी आँखों की पुतली अब भी इधर-उधर कर रही थी। शायद वह अब तक सहज नहीं हो पायी थी। किसी के होने या आने का भय था।

साथ होकर भी दोनों का वक्त तन्हाई में बीत रहा था। खुशबू उस खामोशी में भी कुछ सुनने का प्रयत्न कर रही थी। आम के सूखे पत्ते हवा में एक-दूसरे से टकरा कर साँय-साँय की आवाजें निकाल रहे थे। कभी-कभार किसी चिड़ियाँ के चहकने की आवाज आ जाती... तो कभी कौआ किसी टहनी पर बैठ कर काँव-काँव कर फिर उड़ जाता। इसके अलावे खुशबू को किसी की आवाज सुनाई नहीं दी। वह अब थोड़ी सहज हो गयी थी। उसे यह जगह सचमुच एकांत लगा।

तन्हाई के कुछ क्षण बाद आखिर वह वक्त भी आ ही गया जब खुशबू अपने चेहरे से दुपट्टा हटा कर ताजी हवा खाने वाली थी। उसने अपने कान की जड़ से क्लिप खोला, इसी ने दुपट्टे को संभाल रखा था। दुपट्टा उसके चेहरे से नीचे गिरा और फिर हवा में लहराने लगा। आदित्य ने देखा कि उसके चेहरे का पसीना सूख गया था, मगर अभी कुछ नमी बची हुई थी और वही नमी ठंडी हवा को पाकर खुशबू को आनंद पहुँचा रही थी। आदित्य के लिये यह एक सौंदर्य से भरा दृश्य था, जिसे जी भर कर देखने में उसे कोई संकोच नहीं हो रहा था। आदित्य देख रहा था कि खुशबू के गुलाब की पंखुड़ियों जैसी लाल होंठों से उसके गालों पर उभरती लालिमा से प्रतिस्पर्धा कर रही थी। उसके आँखों का पल किसी गुड़िया के पल की तरह टिम-टिमा रहे थे। जबकि आदित्य एक पल भी नहीं झपका रहा था। खुशबू को यहाँ की ताजी हवा अपने अंदर खींचने में

बड़ा सुकून मिल रहा था। हवाएँ जैसे सीधे उसके चेहरे को स्पर्श करती हुई उसके अंदर दाख़िल हो रही थी। इतना सुकून भरा पल था कि उसे यह तक ख़याल नहीं था कि उसका दुपट्टा बेपरवाह हवा के हवाले हो गया था। आदित्य की निगाह खुशबू के वक्ष पर पड़ी तो देखा कि वह आहिस्ते-आहिस्ते फुल और सिकुड़ रहा था। खुशबू सामने देख रही थी, इसलिए इस बात से अंजान थी कि आदित्य उसे निहारे जा रहा था। फिर उसे याद आया उसका दुपट्टा... उसने झटके से हवा में लहराते दुपट्टे को संभाला और बाँहों में घेर लिया। तब उसने आदित्य को देखा और हौले से मुस्कुरा दी और फिर शरमाते हुए बोली,"क्या हुआ? तुम हमें काफी देर से निहार रहे हो... बस भी करो। हम जान कर तुमसे नज़रें चुरा रहे हैं, लेकिन ज्यादा देर तक ऐसा कर नहीं पायेंगे।" शायद उसने अपनी इस ख़ता के लिये माफी चाही। बदले में आदित्य भी मुस्कुरा उठा।

"इस सौंदर्यता के अनोखे दृश्य के लिये मैं सब न्योछावर कर दूँ, मगर अपनी नज़रें न हटाऊँ।" आदित्य ने चंचलता के साथ उत्तर दिया और खुशबू के थोड़े और करीब आ गया। अब उनके बीच में बस एक हथेली रखने भर की जगह बची थी।

आदित्य जब करीब आया तो देखा खुशबू का एक लट हौले-हौले से उसके गालों को छू रहा था और लटों से निकले कुछ छोटे-छोटे ज़ुल्फ़ ऐसे उड़ रहे थे, जैसे हवा से दोस्ती का हाथ आगे बढ़ा रहे हों। खुशबू भी यह समझ रही थी कि आदित्य उसे कितनी बारीकी से देख रहा था। उसने अपना हाथ पीछे बढ़ाया और अपने समेटे ज़ुल्फ़ों को भी खोल दिया। अब उसके सरे ज़ुल्फ़ हवा में नृत्य करने की कोशिश कर रहे थे। खुशबू को ऐसा करता देख आदित्य का मुँह खुल गया। एक सीधी-साधी शर्मीली लड़की आज अपने कारनामे दिखा रही थी। उसे लुभा रही थी।

"क्या हुआ? देखो मेरी जुल्फें कितनी लंबी हैं... बड़ी मुश्किल से ये आजाद लहराते हैं।" वह बोल रही थी और जैसे अपने सफेद दाँत भी दिखा रही थी। आज पहली बार आदित्य ने खुशबू के चेहरे पर इस तरह की मासूमियत व चंचलता देखी। वह काफी खुश था कि खुशबू को घबराहट भरी दुनिया से कहीं दूर ले आया था।

"अरे...अरे..., ये तो मेरे पास आना चाहते हैं। जरा रोको इसे..." जब खुशबू की ज़ुल्फ़ें लहराते हुए आदित्य की आँखों की ओर जाने लगीं तो आदित्य उन्हें पकड़ते हुए बोला।

"इससे पहले जब तुम्हारे गालों को छू रहे थे तब तो तुम चुप थे। अब क्या हुआ? लो अब इसे तुम ही सँभालो।" चंचलता के साथ बोलते हुए खुशबू ने अपनी ज़ुल्फें आदित्य के कंधे पर रख दिया और फिर दाँत निपोरते हुए बोली, "तुमपर भी शोभ रहे हैं। तुम ही क्यों नहीं रख लेते इसे?" आदित्य भी अभिनय करते हुए ज़ुल्फों को सहला कर सँवारने लगा, जैसे उसके कंधे पर खुशबू की नहीं उसी की ज़ुल्फें हों।

बेरोक-टोक आदित्य के साथ चंचलता भरे कुछ वक्त बीतने के बाद खुशबू के मन से वे मुनासिब, तहज़ीब, गैर-वाजिब जैसे शब्द कहीं हवा में उड़ गये थे। अभी शायद उसके मन में एक ही शब्द था-महफूज़। वह इस वक्त, इस जगह ख़ुद को आदित्य के पास महफूज़ महसूस कर रही थी। आदित्य ने उसकी आँखों में गहराई से देखा। अब उसमें किसी प्रकार का डर नहीं था। आदित्य जीवन भर खुशबू की आँखों को ऐसा चमकता देखना चाहता था। उसने आहिस्ते से अपना हाथ बढ़ा कर उसकी ज़ुल्फों को सहलाने लगा, मगर इस बार उन ज़ुल्फ़ों को जो खुशबू के कंधे के इर्द-गिर्द थे। ऐसा करने से खुशबू एकदम शांत हो गयी। वह आदित्य के इस अचानक बदलते स्वभाव को समझ नहीं पायी, जबकि आदित्य काफी देरी से मदहोशी में था।

"क्या हुआ? हमने अपने ज़ुल्फ़ तो तुम्हें दे दिये अब मेरे हिस्से पर हाथ क्यों फिरा रहे हो?" इस बार न उसमें चंचलता थी और ही उसने दाँत निपोरा।

"आज तुम सवाल ज्यादा कर रही हो..." आदित्य बोल कर उसकी ओर थोड़ा और झुका। अपने शरीर को सहारा देने उस खाली जगह पर अपना हाथ रखा, जो दोनों के बीच खाली पड़ा था। उसके हाथ खुशबू के कपड़ों से सटे हुए थे। दूसरे हाथ से अब भी वह खुशबू की ज़ुल्फ़ों को सँवार ही रहा था। एक-एक कर उन्हें कान के पीछे अटका रहा था।

"इतनी मेहनत से करने की क्या जरूरत है। सीधे एक बार में ही कर दो।"

खुशबू ने मजाक करना चाहा, मगर आदित्य अपने काम में लीन था। उसका चेहरा खुशबू के चेहरे से इतना पास था कि दोनों की साँसें टकरा रही थीं। इस क्रम में खुशबू का समेटा दुपट्टा उसकी बाँहों से सरक गया। उसकी कुर्ती हाफ बाजू वाली थी, इसलिए उसकी बाँह चमक उठीं। आदित्य ने अपना हाथ आहिस्ते से उसकी बाँह पे फिरा दिया। उसकी बाँह इतनी चिकनी और कोमल थी कि सर्रर... से आदित्य का हाथ न चाहते हुए भी ऊपर-नीचे होने लगे, उसे सहलाने लगे। यह छुअन आदित्य को पल-पल मदहोशी के समुद्र में गोते लगवा रही थी। वहीं खुशबू भी आदित्य के इस छुअन से पिघल कर बेसुध हुई जा रही थी।

आदित्य ने उसके पीठ को निहारा, जो अभी उसकी रेशमी ज़ुल्फ़ों के पीछे छिपा था। उसने ज़ुल्फ़ों को ऐसे हटाया जैसे वह वहाँ कुछ खोजने वाला था। अमूमन जैसा होता है, उसे वहाँ एक डोरी बँधी मिली। वह उस डोरी में अपनी एक अँगुली फँसा कर दायें-बायें करने लगा। पीठ पर आदित्य की अँगुलियों की इस छुअन से खुशबू के दिल की धड़कन धुक-धुका उठी, ठीक वैसे जैसे कोई डिबिया बुझने से पहले धुक-धुकाता है। वह ख़ुद को बुझने नहीं देना चाह रही थी। उसने आदित्य का हाथ पकड़ कर हटा दिया और बोली,"तुम काफी हद तक आगे बढ़े ही जा रहे हो। कोई आ गया तो?" वह इतनी बेसुध थी कि उसके गले से आवाज भी ठीक से नहीं निकल पायी। शायद आदित्य भी इसी इंतज़ार में था कि अब तक खुशबू कुछ बोली क्यों नहीं? मगर करीब-करीब बेसुधी का हाल आदित्य का भी था। उसने भी दबे आवाज में कहा,"अभी तक तो कोई आया नहीं न? आगे भी नहीं आयेगा।" और फिर वह अधूरे काम को जैसे ही पूरा करता, खुशबू फिर से बोल पड़ी,"नहीं, कोई आ जायेगा।"

मगर इसका आदित्य पर कोई प्रभाव नहीं पड़ा। वह उसके थोड़ा पीछे था, इसलिए उसे पीछे से आगोश में भरना काफी आसान था। अब तक आदित्य ने जो भी आहिस्ते से किया, उसमें कोई विघ्न नहीं आयी। इसी सोच में वह आगे बढ़ा और बिल्कुल... आहिस्ते... से उसने अपना हाथ खुशबू की कमर में डाल दिया। उसे एक हाथ से आगोश में भर लिया। ऐसा करते ही खुशबू की माँसपेशियाँ गुदगुदा उठीं और धड़कन कई गुणा तेज़ हो गयी। इतनी तेज़ कि उसका पेट भी धक-धक कर रहा था। उसने आदित्य के दूसरे हाथ पर अपना

हाथ रख दिया और जोर से पकड़ लिया, मगर वह आदित्य को मना न कर पायी। आदित्य ने भी उसका हाथ थाम लिया और उसके कमर को और भी सख्ती से पकड़ लिया। खुशबू तो मोम की तरह जम सी गयी थी और आदित्य पिघलते मोम की तरह खुशबू पर गिरता जा रहा था, उसमें समाता जा रहा था। खुशबू ने अपना सिर कब आदित्य के छाती पर टिका दिया, इसका भी ख़याल नहीं रहा। अब आदित्य उसके गोरे गालों को और भी करीब से निहार सकता था। उसने उसके गालों पर भी हाथ फिराया। उसके कश्मीरी सेब जैसे गाल... अत्यंत नाजुक और कोमल लग रहे थे। उसके गालों पर कुछ ज़ुल्फ़ें लहरा रहे थे। आदित्य उन्हें समेट रहा था। गालों के स्पर्श के बाद आदित्य का हाथ खुशबू के गले को सहलाने लगा। यह उसके लिये एक ऐसा एहसास था कि जिसमें डूब जाने के बाद निकलने का मन ही न करे। यह कोई एक तरफा एहसास नहीं था। खुशबू भी इसी एहसास में खोयी हुई थी। आदित्य के हर छुअन से ऐसा लग रहा था कि उसकी सारी घबराहट छू-मंतर हो रही हो। खुशबू का साथ पाकर आदित्य और भी मदहोश हुए जा रहा था। उसने अपने दोनों हाथों से खुशबू के कमर को घेर लिया। खुशबू सकपका उठी और इतना ही बोल पायी, "कोई आ जायेगा..." और उसके स्वर के साथ उसकी साँसें भी आदित्य ने करीब से महसूस किया।

उसकी आँखें अब भी बंद थीं। खुशबू के वाक्य, 'कोई आ जायेगा' में 'ऐसा मत करो' कहीं भी नहीं था। शायद आदित्य को उसके वाक्य से जरा भी डर नहीं था। उसे पता था कि यहाँ कोई नहीं आने वाला था। उसने खुशबू के सिर को अपने छाती से थोड़ा नीचे सरका दिया और प्यार से उसके गालों को अपने दोनों हाथों में ले लिया। वह खुशबू के आकर्षक होंठों का स्पर्श चाहता था। अब तक खुशबू की आँखें बंद थीं। मन ही मन आदित्य के मन में यह भी चल रहा था कि कैसे ऊपर वाले ने खुशबू को उसके लिये भेज दिया। वह तो कमाल लग रही थी, बिलकुल इस कमाल लम्हे की तरह। उसने न तो कहीं देखा था और नहीं पढ़ा था। फिर भी न जाने क्यों वह अपने होंठ खुशबू के होंठों पर रखना चाहता था। अपने होंठों से उसके होंठों को स्पर्श करना चाहता था। वह आगे बढ़ा, ताकि ऐसा कर सके। न जाने बेसुध-सी खुशबू को अचानक कैसे सुध आ गया और उसने अपने चेहरे को और नीचे कर लिया। जब तक आदित्य उसके होंठों को

चूमता, खुशबू होश में आ चुकी थी। उसने अपने होंठों को अंदर दाँतों में छिपा लिया और आदित्य को ऐसे देखने लगी कि वह गलत करने वाला था। आदित्य भी उसे ऐसे देख रहा था जैसे वो क्या गलत करने वाला था? माहौल ही ऐसा था कि चूमे बिना इसे मुकम्मल ही नहीं किया जा सकता था। खुशबू के पीछे हटने के बावजूद भी आदित्य ने ही उसे थामे रखा था। वह ज्यादा देर तक अपने होंठों को छिपा न सकी और उसके होंठ बाहर निकल आये। उसने आदित्य की आँखों में देखा तो पाया कि वह अब भी उसके होंठों का स्पर्श चाहता था।

"यहाँ से निकलने के बाद लोगों ने देख लिया तो क्या कहेंगे? कैसी-कैसी हरकतें करेंगे वो पता है...?" खुशबू ने कहा, मगर वह पूरा बोल न पायी। उसके वाक्य अधूरे थे कि आदित्य उसे चुप करते हुए बोला,"जब लहलहाते पेड़ नहीं डरते पतझड़ से, तो हम क्यों डर जाए दूसरों की हरकत से।" आदित्य के इस वाक्य के साथ खुशबू को हवा में लहलहाते पत्तों की आवाज भी सुनाई दी और फिर इसके आगे कुछ और न बोल पायी। शायद अंदर ही अंदर उसे भी एहसास हो गया था कि आज उनदोनों के होंठ एक-दूसरे से मिल कर ही रहेंगे। तभी उसके ज़ुल्फ़ लहरा कर उसके चेहरे पर आ गये। आदित्य ने उसे ठीक करने के लिये अपना एक हाथ बढ़ाया तो उसकी खुशबू से पकड़ कम हो गयी और खुशबू उसकी बाँह से थोड़ी फिसल गयी। खुशबू के दोनों हाथ स्वतः आदित्य के गले में जाकर फँसगया। आदित्य ने उसे अपनी बायीं ओर झुका लिया। अपने गले में खुशबू का हाथ पाकर वह काफी खुश था। वह उसके चेहरे पर आये बालों को हटाने लगा। इस क्रम में खुशबू की आँखें फिर से बंद हो गयीं और आदित्य की इच्छा फिर से जग गयी। इस बार खुशबू उसकी बाँहों में ऐसे थी कि चाह कर भी वह पीछे नहीं हट सकती थी। ऐसा नहीं था कि आदित्य उसे जबरन चूमना चाहता था। वह उसे भरपूर एहसासों के साथ चूमना चाहता था। उसने ऐसा ही किया। उसने खुशबू को वैसे ही थामे रखा और आहिस्ते से उसके होंठों के पास अपने होंठ लाकर एक पल के लिये रुका और फिर उसके होंठों पर अपने होंठ रख दिये। खुशबू के तन-बदन में एक गुदगुदी-सी उठ गयी। आदित्य के नसों में रक्त का संचार एकाएक बढ़ गया। यह एहसास दोनों के लिये पहली बार ही था। आदित्य इस पल को यूँ ही गँवाना नहीं चाहता था। वह उसके होंठों को चूमे जा

रहा था। दोनों के होंठ एक-दूसरे का स्वाद चख रहे थे। आदित्य अपने गले पर खुशबू के नाखूनों के दबाव को भी महसूस कर पा रहा था, मगर उसे इस तरह थामे रखने से बेहतर उसके लिये और कुछ नहीं था। अब बेरोक-टोक एक अद्भुत एहसासों के साथ वह उसे चूम रहा था।

खुशबू को ऐसा लग रहा था कि आदित्य उसे जाति-धर्म बिरादरी और घबराहट की दुनिया से उड़ा कर कहीं दूसरी दुनिया में ले आया हो। उसका यूँ थामे रखना, उसका यूँ चूमना और उसका यह वीरान जगह, सब जादुई प्रतीत होता था। अब आदित्य के होंठ और हाथ दोनों चल रहे थे। वह खुशबू की बाँहें सहला रहा था। वह कभी कुछ क्षण के लिये रुकता और फिर उसका चेहरा देख कर उसे चूमने लगता। खुशबू भी अब उसका साथ दे रही थी। जिस आत्मीय एहसास के साथ आदित्य उसे चूम रहा था, वह भी उसे चूमने दे रही थी।

दोनों कब उस अलौकिक पल से वापास आये इसका उन्हें ठिकाना न रहा। जब होश आया तो आदित्य ने पाया कि खुशबू लगभग-लगभग उसकी गोद में भी। उसके माथे पर पसीने की नन्हीबूँदें उभर आयीं थी। आदित्य अब भी उसे थामे हुए था, मगर पहले की तरह उसे थामने में ज्यादा बल नहीं लग रहा था; क्योंकि खुशबू ख़ुद ही उससे टिकी हुई थी। कुछ क्षण तक दोनों एक-दूसरे की आँखों में देखते रहे।

"मैं तुममें अत्यंत प्रेम करता हूँ... मेरी आत्मा की गहराइयों में तुम्हारे लिये केवल प्रेम ही प्रेम है।"

"हमें भी तुमसे मोहब्बत है... बेइंतहा मोहब्बत..."

हालाँकि दोनों ने लबों से ऐसा कुछ नहीं कहा। मगर उनकी आँखें साफ बयां कर रहीं थीं। दोनों के हृदय में यही एहसास बह रहे थे और मस्तिष्क में पल भर पहले के लम्हों का दृश्य तैर रहा था। किस तरह वे एक-दूसरे में खो चुके थे।

कुछ वक्त और बीत गया, मगर दोनों के जुबां से अब तक एक शब्द नहीं निकला था। खुशबू आदित्य की बाँहों से सरक कर नीचे पत्थर पर बैठी तो उसे याद आया कि वे पत्थर पर थे, मगर कठोरता उनसे मीलों... दूर थी। खुशबू अपना दुपट्टा सँभाल रही थी, जो अनजाने में सरक कर उसके कमर के पास

चला आया था। आदित्य ने अपने कमीज़ को निहारा तो सब कुछ ठीक था। बस मंद-मंद सुगंधित खुशबू आ रही थी।

दिन का चौथा पहर हो गया था। हालात अब विदा लेने की ओर इशारा कर रहे थे। दोनों अब भी चुप थे। खुशबू ने अपना चेहरा पहले की तरह ढक लिया था। वह अब भी उसके पास बैठी थी, मगर दोनों के बीच एक दूरी थी; उतनी ही जितनी पहले थी। न ही खुशबू ने कहा कि कुछ देर पहले जो हुआ वो नहीं होना चाहिए और न ही आदित्य ने कहा कि इसमें हर्ज ही क्या है? सभी तर्क-वितर्क कहीं लापता थे। आदित्य ने महसूस किया कि खुशबू पहले की तरह असहज थी। वह उठा और सामने जाकर खड़ा हो गया। खुशबू भी खड़ी हो गयी और फिर वो हुआ जिसकी अपेक्षा आदित्य ने नहीं की थी। खुशबू हवा में बहती हुई आयी और उसके गले से लग लगी। शायद उसे आदित्य की तमन्ना याद आयी, जिसका जिक्र वह ख़त में किया करता था। जब वे उससे भी आगे बढ़ गये थे तो कोई कसर बाकी क्यों रहता भला। वह काफी देर तक उसे अपनी बाँहों में घेरी रही।

***

उस दिन के बीते कई दिन हो गये थे, मगर जब भी दोनों अपने बिछावन पर लेटते या कभी चित्त शांत होता तो वही ख़याल आते। उस दिन तो दोनों चुप थे, मगर उसके बाद दोनों के दिल में ऐसी खलबली उठ गयी, जिसे चाह कर भी शांत नहीं किया जा सकता था। खुशबू कुछ दिन यह सोच कर हैरान थी कि कैसे हालात ने उसे काबू में कर लिया था? कैसे वह अपनी तहज़ीब लाँघ कर आगे बढ़ गयी थी। उसके मस्तिष्क के किसी कोने में पछतावा था, तो किसी एक कोने में शर्म की आभा। जब भी उसे वह दृश्य याद आता वह शर्म से पानी-पानी हो जाती थी। वह आदित्य को ख़त भी लिखना चाहती थी, मगर न जाने कितने ख़त अधूरे ही रहे और कितने तोड़-मरोड़ कर फेंके गये। जब भी वह उस दिन के बारे में लिखना चाहती थी, शर्म से पानी-पानी हो जाती थी और ख़त अधूरा ही रह जाता था। यदि इन सब से अलग भी वह कुछ लिखने बैठती तो भी वही ख़याल उसके मस्तिष्क में तैरने लगते।

इधर आदित्य का भी वही हाल था। खुशबू को ख़त तो लिखना चाहता था, मगर पहले उसकी ओर से कुछ सुनना चाहता था। उसे अब तक यह भी अंदाजा नहीं था कि खुशबू को उस दिन अच्छा लगा या बुरा। उस दिन, उसे चूमने के बाद जिस तरह खुशबू शांत थी और कुछ नहीं बोल रही थी, उसका क्या मतलब था? मगर फिर उसका क्या मतलब था कि जाने से पहले खुशबू ने अपनी स्वेच्छा से उसे बाँहों में भर लिया था? जब भी आदित्य आँखें बंद करता था, वही दृश्य उसके सामने आ जाता था-खुशबू उसकी बाँहों में है, वह उसे प्यार से चूम रहा है। मगर अब खुशबू के चुप रहने का कारण आदित्य के लिये समझ से परे था।

कुछ तो बात थी उस दिन में। दोनों एक-दूसरे से दूर रह कर भी एकदम पास हो गये थे। उन्हें ऐसा लगता कि वह जब चाहे उसे अपनी नज़रों के सामने देख सकते हैं, उसे महसूस कर सकते हैं। फिर भी बातें दोनों में किसी की नहीं हो रही थीं। खुशबू के सिरहाने में कुछ अधूरे ख़त पड़े थे। पता नहीं वे कब पूरे होते? और आदित्य उन ख़त को पढ़ पाता और समझ पाता कि खुशबू किन हालातों में थी। असल में आदित्य को ख़ुद के हालात का भी अंदाजा नहीं था।

***

अध्याय- चौदह

एक साल बीत चुके थे। इस बीते साल में कुछ बदला तो वो था मौसम... बाकी सब वही थी। वही खेत, वही बाज़ार, वही मंदिर और वही गलियाँ। खुशबू के मन में अब भी भय दस्तक दे जाता तो वहीं आदित्य के मन में सिर्फ खुशबू ही खुशबू... मंदिर की घंटियों में, मंत्रों के जाप में हर कहीं उसका ही नाम। प्रेम का बुखार चरम सीमा पर था, मगर उस मिलन के बाद फिर से दोबारा वैसा मिलन हो पाना अब तक संभव नहीं हो पाया था।दोनों किसी तरह एक-दूसरे को देखने निकल पड़ते थे। कभी बाज़ार में, तो कभी अँधेरी गलियों में, तो कभी कहीं और। एक-दूसरे को देखने और वो ख़त का सिलसिला अब भी चल रहा था। ख़त में भी वही सारी बातें हो रही थीं, जो पहले हुआ करती थीं।

आदित्य खुशबू को आज भी यह विश्वास दिला रहा था कि ये प्रेम था, जिससे दोनों बँध चुके थे। मगर खुशबू अब भी यह बात प्रत्यक्ष रूप से मानने को तैयार नहीं थी। मगर अंदर-ही-अंदर उसे भी पता था कि यह क्या था। वरना महज एक-दूसरे को देखे बिना न रह पाना ऐसा कोई और रोग भी तो नहीं इस दुनिया में। खुशबू के सिरहाने में जो अधूरे ख़त थे, शायद वो सब बयां कर देते, मगर खुशबू ने न उन्हें पूरा किया और न ही आदित्य को कभी इसकी खबर पड़ने दी।

"हमें तुमसे मिलना है। लेकिन हम न बाहर जा पायेंगे और न ही इसके बाद

कोई ख़त पहुँचा पायेंगे। आज हमसे हर हालत में आकर मिलो। शायद तुम्हें पता होगा कि तुम कहाँ आ सकते हो।"

आदित्य को खुशबू का यह ख़त सब्जी वाले ने दिया। एकाध हफ्तों से उसे कोई ख़त नहीं मिला था। और जब मिला, इस ख़त में तो खुशबू मिलने को बोल रही थी। उसकी यह जिद पहली बार थी। आदित्य समझ गया था कि बात शायद कुछ और ही थी। हफ्ते पहले तो उससे बाज़ार में मिला ही था, तब तो उसने ऐसी कोई बात नहीं बताई थी। इस बीच उसने खुशबू को ख़त भी लिख कर जगह पर रख दिया, मगर वहाँ से ख़त कोई नहीं ले गया। वह वहीं पड़ा रहा। इससे स्पष्ट था कि खुशबू को घर से निकलने में आफत थी।

"शायद तुम्हें पता होगा कि तुम कहाँ आ सकते हो।"

खुशबू की इस बात से स्पष्ट था कि वह आदित्य को कहाँ बुला रही थी। जहाँ एक बार आदित्य को जाने में साँप सूँघ गया था, मगर उसी रात दावत के बहाने खुशबू उसके करीब बैठी रही थी। वह स्थान था खुशबू का घर। उसके घर के पीछे का हिस्सा। वहाँ आदित्य एक-दो बार और गया था। जब भी गया डरता ही गया था, मगर जब भी डर को मुट्ठी में कस कर मुकाम तक पहुँचता था, तो कोमल हाथ उसके स्वागत में रहते थे। खुशबू के कोमल हाथ उसके हाथों में होता था। इस बार भी उसे वहीं जाना था।

"काश जैसा मैं सोच रहा हूँ वैसा न होकर बात कुछ और ही हो। खुशबू की मिलने की इतनी तीव्र इच्छा... शायद वो एक बार फिर उस दिन का एहसास करना चाहती हो, जो एक दिन मंदिर के पीछे कड़ी धूप में हुआ था, फिर आज तो रात होगी... हाथों में हाथ होगी।" आदित्य ने ख़ुद को दिलासा दिया और कुछ रोमांटिक सोच कर बिछावन पर धम से गिर गया।

दोपहर का समय था। इस समय तो खुशबू के घर जाना मुमकिन नहीं था। वहाँ जाने का उचित समय रात को ही था। आदित्य ने अपने सिरहाने से एक कागज़ का टुकड़ा निकाला, जो पहले से ही मोड़ा-मचोरा हुआ था। असल में इसमें वो खुशबू के लिये एक नज़्म लिख रहा था, मगर वो अधूरे ही थे। कई बार वह उसे पूरा करना चाहा मगर नहीं हुआ। आज हालात साथ थे। उसे खुशबू

ने स्वयं मिलने बुलाया था। आदित्य खुशबू को इस बार एहसास दिला ही देना चाहता था कि यह प्यार है, जो उनदोनों से ये सब करवा रहा है। यदि सिर्फ मोह होता तो यह किसी और से भी जा मिलता, या किसी और से जा बँधता। मगर उन दोनों ने तो एक-दूसरे को स्वतंत्र छोड़ दिया था, फिर दिल हर बार वहीं आकर मिल जाता जहाँ उसकी चाहत थी और दिल की यही चाहत थी कि वे एक-दूसरे से प्यार करते रहें।

उस मुचड़े हुए कागज में लिखे अधूरे नज़्म को पढ़ कर आदित्य मुस्कुरा रहा था। इस बार कोई मजाकिया बात नहीं थी। इस बार यह प्यार भरा नज़्म था। इस नज़्म से आदित्य खुशबू को एहसास दिलाना चाहता था कि खुशबू वो लड़की थी जो उसके ख़्वाबों में आया करती थी। पहली बार निगाहों का मिलने से लेकर अब तक जैसे यह सब उसके ख़्वाब में हुआ हो।

बिछावन पर पड़े कुछ ही रोमांटिक पलों के दरम्यान उसकी यह नज़्म आज मुकम्मल हो गयी। आदित्य आज खुशबू से मिल कर, उसके हाथों को थाम, उसकी आँखों में देख कर उससे सब कह देना चाहता था कि वह उसका प्यार है... वह उसका ख़्वाब है। उसे पूरा यकीन था कि आज खुशबू अपनी जुबां से वो सब कह देगी जो आज तक वह आँखों से कहती आयी है।

***

रात के यही करीब-करीब दस बज रहे होंगे। रात ज्यादा तो नहीं थी, मगर गाँव के लिये यह काफी रात थी। सभी सो गये थे। घर की बत्ती बुझ चुकी थी। खुशबू के घर की गलियाँ भी वीरान थीं। बस गली के कुत्ते इधर-उधर कर रहे थे। आदित्य के लिये इस बार खुशबू के घर तक पहुँचना उतना कठिन नहीं रहा। मगर उसके घर के पीछे से दाखिल होना खतरे से खाली लग रहा था।

“ओह! ये क्या मुसीबत है! पहले तो यहाँ ये सब नहीं था... किसने किया ये..!” आदित्य बुदबुदाया। वह खुशबू के घर के पीछे वाले रास्ते से दाखिल हो ही रहा था कि उसके कदम सतर्कता से रुक गये। अँधेरा था और उसमें एक छोटी सी टॉर्च पूरा रास्ता नहीं दिखा पा रही थी। वह नीचे झुका और टॉर्च की रोशनी से

देखा कि किसी ने शीशे की बोतल तोड़ कर शीशे के कण रास्ते में बिछा रखे थे।

“इसके बारे में तो खुशबू ने कुछ नहीं कहा था। कहीं उसके अब्बा ने तो यह सब नहीं किया है? कहीं उन्हें हमारे बारे में पता तो नहीं है? हे भगवान! खुशबू मेरा इंतजार कर भी रही है या नहीं? पता नहीं ये सब क्या...” आदित्य बुदबुदा रहा था और आगे बढ़ने की कोशिश कर रहा था। उसकी चप्पल काफी पतली थी, इसलिए शीशे के कण चप्पल के बावजूद भी चुभ रहे थे। अब तो वह खुशबू से मिले बगैर जा ही नहीं सकता था। उसे खुशबू की फिक्र हो रही थी। उसने जो आज नज़्म लिखा था वह भी उसके जेब में पड़ा था। आज उसे ऐसा लग रहा था कि यदि आज वह खुशबू को हौसला न दे पाया तो वह कहीं भटक न जाए... उससे दूर न चली जाए... फिर अपने-आप में ही एक सकारात्मक विचार लिया,“ये कोई रास्ता तो हैं नहीं। हो सकता है किसी ने शराब की बोतल तोड़ कर फेंक दी हो।” और झुकते हुए ही धीमी रोशनी के साथ आगे बढ़ाने लगा। कुछ दूर बढ़ गया मगर शीशे के कण समाप्त नहीं हुए। फिर से सकारात्मक विचार नकारात्मक हो गये,“जरूर ये किसी ने बिछाये हैं!” बोल कर आदित्य ने टॉर्च नीचे रखा और अपनी शर्ट उतारी। वह अपनी शर्ट से रास्ते पर बिछे शीशे के कण हटा-हटा कर साफ करने लगा और आगे बढ़ने लगा। उसकी यह कोशिश कामयाब हुई। बस हाथ में शीशे के कुछ छोटे कण पड़ने से एक लहर-सी महसूस हो रही थी।

“अरे... यह संकेत तो खुशबू की है... वह मेरा इंतजार कर रही है।” आदित्य अब घर के पीछे से कुछ ही कदम की दूरी पर था। उसने देखा कि उस तरफ से भी एक टॉर्च की रोशनी आ रही थी। आदित्य ने भी संकेत दे दिया कि वह आ रहा है। खुशबू ने टॉर्च जलाना बंद कर दिया और घर के अंतिम घेरे के पास आ गयी।

आदित्य खुशबू के पास आ चुका था।

खुशबू घेरे के उस तरफ थी और आदित्य इस तरफ। वह बोला,

“यह सब क्या है...?”

“सब बताते हैं... तुम आहिस्ते से इस तरफ आओ...”

खुशबू ने रस्सी से बँधे बाँस का गेट खोल दिया। आदित्य खुशबू की तरफ आया और फिर बेफिक्र कुछ कदम चलते ही उसकी शर्ट काँटे की डाली में फँस गयी।

"तुम्हारी कमीज़! हमने कहा था आहिस्ते से आने... इस तरफ काँटे हैं। संभल कर।" खुशबू के सचेत करने तक आदित्य की शर्ट थोड़ी-सी फट गयी।

"ये सब क्या है? तुम्हें इतना पसीना... और तुमने अपनी कमीज़ क्यों खोल ली है?" खुशबू आदित्य को आगे रास्ता दिखाते हुए बोली।

"वही तो मैं पूछना चाहता हूँ ये सब क्या है?" आदित्य थोड़ा घबरा गया।

"आओ यहाँ बैठो..." खुशबू ने आदित्य को वहीं बैठाया जहाँ वे पहले बैठा करते थे। दोनों बैठ गये। इस बार कुछ वैसा माहौल ही नहीं था कि खुशबू उसका हाथ थामती या आदित्य उसे पकड़ता। इससे पहले उसे इस बात को जानना जरूरी थी कि यहाँ क्या हुआ था।

खुशबू बोली, "ये हमारे अब्बा ने किया है... घर के पीछे से बकरियाँ कहीं जा न सकें इसलिए काँटे बिछा दिये हैं।"

"ओ हो... अब समझा। ये बकरियों के लिये नहीं मेरे लिये हैं। ये काँटे इसलिए नहीं लगाये हैं कि जहाँ से बकरियाँ जा न सकें, ये इसलिए लगाये गये हैं ताकि मैं बाहर से अंदर न आ सकूँ।"

"क्या कह रहे हो तुम! अब्बा को तुम्हारे बारे में पता तक नहीं! और यह भी पता नहीं कि तुम यहाँ आये भी हो... और हमारे अब्बा ऐसे नहीं। वो तुम्हें सीधा धमका सकते हैं, काँटे बिछाने की जरूरत नहीं! ये बकड़ियों के लिये हैं। वैसे हम तुम्हें कुछ और ही बताने के लिये यहाँ बुलाये हैं इन सब के लिये नहीं।" खुशबू आदित्य पर बिगड़ी और उसके थोड़े और पास आ गयी ताकि उसे चिकोटी काट सके दोनों के कमर आपस में सट गये थे। आदित्य ने फिर से धीरे से कहा,

"तुम्हें अभी भी ऐसा लगता है? मुझे सब समझ में आ गया... ऐसा लगता है कि तुम्हारे अब्बा को हमारे बारे में पता चल गया है इसलिए उन्होंने ऐसा किया। यहाँ सिर्फ काँटे ही नहीं, आने के वक्त मुझे बहुत सारे काँच के नुकीले टुकड़े भी

मिले। वे टुकड़े जान-बूझ कर बिछाये गये थे। मैंने सोचा कि जरूर तुम भी किसी मुसीबत में होगी इसलिए लौटा नहीं और अपने शर्ट से उन्हें हटाते हुए यहाँ आया हूँ।" आदित्य ने यहाँ आने के मुश्किलात के बारे में बताया। खुशबू का दिमाग सन्न रह गया। वह आदित्य का कंधा सहलाने लगी। उसकी खातिर उसने जोखिम उठाया, मगर आज का मिलना भी तो जरूरी था।

खुशबू बोली,"इसलिए तो हम कहें... अब्बा के इस बदले स्वभाव के पीछे यही कारण हो सकता है, लेकिन हमें यह पता नहीं था कि उन्हें हमारे मिलने वाली बात भी पता है...! या अल्लाह! वे जान गये और अपना गुस्सा ख़ुद ही पी गये... इससे पहले अब्बा ने ऐसा कभी नहीं किया। हमारी छोटी गलतियों पर हमें डाँट लगती है। इस बार डाँट नहीं... सब चुपचाप निपटाया जा रहा है!" खुशबू थोड़ी भयभीत और आश्चर्य में थी। उसने कहना जारी रखा,"उनके हाथ हमारा तुम्हारे नाम लिखा अधूरा ख़त भी लग गया था। हमें लगा कि वे इतनी गौर से नहीं पढ़े होंगे। हमने वो सब जला दिया... ताकि उन्हें तुम्हारा पता न चल पाये। मगर यहाँ तो... सब कुछ सोच-समझ कर किया जा रहा है।"

"क्या! तुमने ख़त जला दिये! और ये क्या कह रही हो तुम? सब चुपचाप निपटाया जा रहा है... इसका क्या मतलब?" आदित्य को आश्चर्य हुआ कि खुशबू ने ख़त जला दिये, मगर वह यह भी जानना चाहता था कि बात क्या थी, इसलिए शांत हो गया।

खुशबू बोली, "अब्बा हमारा निकाह करवा रहे हैं..." ये लफ़्ज़ बोलने में उसका गला सूख गया।

"क्या...? शादी...! अरे वाह यह तो खुशी की बात है। मगर ससुर जी को इतनी जल्दी भी क्या है? खैर लगता है वो मेरी विचारधारा के हैं, इसलिए अभी ही मान गये। हा, हा, हा।" आदित्य थोड़ा-सा शरमाया और फिर हँस दिया। वह आगे बोला,"देखो बड़े प्यार से आज मैंने तुम्हारे लिये कुछ लिखा है। बड़ा रोमांटिक है। आज तो तुम भी मान ही जाओगी।" आदित्य ने कुछ चुलबुले अंदाज में अपनी जेब में हाथ दिया, मगर खुशबू ने उसे रोक लिया। वह मायूस थी। वह फिर से बात को स्पष्ट करते हुए बोली,"हमारा निकाह। हमारा... यानी

मेरा... किसी और लड़के के साथ।" बोलते हुए वह अपना हाथ अपने सीने पर रख रही थी ताकि आदित्य समझ सके।

आदित्य ने खुशबू का चेहरा ठीक से देख कर महसूस किया कि उसे यह बताते हुए पछतावा हो रहा था। शायद खुशबू भी जानती थी कि आदित्य यहाँ एक खुशनुमा पल की कामना करते हुए आया था, मगर परिस्थिति काफी जटिल थी।

"क्या! इतनी जल्दी! ये सब कब हुआ!!" खुशबू की बातों ने आदित्य को झकझोड़ दिया। इस बार उसके शब्दों ने भयानक रूप ले लिया। उसके माथे पर तनाव की लकीरें उभर आयीं।

खुशबू ने आदित्य के मुँह पर अपना हाथ रख दिया और उसे याद दिलाया कि वह कहाँ था। उसे अब्बा के आने का डर अब ज्यादा लग रहा था।

"शांत रहो... और खुद पर काबू करो... हमने तुमको पहले भी इत्तला किया था कि हमारा मिलना मुनासिब नहीं और हमारा मिलन ज़ायज नहीं; एक दिन हमारा निकाह किसी और से हो जायेगा। तुम्हें बताया था कि हमारे इस रिश्ते का अंत एक दिन ऐसे ही होगा, देखो वो दिन आ ही गया।"-खुशबू।

"और तुमने मान भी लिया? क्या तुम अपने प्यार को ऐसे ही खो दोगी?"-आदित्य।

"इसलिए हमने यह कभी करार नहीं किया कि ये प्रेम या मोहब्बत है। हमें पता था हम एक-दूसरे के कभी नहीं हो सकते हैं।"-खुशबू।

"लेकिन ऐसे कैसे? जब भी तुम अपनी शादी की बात किसी और से हो जाने के बारे में कहती थी, मुझे लगता था कि तुम मुझे छेड़ रही हो। इतनी जल्दी नहीं होगी तुम्हारी शादी... इसलिए कभी ऐसा सोचा नहीं... और आज अचानक!"-आदित्य लगभग रो पड़ा था। उसके लिये ये बात किसी सदमे से कम नहीं था। वह ख़ुद को रो देने से संभाल रहा था। क्योंकि ऐसे उसके गले से शब्द नहीं निकलने लगते थे।

"देखो समझने की कोशिश करो... हमारे बिरादरी में निकाह जल्दी होता है और कोई सवाल भी नहीं कर सकता। हम नाबालिग नहीं है। कानून भी हमारे निकाह को नहीं रोक सकता।" खुशबू आदित्य को समझा रही थी। इस बार सब

उल्टा-पुल्टा सा हो गया था। इस बार आदित्य कुछ समझने को तैयार नहीं था और खुशबू उसे समझदार की तरह समझा रही थी, "प्लीज तुम रोना बंद करो... हम तुम्हें ऐसे नहीं देख सकते। जो है सच्चाई उसे मान लो अब। हमारे रिश्ते का अंत होना ही था।"

"तुम्हारे पिता शादी करवा रहे हैं और तुम आँख मूँद कर तैयार हो? मुझे एक झटके में भूल रही हो तुम?" आदित्य अपने आँसुओं को सँभाल पाने में असमर्थ था। तब भी उसने बोलना जारी रखा, "तुम्हें हो क्या गया है; क्या तुमने हमारा साथ, वे हसीन लम्हे, सब भुला दिये। हम तो एक नयी शुरूआत करने वाले थे न, मगर तुम तो अपना रास्ता ही बदल रही हो।"

"कैसे कर सकते थे नयी शुरूआत? समाज में हमारे रिश्ते की कोई नींव ही नहीं।" खुशबू बोली। वह आदित्य के आँसू भी नहीं पोंछ पा रही थी।

"मैंने पहले भी कहा था मेरे लिये प्रेम मायने रखता है, भय नहीं। तुम भय को त्यागो, जीवन का एक बेहतरीन बदलाव तुम्हारा स्वागत करेगा।"

"भय को त्याग दें या समाज को? तुम्हें पता नहीं इसका अंजाम क्या होगा।" खुशबू इस बात की कल्पना से ही भयभीत थी, जो आदित्य उससे कह रहा था।

आदित्य के मन में हजार सवाल चल रहे थे। क्या पूछे, क्या कहे कुछ समझ नहीं आ रहा था। इस बार वह खुशबू को प्रेम का पाठ भी नहीं पढ़ा पा रहा था। उसके स्वयं के हालात बिगड़ चुके थे। वह खुशबू को यह एहसास दिलाने में असमर्थ था कि जिस खुशी में खुशबू प्रेम पाने जा रही है वह भय है और जिसे वह भय समझती है, वही प्रेम है।

"कब तय हुआ ये सब..." आदित्य के मुँह से इतना ही निकल पाया।

"बात एक सप्ताह से चल रही है... हमें पता नहीं था। अब्बा तो इससे भी पहले लड़के देख चुके थे। बस हमें तब पता चला जब सब कुछ तय हो गया।"

"अच्छा...! और तुमने तय होने का इंतज़ार किया!"-आदित्य अपना संतुलन खो रहा था और खुद ही सँभल भी रहा था।

"हम क्या कर सकते थे... इस रिश्ते से अब्बा काफी खुश थे।"

“तो तुम वो सब भूल गयी। हमारा मिलना... प्यार करना... बाँहों में भरना... तुम्हें चूमना... क्या वो सब ऐसे ही था?”

“वो हमारी भूल थी आदित्य... एक तरह की गलती। फिर भी हमें तसल्ली है कि हमने वो तुम्हारे लिये किया। अपनी तहज़ीब लाँघी तो बस तुम्हारे लिये।” खुशबू के जुबां में अफसोस और परवाह दोनों ही भाव थे।

“क्या! अब तुम उसे भूल और गलती का नाम दे रही हो! और अभी जो तुम कर रही हो क्या वो सही है?” आदित्य के पास केवल प्रश्न ही प्रश्न थे।

“हाँ, हमारे रिवाज यही कहते हैं कि यही सही है। तुम समझने की कोशिश क्यों नहीं करते... हम चाह कर भी पूरी जिंदगी के लिये एक नहीं हो सकते। कभी न कभी तो ऐसा होना ही था। कितनी बार हम तुम्हें याद दिला चुके हैं और इस बार तो अब्बा इस रिश्ते से काफी खुश हैं। लड़का ख़ानदानी है... रईस है, गाँव-समाज में ऊँची पहचान है। अब और क्या चाहिए?”

“इसका मतलब है कि सिर्फ तुम्हारे अब्बा नहीं, तुम भी इस रिश्ते से खुश हो? और वो ख़ानदानी है, रईस है, क्या मैं नहीं हूँ...? मैं भी तो एक पहुँचे हुए परिवार से हूँ क्या कमी है मुझे? अब तो मैं ख़ुद की पहचान भी बना चुका हूँ। पेट भरने के लिये अनाज और पहनने के लिये कपड़े, इन सब की कभी कमी नहीं रही है...”

“हमें पता है कोई कमी नहीं। बस कमी है तो धर्म की, रीति-रिवाज की। तुम भगवान को पूजते हो, उसमें भी एक पुजारी...! हमारे अब्बा और हमारा समाज इसे कभी नहीं स्वीकारेगा। यदि तुम हमारी जाति के होते तो तुम्हारे साथ बिना घर-मकान के भी रह लेती, मगर अब नहीं... हम सबकुछ बर्बाद नहीं करना चाहते हैं।” खुशबू के अंदर आँसू पनप रहे थे, मगर वो उन्हें पी रही थी।

“क्या सब बोल रही हो तुम...! क्या तुम्हें हमारा साथ... हमारा प्यार कुछ भी याद नहीं? शादी की ख़बर ने तुम्हें इतना बदल दिया है? और जिस समाज की बात तुम कर रही हो, वैसा समाज तो मेरा भी है। मैं तो तुमसे धर्म में ऊँचा हूँ, फिर भी मैं झुकने को तैयार हूँ तो तुम क्यों नहीं?” आदित्य ने एक क्षण रोब जमाते हुए कहा।

"क्या कहा तुमने! तुम्हें ऊँचा होने का प्रमाण-पत्र दिया है किसी ने! चलो छोड़ो, हम नहीं चाहते कि आखिरी मुलाकात में हम तुमसे लड़ें।" खुशबू पहले भड़की, मगर ख़ुद को शांत कर लिया।

"माफ करना, मगर मैं तुम्हारे लिये सब कुछ कुर्बान करने को तैयार हूँ; मगर तुम नहीं। तुमने फैसले से पहले ही फैसला कर लिया है या शायद तुम्हारी भी यही मर्जी है।"

"तुम हमसे हमेशा मोहब्बत करते हो न? तो अब क्यों नहीं समझ रहे कि हम वो नहीं हैं जो आपस में कभी मिल सकें। बंधन में बँध जाना ही मोहब्बत होता है... या स्वतंत्रता का नाम मोहब्बत है? तुम्हारे कृष्ण भगवान, क्या उनका विवाह राधा से हुआ था?"

इस बार खुशबू अपने स्तर सेआदित्य को समझाने में लगी हुई थी। शायद भलाई भी इसी में थी, उसे पता था कि ऐसा संभव नहीं। एक ही समाज के दो अलग-अलग धर्म आपस में मिल कर उसी समाज में नहीं रह सकते हैं। जितने में खुशबू दोबारा कुछ कहती, आदित्य ने अपना सिर उसके कंधे पर रख दिया और फूट-फूट कर रोने लगा। वह रोते-रोते बोला,

"वो भगवान थे... मैं इंसान हूँ... इतना दर्द, इनती चुभन... मैं सहन नहीं कर सकता हूँ..."

इस बार खुशबू ने प्यार से आदित्य के गालों पर आये आँसुओं को पोंछ दिया और उसके सिर को एक बच्चे की तरह सहलाया। वह महसूस कर सकती थी कि आदित्य कितने दर्द में था। यूँ अचानक उसके सामने सब खत्म हो रहा था और वह रोने के अलावा कुछ नहीं कर पा रहा था। ऐसा नहीं था कि खुशबू कठोर थी, बस उसे भविष्य स्पष्ट दिख रहा था कि क्या होने वाला था।

उसके अब्बा आग-बबूला होकर आदित्य को ख़ोज रहे हैं। ऐसा लग रहा है कि जान से ही मार डालेंगे। आदित्य के पिता के ऊपर भी उनके भक्तजन हजारों सवाल खड़ा कर रहे हैं।

'हमें ज्ञान देते हैं, धर्म सिखाते हैं और ख़ुद बेटे को खुला छोड़ा रखा है।'

आदित्य के पिता शर्म से पानी-पानी हैं और वो भी खुशबू के पिता से बात करना चाहते हैं। आदित्य को ख़ोजते-ख़ोजते खुशबू के अब्बा की मुलाकात आदित्य के पिता से हो जाती है और मंदिर के बाहर से उन्हें जो-सो कहने लगते हैं।

'यही संस्कार दिये हो अपने बेटे को ढ़ोंगी पुजारी...! कि मुस्लिम लड़की से संबंध बनाओ! उसे अपने झाँसे में फँसाओ! और फिर उसका घर बसने से पहले ही तबाह कर दो! निकल बाहर... छुपा क्यों है ढोंगी?'

ये सब सुन कर आदित्य के पिता को भी बेतहासा गुस्सा आता है। आज तक उनके संस्कारों पर किसी ने लांछन नहीं लगाया। वो इतने क्रोध में आ जाते हैं कि आदित्य को खोज़ कर पीटते हैं और घर से बाहर निकाल देते हैं। ये ख़बर हवा की तरह गाँव में फैल जाती है। आदित्य के घरवालों की समाज में काफी बेइज्जती होती है। जब उधर सब हो जाता है, तो खुशबू के अब्बा खुशबू पर भी गुस्सा निकालते हैं और उसपर जानलेवा हामला करते हैं। उसकी अम्मी से यह सब देखा नहीं जा रहा... ऐसा लग रहा है कि एक क्षण में सब तबाह हो गया हो। न आदित्य के जीवन में कुछ बचा और न ही खुशबू की हालत ठीक रही।

इससे बेहतर यही था कि खुशबू अपने कंधे पर आदित्य का सिर पड़े रहने दे और उसे इस वक्त जी भर कर रो लेने दे। आदित्य के आँसू खुशबू के कंधे पर उसकी कुर्ती पर जमा हो रहे थे। खुशबू उसकी गर्माहट महसूस कर पर रही थी। कब तक आदित्य यहाँ आँसू बहाता? आधी रात हो गयी थी। खुशबू चाहती थी कि बिना किसी परेशानी के आज का मिलन आखिरी हो जाए और दोनों अपने जीवन की सच्चाई को समझ कर एक नयी शुरूआत कर दें।

खुशबू ने प्यार से आदित्य का सिर अपने हाथों में भर लिया और उसे अपने कंधे के सहारे से हटाया। आदित्य के गालों पर आँसुओं की धाराएँ थीं। खुशबू ने फिर से उसके आँसू पोंछे और प्यार से बोली,

"तुम तो मोहब्बत करते हो न... मोहब्बत करने वाले मजबूत होते हैं, ऐसे रोते नहीं। ये विधि का विधान है... हमें किसी और का ही होना था। क्या हमने जो पल साथ गुज़ारे वे बेहतरीन नहीं थे... क्या तुम इस बात से खुश नहीं कि

जब तक हम यहाँ रहे तुम्हारे रहे... क्या तुम इस बात से खुश नहीं होंगे कि हम एक नयी शुरूआत करने जा रहे हैं? हमें ऐसा करना ही होगा। जैसे तुम्हें हमारी खुशी अच्छी लगती है वैसे ही हमें भी... लेकिन हमें अपने अब्बा-अम्मी की खुशियों की भी परवाह है। यदि हमने कुछ गलत कर डाला तो मेरी छोटी बहन पर भी इसका असर पड़ेगा। हम जितनी आसानी से तुमसे कह रहे हैं... उतनी ही गंभीरता से हम पहले सोच चुके हैं। तुम हमसे मोहब्बत करते हो न?"

आदित्य कुछ बोल तो नहीं पाया, मगर हामी भर दी कि हाँ वह उससे बहुत प्यार करता है।

"तो तुम्हें हमारी परवाह है न... हमारी खुशियों कि परवाह है न... "

आदित्य ने फिर से हामी भरी। अब उसके आँसू सूख चुके थे। गालों पर सूखे आँसुओं की रेखाएँ थीं।

खुशबू ने उसकी आँखों में देख कर कहा, "तुम्हें याद है न कि तुमने हमसे वादा किया था कि तुम हमारी खुशियों की परवाह करोगे, जैसे हम अपने परिवार का करते हैं। तुम हमसे किसी बात का जिद नहीं करोगे। हमें समझोगे। वो वक्त आ गया है। तुम्हें हमें समझना होगा।"

"मैं कैसे रह पऊँगा तुम्हारे बिना?" आदित्य का गला बैठ गया था।

"तुम एक और वादा करो कि अपनी भक्ति पर ध्यान दोगे... पूजा-पाठ करोगे... तुम्हारा मन लगा रहेगा। तुम हमें याद कर सकते हो, मगर हमें कभी ढूँढना मत।"

आदित्य के गालों पर सूखे रेखाएँ फिर से आँसुओं से ताजा हो गये। उसे खुशबू से किया वादा याद आया कि वह उससे कोई जिद नहीं करेगा। उसकी खुशी में ही उसके ख़ुद की खुशी होगी। अब आदित्य भी मान चुका था कि खुशबू का यही अंतिम फैसला था।

अब चाह कर भी कुछ नहीं बदला जा सकता था। खुशबू भी तैयार थी और उसके घर वाले भी... आखिर किया भी क्या जा सकता था इस वक्त उसे जी भर कर देखने के सिवा... वह वही कर रहा था... अपनी नम आँखों से खुशबू

को देख रहा था।

कुछ वक्त खामोशी में ही बीत गये। सिर्फ रात के कीड़ों की आवाज सुनाई दे रही थी। खुशबू ने आदित्य को ख़ुद को सँभालने का पूरा वक्त दिया और फिर धीरे से याद दिलाते हुए बोली, "करो वादा..."

"वादा..." आदित्य ने दबे आवाज में कहा और खुशबू की हथेली को चूमने के लिये अपने होंठों के पास लाया। होंठ से पहले उसके आँसुओं ने उसे छू लिये... फिर भी उसने खुशबू की हथेली को चूमा... वह अपने आँसुओं का स्वाद चख रहा था। दोनों के बीच की भावनाएँ तो एक हो गयी थीं, अब बस दोनों का एक होना बाकी था। मगर आदित्य का प्रेम उसे इस कगार पर लाकर खड़ा कर देगा उसने ऐसा सोचा तक नहीं था। खुशबू की हथेली उसके हथेली में थी मगर इस वक्त वह उसे मजबूती से थाम भी नहीं पा रहा था। वह अंदर से काँप रहा था।

कुछ देर ऐसे ही और बीता। दोनों चुप ही रहे। रात घनी होती जा रही थी। सही वक्त का सटीक अंदाजा नहीं लग रहा था। खुशबू चाहती थी कि वह सवेरा होने से पहले अपने घर तक पहुँच जाए और यह बात इस रात की तरह खत्म हो जाए।

"जाओ आदित्य... अपना वादा पूरा करो... चले जाओ यहाँ से और हमारे बारे में मत सोचना।" खुशबू बोली।

आदित्य उसे अंतिम बार बाँहों में भरना चाहता था। उसने ऐसा ही किया। उसने खुशबू को अपनी बाँहों में भर लिया। खुशबू मना भी नहीं कर पायी। यह काफी जल्दी में हुआ। खुशबू महसूस कर रही थी कि यदि वह कुछ न कहे, तो आदित्य उसे पूरी रात बाँहों में ही भरा रह जायेगा, इसलिए वह बोली, "यह रात हमारे मिलन की आखिरी रात है आदित्य... कल एक नयी सुबह होगी... इस रात की तरह हमें भी भूल जाना... जाओ अब तुम... वरना हम रो देंगे... तुम हमें रोता नहीं देख पाओगे।" वह कोशिश कर रही थी कि अब वह आदित्य की बाँहों के घेरे से बाहर आ जाए।

"तुमने वादा किया है न..." खुशबू ने फिर कहा।

"हाँ।" आदित्य ने जवाब दिया।

"अब इसे पूरा करो... छोड़ो हमें... और तुम भी एक नयी शुरूआत करो। मानो ये सब एक हसीन ख़्वाब था बस।"

खुशबू ने ऐसे कहा जैसे वह अब और इसी वक्त ही किसी दूसरे की हो गयी थी। सच्चाई भी यही थी सारी बात बताने के बाद वह किसी और की अमानत हो चुकी थी।

आदित्य अपने लड़खड़ाते पैरों के सहारे खड़ा हुआ और वहाँ से जाने लगा। खुशबू उसे सहारा देना चाहती थी, मगर ऐसा कर न सकी। आदित्य ख़ुद ही आगे बढ़ रहा था खुशबू पीछे थी। आदित्य के हाथ में वह शर्ट थी जिसमें शीशे के कण सटे हुए थे।

एक बार मुड़ कर आदित्य ने खुशबू को जी भर कर देखा। खुशबू एक हल्की मुस्कान के साथ उसके सामने खड़ी रही। फिर जैसे ही आदित्य पलट कर वापस जाने लगा खुशबू की आँखों में ठहरे हुए आँसू फूट पड़े। आँसुओं की धाराएँ उसके गालों पर बहने लगे, मगर लब से एक शब्द न निकला।

बाहर निकलते वक्त आदित्य को काँटों का ख़्याल नहीं रहा। वह बेधड़क वहाँ से निकल गया। आदित्य के निकलते ही खुशबू अपने घुटने नीचे जमीन पर टिका दिये। वो सारे आँसू जो उसने बड़ी मुश्किल से अपनी आँखों में छिपा कर रखे थे सब बह गये। मुँह पर हाथ रख कर वह रोती रही।

रास्ते में आदित्य का टॉर्च कहाँ गिर पड़ा इसका भी उसे होश नहीं था। वह बेसुध की तरह बस सीधा जा रहा था। इस बार न उसे टॉर्च की जरूरत थी और न ही रास्ते से शीशे हटाने की। उसे कुछ एहसास ही नहीं हो रहा था। वह आगे चल रहा था और उसके दिमाग में खुशबू की पहली नज़र से लेकर आज तक का सफर... तैर रहा था।

उसे अभी कुछ देर पहले खुशबू से साथ बिताये पल याद आ रहे थे। उसे याद आ रहा था खुशबू की कही बातें... फिर उससे कुछ दिन पहले बाज़ार का मिलन और फिर उस दिन दोपहर में खुशबू का मंदिर के पीछे उससे मिलने आना... उसे बाँहों में भरना... उसके दिमाग में सब पीछे की ओर जा रहा था। उसे याद आ रहा था पहली बार खुशबू का उसपर मुस्कुराना... उसका नकाब उतारना

और वे दिन भी जब उसने खुशबू को गली में रोक लिया था।

ये सब सोचते हुए वह चलता-चला जा रहा था। कभी कदम तेज़ होते तो कभी मंद। उसके कदम उसके मंदिर के पास जाकर रुक गये... देखते ही देखते अपने आप मंदिर की सीढियाँ चढ़ने लगे। वह ऊपर आ गया। ऐसा प्रतीत होता था कि कहीं दूर से सूर्य की लालिमा आ रही हो। अभी उसके दिमाग में चल रहा था कि जब उसने पहली बार खुशबू को देखा था... उसका दुपट्टा हवा के झोंके से खुल गया था और पहली बार उसने उसका खूबसूरत चेहरा देखा था। इस वक्त वह महसूस कर रहा था कि वही हवा के झोंके उसके शरीर को छू रहे थे। वह बेसुध होकर नीचे सो गया। ऐसे जैसे उसे अपने शरीर पर कोई काबू न था। उसके सामने भगवान थे और भगवान के सामने उसका भक्त।

***

अध्याय- पन्द्रह

वो दिन आ गया, जब किसी का मिलन होना था और किसी को किसी से जुदा...

आदित्य अपने पुराने दोस्तों के साथ मंदिर के परिसर में बैठे उनसे बातें कर रहा था। दोस्तों से इतनी घनिष्ठता तो थी नहीं, बस कभी-कभार प्रसाद ग्रहण करने आया करते थे उसी में दो-चार बातें हो जाती थीं।

"बताओ तुमने आज तक नहीं बताया कि तुम किसी को दिल दे बैठे थे और आज उसके बिछड़ने पर तुम्हें उसके अल्फाज याद आ रहे हैं।" अपने साथियों में घिरा आदित्य इन्हीं सब बातों का सामना कर रहा था। अक्सर दोस्त माहौल को मजाकिया बना दिया करते हैं, जैसे कि अभी था।

"यदि कल को बताया होता तो आज बता रहा होता भला।" आदित्य भी अपने दोस्तों के भाव में शामिल था। वह खुशबू की कहीं कुछ प्यार भरी बातें उनसे साझा कर रहा था। असल में वह साझा नहीं, खुद को याद दिला रहा था कि कितना हसीन था वो पल। मगर इन सब के अलावा आदित्य ने अब तक दोस्तों से खुशबू की पहचान छुपा रखी थी।

"और बताओ... वह कैसी थी। और हमने उसे आज तक नहीं देखा?"

"बस इतना जान लो कि हुस्न की मलिका थी वह..."

"तुम्हें क्या लगता है जैसे तुम उसे याद कर रहे हो क्या वो तुम्हें भी करेगी या फिर वह अपनी दुनिया में रम जाएगी..."

आदित्य के दोस्तों को उसके असफल प्रेम कथा में भी दिल्लगी सूझ रही थी। आदित्य अंदर-ही-अंदर एक उधेड़-बुन में था। मगर बाहर से एक मादक मुस्कान लिये दोस्तों के सामने पेश था। वह अपने आपको खुश बता रहा था। वह बता रहा था कि आखिर खुशबू के जीवन के खुशनुमा पल में वह साथ रहा। फिर एक नशीली अंदाज में उसने सबसे कहा,

"जब जिंदगी एक नयी शुरूआत लेकर आएगी,

घूँघट में छिपी वह शरमायेगी।

उसकी गोद में सिर होगा किसी और का,

पर वह मेरी ही कहानी दोहरायेगी।"

***

ये रात का वक्त था। खुशबू बिछावन पर बैठी हुई थी। उसके शौहर का सिर उसके गोद में था। कुछ वक्त से उसका शौहर उसकी सुंदरता की तारीफ कर रहा था। साथ ही साथ अपने सभी शौक से उसे वाकिफ करवा रहा था।

सब कुछ भूल-भाल कर आज खुशबू एक नयी शुरूआत कर चुकी थी। ऐसे कहने को तो वो सब भूल गयी थी मगर अभी भी जहन में आदित्य की यादें सामने तैर रही थीं। इन सब के अलावा वह बस अपने शौहर के सामने तहजीब से पेश आ रही थी। चुपचाप अपने शौहर को सुन रही थी।

"ये लें... इस घर की चाबी। आज से ये आपकी अमानत है। आप सिर्फ हुस्न की मलिका नहीं, अब आप मेरी मालकिन भी हैं और इस घर की भी।" खुशबू के शौहर ने उसे पहले दिन ही अपनी मलिका बना कर घर की बाग-डोर उसके हाथों में सौंप दिया।

खुशबू ने कुछ कहा नहीं, बस मुस्कुराई यह जताने की वह इस निकाह से बहुत खुश थी। अपने शौहर का सिर अपने गोद में पाकर वह ऐसे हिचक का

सामना कर रही थी जैसे वो पहला आदमी था जो उसके इतने करीब आया था।

"सब खैरियत तो है...? आप ले नहीं रहीं।" उसके शौहर ने चाबी हिलाई।

"हाँ हम ठीक हैं।" खुशबू के जुबां से बस इतना ही निकला। जबकि बार-बार उसका मन उससे कह रहा था कि वह अपने शौहर को आदित्य के बारे में बता दे। ताकि आगे चल कर उसे कठोर सवालों के जवाबों का सामना न करना पड़े। बजाए इसके उसने चाबी का गुच्छा अपने हाथ में लिया और आहिस्ते से बिछावन के कोने में रख दिया।

खुशबू का शौहर एक खानदानी रईस आदमी था। खुशबू अपने घर से कोसों दूर एक नये गाँव के एक शान-ओ-शौकत के माहौल में आकर हिचक में थी। खानदानी रीति-रिवाज देख कर वह सहम सी गयी थी। निकाह के दिन उसके शौहर ने एक बेशकीमती पोशाक पहन रखा था और खुशबू को उसने जेवरातों से भर दिया था। यह सब इस बात की ओर संकेत करता था कि खुशबू कभी अपने दायित्व को न भूले।

वहाँ के नौकर-चाकर भी एक-एक काम बारीकी से करते थे। बिना बताये एक अतिरिक्त गतिविधि नहीं करते थे। यदि हो जाए तो बवंडर खड़ा हो जाता था। ये सब निकाह के दिन ही खुशबू को दिख गया था।

ऐसे में यदि उसके शौहर को किसी और से या फिर कुछ सालों बाद आदित्य के बारे में पता चला तो स्वाभाविक था कि उसे यह पसंद नहीं आने वाला था। खुशबू कुछ कहने की कोशिश ही कर रही थी कि इतने में उसके शौहर ने फिर कहा,"सब खैरियत तो है? आप हमें डरी हुई क्यों जान पड़ती हैं। देखें... मुझसे न डरें। वो नौकरों के साथ मेरा बर्ताव कुछ अलग ही रहता है आप महारानी हैं। कुछ कहना चाहते हैं हमसे।" काफी तहजीब से उसने यह बात रखी। खुशबू को एहसास हुआ कि उसके शौहर शांत प्रवृति के थे। जब उसके जहन में आदित्य चल ही रहा था और वह खुद यह बताने के लिये खुद को तैयार कर चुकी थी तो वह रुकी नहीं। उसने कहा,"क्या आपको कभी मोहब्बत हुई है?"

उसका शौहर मुस्कुराया और बोला, "हाँ हुई है।" यह सुन कर खुशबू को थोड़ा साहस हुआ कि जब उसका शौहर उससे यह बोल रहा था तो वह भी अपने बारे में बता दे। मगर अगले ही पल उसके शौहर ने बात आगे बढ़ाते हुए

कहा, "जब हमने आपको पहली मर्तबा देखा, उसी वक्त हमें आपसे मोहब्बत हो गयी थी।" उसके इस अंदाज में एक शर्मीलापन था।

खुशबू ने अपने शौहर का चेहरा देखा, जिसपर अब भी मुस्कुराहट पसरा पड़ा था। वो इस मुस्कुराहट भरे चेहरे को चिंता की लकीरों से भरना नहीं चाहती थी। आदित्य के बारे में अपने शौहर के सामने उसका जिक्र करने का फैसला उसने बदल लिया।

बहरहाल जाने क्यों उसके मन में चल रहा था।

"आखिर हम उसका जिक्र करना ही क्यों चाहते हैं? हम एक नयी शुरूआत कर चुके हैं। पूरे रीति-रिवाजों के साथ हमने अपने परिवार के चुने लड़के को अपना शौहर कबूल लिया है। आदित्य से तो हमने ऐसा कभी कुछ कहा भी नहीं। हमें तो उससे मोहब्बत भी नहीं थी?

हाँ, हाँ, नहीं है हमें उससे मोहब्बत।"- अपने मन को इतना समझा कर उसने एक चुप्पी साध कर अपने शौहर को एक प्यारा-सा मुस्कान दे दिया।

उसका शौहर उठ कर बैठा। खुशबू को नीचे सरका कर उसे अपने आगोश में भर लिया। खुशबू ने अपने आपको उसके हवाले कर दिया।

***

अध्याय- सोलह

तीन साल बाद।

खुशबू को गये तीन साल हो गये थे। वह अपने शौहर के साथ खुश थी या दुःखी थी या जिस भी हालात में थी। इन बातों से अनभिज्ञ आदित्य अपनी दुनिया में खुद को ढाल रहा था। ताकि उसे खुशबू की याद न आये। मगर कहते हैं न जिसे जितना भूलने की कोशिश करो वह उतना ही याद आता है।

इन तीन सालों में ऐसा एक भी दिन नहीं था जिस दिन आदित्य को खुशबू की याद न आयी हो। खास कर तब जब उसकी यादें चारों ओर बिखरी पड़ी थी। वही सड़क, वही गलियाँ और वही मंदिर। आज भी मंदिर की घंटियों में, मंत्रों के जाप में, उसका ही नाम सुनाई देता था। उसके जाने से न जाने क्यों आदित्य ने उसे एक बार भी नहीं रोका था और न ही उससे संपर्क करने की कोशिश की थी। उसके चले जाने के बाद उसके दिल में जो टीस पैदा हो गयी थी उसे वह खुल कर किसी के साथ साझा भी नहीं कर सकता था सिवाय अपने प्रभु के। घंटों अपने पिता के साथ प्रभु के सामने बैठा रहता और भक्ति में लीन रहता। भक्ति में लीन उसका मस्तिष्क भी उसे खुशबू की याद दिलाता, जैसे वह उसी के लिये भक्ति कर रहा हो।

आदित्य का हुलिया बदल गया था। गालों पर दाढ़ी आ गये थे। उसके जट बढ़ गये थे। शरीर थोड़े और गठीले हो गये थे। मगर छाती में अब भी वही दिल

धड़क रहा था। कभी मंदिर की परिक्रमा करते हुए पीछे जाता तो वहीं स्थिर हो जाता। वहाँ से मंदिर के पीछे उस जगह को निहारता रहता, जहाँ एक दिन उसने खुशबू के साथ प्यार भरे लम्हे गुज़ारे थे। ऐसा लगता था जैसे वह अब भी वहीं उसका इंतजार कर रही हो। आदित्य के पिता उसके अंदर के सूनेपन को महसूस कर पा रहे थे। जहाँ उसके उम्र के लड़के आगे की पढ़ाई, काम-काज या जवानी के चार दिन को मौज में उड़ाने के लिये घर त्याग बाहर चले गये थे व उसके उम्र के कुछ लड़कों ने अपनी जिंदगी की नयी शुरूआत कर दी थी; वहीं आदित्य का समय जैसे स्थिर हो गया था, जैसे वह अपने अंदर किसी के आ जाने के इंतजार में खोया रहता था।

***

"नहीं दीपक जी! आप ऐसा कहिएगा तो कैसे होगा। मेरे पूर्वजों ने आपके पूर्वजों से ही यज्ञ करवाया है। आप बस चलिए मेरे साथ।" एक बुजुर्ग ब्राह्मण ने दीपक के सामने हाथ जोड़ कर आग्रह किया कि वो उसके गाँव चले। वह बुजुर्ग दीपक के परिवार को वर्षों से जानता था।

"अब मेरे बूढ़े शरीर में उतनी जान नहीं रही कि मैं यहाँ से कहीं दूसरे गाँव जाकर कोई हवन-यज्ञ करवा सकूँ।" दीपक पालथी मार कर बैठा रहा। वह आज-कल अस्वस्थ था और कहीं भी जाने की कोई इच्छा नहीं थी।

"आप बस जाने को राजी होएँ। इसकी व्यवस्था मैं करूँगा। आपके लिये मैं प्रातः काल ही चल पड़ा था। काफी उम्मीद लेकर आया हूँ। आपके बगैर जायेंगे तो अच्छा नहीं लगेगा। वहाँ सब आपकी प्रतीक्षा कर रहे हैं। आप ही अपने वंश के अकेले वारिस हैं, और आपके हाथों ही यह यज्ञ संपन्न होगा।" वह अब भी अपने हाथ जोड़े हुए था।

"यदि ऐसा है तो आप मेरे बेटे को ले जाएँ... वह मेरा वारिस है। वैसे भी मेरे बाद वही उत्तराधिकारी होगा। क्यों न इस परंपरागत यज्ञ को मेरा बेटा ही संपन्न करें?"

वह बुजुर्ग ब्राह्मण भी जानकार था, उसे भी यह ठीक लगा।

“धन्यवाद! मुझे तो पता ही नहीं था ये नौजवान आपका ही बेटा है।”

साथ खड़ा एक जवान पंडित भी बोला, “इससे अच्छा और क्या होगा हम इन्हें ही अपने साथ ले चलते हैं। वैसे भी इस परंपरा को इन्हें ही आगे बढ़ाना है।”

आदित्य ने अपने पिता की ओर देखा, ‘क्या सच में वो जाने वाला था?’ दीपक शायद अपने स्वास्थ्य का ढोंग कर रहा था। असल में वह चाहता था कि आदित्य गाँव से बाहर जाए, नये लोगों से सम्पर्क करे। कब तक यहाँ तन्हा बैठा रहेगा। मन-ही-मन चाहता था कि आदित्य ही इस महायज्ञ को संपन्न करे। और इसी से उसकी खुद की अपनी पहचान भी बनने वाली थी। (शायद उसके जीवन में एक नया अध्याय भी यहीं से जुड़ने वाला था।)

“आप चल रहे हैं न मान्यवर!” उसने उसी आदर के साथ आदित्य को कहा, जैसे उसके पिता से कह रहा था।

“हाँ, भला ये जाएगा क्यों नहीं। ये तो अबतक यज्ञ, हवन, पूजन में पारंगत हो गया है।” दीपक ने इतना कह कर हरी झंडी दिखा दी तो मुस्कुरा कर आदित्य ने स्वीकार लिया और सामने विनम्र खड़ा पंडित ने पुनः एक बार अपने हाथ आदित्य को देख कर जोड़ लिया जैसे कि यह किसी नाटक का एक पात्र हो।

***

“अरे वाह! यह तो कोई अन्य लोक ही प्रतीत होता है। यहाँ की आवो-हवा में एक अलग ही बात है। काफी खुशनुमा है आपका गाँव।” आदित्य बोला। उन जनों के साथ वह उनके गाँव पहुँच गया था।

“जी हाँ मान्यवर! हमारा गाँव एक आदर्श गाँव है।” उस जवान पंडित ने साथ चलते हुए उत्तर दिया एवं अपने दोनों हाथ सामने फैलाते हुए आदित्य को उस दिशा की ओर संकेत दिया जहाँ हवन का भव्य आयोजन हो रहा था। आदित्य ने इससे पहले इतना सुसज्जित एवं भव्य आयोजन कभी नहीं देखा था। उसकी आँखें बायें-दायें घूम रही थीं। एक साथ कई ब्राह्मण पीतांबर में इस आयोजन के देख-रेख में लगे थे। देख कर ऐसा प्रतीत हो रहा था कि यज्ञ के बाद भोज का भी उत्तम प्रबंध था।

"ऐसा जान पड़ता है कि काफी लोग आमंत्रित हैं?" आदित्य ने कहा।

"जी आमंत्रित कैसे नहीं होंगे यह हमारे परदादा के आत्मा शांति के लिये किया जाने वाला वार्षिक पूजन है। हर बार आपके पिता से यह संपन्न होता था और इस बार आपसे होगा।"

आदित्य ने जवाब में बस मुस्कुरा भर दिया। और कुछ क्षण बाद फिर बोला,"यह भी जान पड़ता है कि अभी कुछ विलंब है।"

इस बार जवाब में उस पंडित ने केवल मुस्कुराना ठीक समझा। इतने में एक वृद्ध ब्राह्मण आदित्य की ओर आता दिखा।

"कोई विलंब नहीं, बस आपकी प्रतीक्षा थी।" इन श्ब्दों के साथ उसने आदित्य का स्वागत किया।

आदित्य मुस्कुराहट के साथ आगे बढ़ा। यज्ञ में सचमुच अभी विलंब था।

आदित्य भी सभी के साथ पूजन की गतिविधि एवं सामग्री की मूल्यांकन में लगा हुआ था और वह जवान पंडित जो अब तक आदित्य के साथ था इस वक्त भी उसके आगे-पीछे चल-फिर रहा था। तभी कहीं दूर से अज़ान पढ़ने की आवाज सुनाई दी। आदित्य के कान खड़े हो गये और आँखें सिकुड़ गयीं।

"ये..." आदित्य ने कुछ कहना चाहा।

"हाँ... ये अज़ान का वक्त है। मैंने आपसे कहा था न हमारा गाँव..."

"ओ... हाँ मैं समझ गया।" आदित्य रोकते हुए बोला और उस ओर देखने लगा जिस तरफ से वह आया था।

"मैंने तो पहले ही कहा था कि ये कोई अन्य ही लोक में मैं आ गया हूँ।" इतना बोल कर आदित्य मुस्कुराया। न जाने क्यों उसे इस जगह में एक अपनापन महसूस हो रहा था। कुछ था जो उसे अपनी मौजूदगी का संकेत दे रहा था।

"क्या मैं भी आपके साथ चलूँ मान्यवर?" आदित्य को आगे बढ़ता देख पंडित ने उससे पूछा।

"कोई बात नहीं। अभी थोड़ा विलंब है न? मैं पास थोड़ा टहल कर आता हूँ।"

इस वक्त पंडित ने अपना सिर हिला कर आदित्य को जैसे जाने की स्वीकृति दे दी।

आदित्य सैर करता हुआ वहाँ से कुछ दूर निकल आया। यह कस्बा सचमुच एक आदर्श एवं शांतिप्रिय जान पड़ता था। नज़र बायीं तरफ गयी तो एक मस्जिद नज़र आया। कानों में कहीं दूर से कीर्तन की भी आवाज सुनाई दे रही थी। क्षण-क्षण भर में मंदिर में बज रही घंटियों की आवाज को स्पष्ट सुना जा सकता था। आदित्य के कदम एक छोटे से तालाब के पास जाकर रुक गये। जान पड़ता था कि ये तालाब पूजा-अर्चना के पूर्व स्नान के लिये ही बनवाया गया हो। पास ही एक विशालकाय बरगद का पेड़ भी था। जिसपर अनेकों बंदर अपने करतब दिखाते नज़र आ रहे थे। तालाब किनारे पाटी पर कुछ महिलाएँ पीट-पीट कर कपड़े धो रही थीं। नज़रें तालाब के उस पार दौड़ायी तो खेतों में सिख नज़र आये। आदित्य हाथ-पैर धोने के खयाल से जैसे ही आगे बढ़ा, न जाने क्यों... पत्थर की सीढ़ियों पर बैठी एक महिला पर उसकी नज़रें स्थिर हो गयीं। उसकी गोद में एक छोटा-सा बच्चा भी था। महिला एकटक तालाब के उस पार जैसे अनंत तक देख पा रही हो... देख रही थी। आदित्य के मन से आवाज आयी, "बिलकुल उसकी ही काया..."

उस महिला का सिर आँचल से ढँका हुआ था और आँचल का कुछ भाग हवा में लहरा रहा था। फिर अगले ही पल हवा के एक तेज झोंके ने उसके सिर को ढँके आँचल को नीचे सरका दिया, जो कहीं से बँधा हुआ नहीं था बस एक दुपट्टे की भाँति लिपटा हुआ था। दुपट्टा इस तरह लहरा रहा था कि आदित्य उसका चेहरा स्पष्ट रूप से नहीं देख पा रहा था। वह उसका चेहरा देखना ही क्यों चाहता था, इसका जवाब उसके पास नहीं था। आदित्य की नज़रें उसकी ओर ही टिकी थीं। वह तालाब में उतर गया। पानी में बुलबुले उभर आये और उनके आवाज से महिला चौंकी। उसे एहसास हुआ कि कोई उसे देख रहा था। जब उसने अपना दुपट्टा समेटते हुए गले में एक फेरा और लिया तो उसकी विस्मित आँखें आदित्य से जा मिलीं... आदित्य के सामने यह ठीक वैसा ही नजारा था जैसे सालों पहले उसने देखा था; एक खूबसूरत नजारा...

वह आदित्य को ऐसे निहार रही थी जैसे सदियों बाद उसकी आत्मा को तसल्ली पहुँचा देने वाला दृश्य उसके सामने चल रहा था और वह बस उसे देखते रह जाना चाहती थी, उसमें लीन होकर उसमें समाहित हो जाना चाहती थी। उसके

होंठों पर संतोष और खुशी के घुले-मिले भाव चमक रहे थे तो वहीं आदित्य हैरत भरी नज़रों से उसके होंठों के इस भाव को पढ़ पाने में असमर्थ जस का तस खड़ा था। सब कुछ जैसे थम गया हो। सारे मनुष्य स्थिर हो गये हों, आकाश में उड़ते पक्षी रुक गये हों। तालाब का हलचल भरा पानी बर्फ-सा जम गया हो।

कुछ क्षण बाद आदित्य की जुबान से निकला, "खुशबू तुम, यहाँ कैसे?"

उसके सवाल का जवाब दिये बिना खुशबू भी उसी के भाव में बोल पड़ी, "आदित्य... तुम! यहाँ; कितने बदल गये हो तुम..." जैसे उसके सवालों में न जाने कितने भाव एक साथ मिल गये हों।

"तुम भी तो बदल गयी हो। मैं यहाँ यज्ञ करवाने आया हूँ... तुम यहाँ... क्या तुम्हारा... तुम कैसे...?" आदित्य उलझन में था और उसके प्रश्न भी उलझे हुए थे। वह अब भी पानी में था। सामने खुशबू को जब ध्यान से देखा तो पाया कि उसके चेहरे में वो पहले वाली चमक न थी। जिस गाल को वो कश्मीरी सेब मानता था, उसकी लाली कहीं गुम थी। आँखों के नीचे कालापन, चेहरा हल्का पीला पड़ गया था। खुशबू ने बोलने के लिये अपने होंठ खोले, मगर कुछ क्षण पहले जो संतोष और खुशी उस पर बिखरी थी, वह धूमिल हो गयी। उसके काँपते होंठों ने कहा, "हमारी जिंदगी तबाह हो चुकी है आदित्य !अब हमारी बेटी के अलावा हमारा कोई नहीं!"

आदित्य के पाँव काँप गये। उसने कहा, "तुम्हारा पति...?" और आँखें सिकुड़ गयीं।

"नहीं, उस दरिंदे को कुछ नहीं हुआ है और न ही हमारा तीन तलाक!"

तो फिर बात क्या थी और खुशबू अपने शौहर को दरिंदा क्यों बोल रही थी... इस प्रश्न के पहले खुशबू ने सब कुछ बताना शुरू किया। आदित्य पानी से निकल कर सीढ़ी पर जैसे-तैसे बैठ गया। उसे अपनी मुद्रा का खयाल न रहा। उसके कान सिर्फ सुन रहे थे-"यह कस्बा हमारे शौहर का है। हमारे अब्बा ने हमारा निकाह तय कर दिया तो उनकी आँखों की खुशी को हम कैसे छीन सकते थे। हम शुरू से ही अपनी खुशियों की नहीं, उनकी खुशियों के लिये जीते रहे हैं; उनकी खुशी में हमारी खुशी है। जब निकाह हुआ तो यहाँ आये। पहली रात तो

वह इतनी मोहब्बत से पेश आये कि लगा हमें जन्नत नसीब हो गयी, मगर उसी इंसान ने मेरी जिंदगी जहन्नुम बना दी।"

"ये क्या कह रही हो... तुम्हारे साथ!" आदित्य का गला सूख गया था। वह चाहता था कि उसे सहारा दे। उन आँसुओं को बहने से पहले ही रोक दे जो किसी भी वक्त मोती की तरह झड़ने वाले थे। मगर आदित्य एक पत्थर-दिल इंसान की तरह चुप था। उसने यह स्वीकार लिया था कि वह किसी और की हो गयी थी। वह उसे भला कैसे छू सकता था।

खुशबू आगे बोली,

हमें साल भर से उसपर शक था कि उसका किसी के साथ सम्बन्ध है। जब सोनी हुई (उसकी बेटी) तब हमें पता चला कि हम उसकी तीसरी बीवी थे!" और वही हुआ। अगले ही पल उसकी आँखों से आँसू गिरने लगे। आदित्य हमदर्दी से उसके कंधे पर हाथ भी न रख पाया। खुशबू ऐसे बोल रही थी जैसे शब्दों से उसका सारा दर्द बाहर निकल रहा हो,

"पहली बीवी की एक बेटी है, मगर उससे तलाक हो गया है। दूसरी बीवी की तीन बेटियाँ हैं। उससे तलाक के बगैर ही हमसे निकाह किया हमारे अब्बा को झूठ बोल कर। जब हमें बेटी हुई तो पता चला कि ये दरिंदा चाहता क्या है। यह दरिंदा बेटा चाहता है और जो न दे पाये उसे औरत की खराबी बताता है और तो और उसके परिवार वाले भी उसका ही साथ देते हैं। अब दूसरी बीवी को लड़का हुआ तो हमें गुस्से में दो बार तलाक बोल चुके... हमारा होना या न होना कोई मायने नहीं रखता है तो मेरी सोनी का चेहरा देखना भी वहाँ कोई पसंद नहीं करता है, इसलिए चली आती हूँ। यहाँ हमें कुछ राहत महसूस होता है।" खुशबू की आँखों से आँसू नहीं शायद दर्द फूटकर झड़ रहे थे।

"इतना कुछ हो गया तुमने कुछ किया नहीं। मेरा मतलब है परिवार... समाज...?" आदित्य की बात अधूरी रही। खुशबू बोली,"हमने अब्बा को सब बताया लेकिन वह भी क्या कर सकते थे। उन्हें तो और डर है कि इन सब में कहीं हमें तीन तलाक ही न दे दे। फिर इसका प्रभाव हमारी छोटी बहन पर पड़ जायेगा। वो अब उसकी चिंता में हैं। वो चाहते हैं कि हम यहीं रहे... ये परिवार

वाले रईस हैं हमारी जिंदगी कट जायेगी।

उन्होंने बस हौसला दिया और कहा, चाहे जो हो जाए मेरा ज़नाजा अपने शौहर के घर से ही उठेगा। हम अपने जिंदगी से तंग आ चुके हैं। अगर जिंदा हैं तो सिर्फ अपनी सोनी के लिये। यह समाज भी हमारे किसी काम की नहीं; कोई किसी की नहीं सुनता है।" खुशबू कह रही थी। आदित्य को उसकी पुरानी बातें याद आ रही थीं कि किस प्रकार वह अपने बिरादरी और समाज के बारे में सोचा करती थी। उसके कहे शब्दों-ज़ायज, मुनासिब, तहज़ीब, से जैसे नफरत हो गयी थी। जिसने सबकी खुशियों की परवाह की, आज उसकी परवाह करने वाला कोई नहीं...

दिल करता है सोनी को लेकर इनसब से दूर कहीं बस जाएँ, जहाँ ऐसे छोटे ख़यालात वाले लोग न हों... मगर क्या इन हालात में मुझे कोई अपनायेगा?" खुशबू की कही आखिरी शब्द ने आदित्य को झकझोड़ कर रख दिया। उसके मन में कई सवाल तैरने लगे। खुशबू की कही वे सारे शब्द जिसका उसने आजतक मान रखा; वे सब मिल कर उसकी वर्त्तमान परिस्थिति की धज्जियाँ उड़ा रही थीं।

एक पल के लिये तो आदित्य के दिमाग के एक कोने में वे सारे शब्द; समाज, बिरादरी, तहज़ीब अपनी जगह बना रही थी और उसपर हावी हो रहे थे कि अगले ही पल आदित्य उन सभी बेबुनियादी शब्दों को दरकिनार करते हुए उठ खड़ा हुआ और बोला, "मैं तुम्हें अपनाऊँगा। बढ़ाओ अपना हाथ... चलो मेरे साथ, तुम हर सुख की अधिकारी हो।"

खुशबू अचम्भित रह गयी। उसने यह सोच कर अपना दुःख आदित्य के साथ नहीं बाँटा था कि वह उसका हाथ थाम ले। जिसकी जिंदगी तबाह हो, तलाकशुदा से भी बदतर स्थिति हो, एक छोटी सी बच्ची हो; उसका हाथ कोई थामेगा ऐसा उसने कल्पना भी नहीं की थी। आदित्य का हाथ उसकी ओर था। खुशबू की अचम्भित आँखें उसे देख रही थीं। जब आदित्य ने उसकी आँखों में गहराई से देखा तो पाया कि अब भी वही भय... धर्म, जाति, समाज, बिरादरी, जायज, नजायज, तहजीब, मुनासिब जैसे शब्द उसके मन में उथल-पुथल मचा रहे थे।

आदित्य ने आगे बढ़ कर उसका हाथ थामा, "चलो मेरे साथ, तुम्हारे सारे प्रश्नों का उत्तर मिल जायेगा।"

"अभी इस वक्त! कभी का माहौल तो..."- खुशबू एक बड़ी दुविधा में थी।

"मंत्र का उच्चारण तभी किया जाना चाहिए जब यज्ञ हो रहा हो।" आदित्य ने बड़े धैर्य व शालीनता से उत्तर दिया।

दोनों उस ओर बढ़े जहाँ यज्ञ होने वाला था। यज्ञ की तैयारी पूरी हो गयी थी। आदित्य के साथ एक महिला को देख कर कुछ ब्राह्मण सकुचाये। उन्होंने देखा आदित्य ने उस महिला का हाथ पकड़ा है जिसके माथे पर सिंदूर नहीं, गले में मंगलसूत्र नहीं और गोद में एक बच्चा! इसके पहले की कोई कुछ कहता आदित्य बोला,"क्या आप अब भी यज्ञ करवाना चाहेंगे, जो एक ऐसी मुस्लिम महिला से विवाह करने जा रहा है जिसकी पहले से एक संतान है। जो समाज की हर खुशियों से वंचित अपनी एक बेटी की खुशियों के लिये तिल-तिल तड़प रही है। आज मैं उसे अपनाने जा रहा हूँ।"

आदित्य के इतना कहने पर ही भूचाल आ गया। सारे ब्राह्मणों ने अपने कदम पीछे कर लिये। जैसे क्षण भर में यज्ञ तहस-नहस हो गया; सब कुछ अशुद्ध हो गया हो। तभी वह वृद्ध सज्जन ब्राह्मण जिन्होंने आदित्य का स्वागत किया था, आगे आये। वह इस कस्बे के मुख्य एवं ज्ञानवान ब्राह्मण प्रतीत होते थे। होंठों पर मुस्कान लिये बोले,

"क्यों नहीं श्रीमान... आखिर आपने ज्ञानवान होने का प्रमाण दे ही दिया। आप उस स्त्री को अपनाने जा रह हैं जिसे समाज ने बेदखल किया हो तो आपसे योग्यपुरुष भला और कौन हो सकता है।"

उनके इन शब्दों ने माहौल में सन्नटा बिखेर दिया। सभी उनका चेहरा घूर रहे थे। जैसे मन ही मन सभी के अंदर बात-विवाद की भयानक जंग छिड़ गयी हो।

वृद्ध ब्राह्मण उसी मुस्कुराहट के साथ सभी की ओर देखते हुए फिर बोले,"इसमें हैरान होने की क्या बात है। सदियों पहले राजा-महाराजा, हमारे पूर्वजों ने भी समाज से प्रतारित महिलाओं को अपनाया है। उनका मान रखा है। उनकी इज्जत नीलाम होने से बचायी है। यह तो पुण्य का काम है।"

आदित्य की ओर देखते हुए उन्होंने अपनी बात पूरी की, "आप जैसे महान् ब्राह्मण से यज्ञ करवाना हमारा सौभाग्य होगा। आप विराजें।"

उनका इशारा आगे की ओर था।

जैसे-जैसे आदित्य के कदम आगे बढ़ते गये उसे घेरे तमाम ब्राह्मण बगल होते गये और उसका रास्ता उसे स्वयं बुलाता गया।

***

अध्याय- सत्तरह

उसी दिन। इधर आदित्य के गाँव में अब यह बात घर-घर पहुँच गयी थी। ऐसा लग रहा था जैसे लोगों को इस संदेश को पहुँचाने का जिम्मा मिला हो। जिसे देखो यही बात।

"क्या! पंडित जी का लड़का! एक मुस्लिम महिला के साथ! घोर अनर्थ!"

"दीपक जी का लड़का! सुन कर यकीन नहीं हो रहा है।"

"आदित्य तो ऐसा न था कि इतना बड़ा फैसला बिना किसी को बताये कर ले। जरूर कोई गंभीर विषय रहा होगा।"

"कहीं ये किसी गलतफहमी का नतीजा न हो?"

"अरे नहीं! बात पक्की है। आँखों से नहीं देखा है मगर बात सौ टका सच है। और सुनने में आया है कि ये सब बहुत पहले से चल रहा था। क्या पता बच्चा भी आदित्य का ही हो। वरना ऐसा कोई करता है भला!"

"कुछ लोग तो कह रहे थे कि आदित्य बाबू का पुराना प्यार है।"

इधर सब बातों से वाकिफ दीपक मंदिर के परिसर में चहल-कदमी कर रहा था। साँझ की बेला होने को चली थी आरती के बाद वह घर चला जाता था। मगर आज अपने ही समाज के बीचो-बीच होकर घर जाना भी गवारा न था। जब सब ऐसा बोल रह थे तो बात सही ही होगी फिर भी एक बार दीपक आदित्य

की जुबां से ये सुनना चाहता था। वह जानना चाहता था कि आखिर ऐसी क्या परिस्थिति आन पड़ी थी जिसके कारण उसे ये फैसला लेना पड़ा। ऐसा नहीं था कि वह आदित्य पर आग-बबूला था, जैसा कि कोई पिता उसकी जगह होता तो जरूर ही आपा खो बैठता। वह तो धैर्य से आदित्य के इस निर्णय को जानना चाहता था।

उधर घर पर अन्य महिलाओं के साथ बैठी आदित्य की माँ के मन में उथल-पुथल मच रही थी। पास बैठी महिलाएँ कुछ बातें ऐसे कह रही थीं जैसे उसने सब कुछ अपनी आँखों से देखा था। ऐसा लग रहा था कि आदित्य के बारे में सभी महिलाओं को पहले से पता था। बस पता नहीं था तो उसकी माँ को।

***

इधर यज्ञ संपन्न कर आदित्य खुशबू को लिये वापस अपने गाँव चला ही था कि आकाश को काले बादलों ने घेर लिया और तभी कड़ाके की बिजली चमकी। ऐसा लग रहा था जैसे शाम की नहीं एक क्षण में आधे रात की बेला आ गयी हो। दोनों के कदम एकाएक रुक गये। सामने वही जीप लेकर पंडित तैयार था जिसपर आदित्य यहाँ आया था। मौसम के इस बदलाव को देख कर पंडित भी भौचक्का रह गया। वह हड़बड़ा कर खिड़की से बाहर झाँक कर बोला, "जल्दी चलिए मान्यवर! मौसम और बिगड़ने वाली है।"

"जरूर यह एक बुरा संकेत है। यह किसी अनहोनी की ओर संकेत कर रही है।" वह वृद्ध ब्राह्मण बोला। "आप रुकजाइए। कल प्रातः प्रस्थान कीजिएगा।"

तभी जीप से बाहर निकल कर वह युवा पंडित आदित्य के पास आया और धीमे स्वर में बोला, "मेरी बात समझिए। मौसम और बिगड़ने वाली है, चलिए यहाँ से..." और बड़ी चालाकी से उसने आदित्य की ओर देख कर एक आँख बंद की, यानी कुछ तो बात थी।

आदित्य ने सोच-विचार में समय नहीं गँवाया और खुशबू को साथ लिये जीप में बैठ गया। उस युवा पंडित ने भी तेजी से गाड़ी आगे बढ़ा दिया और रफ्तार से हवा को चीड़ते हुए आगे निकलता चला गया। पाँच मिनट तक गाड़ी

उसी रफ्तार से आगे की ओर भागती रही फिर अगले ही पल पंडित ने अचानक ब्रेक लगाया। तभी एक बार फिर खनाक...से बिजली चमकी। एकदम भयानक आवाज में जैसे कान के चदड़े फाड़ दे। खुशबू ने अपने दोनों हाथों से बच्ची के कान ढँक दिये। बच्ची जोर-जोर से रोने लगी।

"क्या हुआ! आपने गाड़ी रोक दी...? और उस वक्त भी कुछ कहना चाहते थे।" आदित्य ने सवाल किया, जो पिछले कुछ समय तक उसके मन में था। पंडित हड़बड़ा कर पीछे मुड़ा और बोला,"बहुत बड़ी समस्या आन पड़ी है!" उसकी आँखें फैली हुई थीं। "मैं आपके व्यक्तित्व का सम्मान करता हूँ। मगर आपने आज जो निर्णय लिया है उससे उथल-पुथल मच गयी है। मुझे ख़बर मिली है कि आपके गाँव में आपको लेकर काफी निंदा हो रही है। और इस सबका सामना आपके पिताजी कर रहे हैं। गाँव में आक्रोश का माहौल है मान्यवर!"

यह सुनते ही आदित्य का जैसे सारा रक्त धमनियों में जम गया। वह सन्न रह गया। इस बारे में तो उसने सोचा ही नहीं था कि आखिर वहाँ जाने के बाद उसे कितने सवालों, कितने बात-विवादों से लड़ना होगा। जिस समाज की चिंता को दरकिनार कर उसने एक बड़ा फैसला ले लिया था एक बार फिर समाज के उन्हीं चिंता भरी सवालों ने आदित्य को चारों तरफ से घेर लिया था।

कभी-कभी जीवन में प्रायः ठीक उसके विपरीत होता है जैसा हम चाहते हैं।

आदित्य के मन में वह काल्पनिक छवि उसके सामने घूमने लगी कि किस तरह गाँव वाले उसकी छवि, उसके पिता के सामने प्रस्तुत कर रहे होंगे। वह जानता था कि उसके पिता कितने स्वाभिमानी व्यक्ति थे। ये सब सुन कर उनके अंतरात्मा को कितनी ठेस पहुँच रही होगी, इसका दुःख आदित्य को खाये जा रहा था। तभी पंडित ने अपनी बात पूरी की, "देखिए मान्यवर यदि इस सब में मैं आपको वापस ले गया तो कहीं-न-कहीं दोष मुझपर ही लगेगा। आपको लाने-ले जाने की जिम्मेदारी थी मुझपर मगर ऐसा होगा किसने सोचा था।"

पंडित की बात खत्म हुई ही थी कि एकाएक खुशबू फूट-फूट कर रोने लगी। अब उसकी बच्ची तो चुप हो गयी थी मगर वह खुद को रोने से रोक न पायी। इन सब में एक गहरा सन्नाटा वर्तमान स्थिति को और भी भयावह बना

रही थी।

अगले ही पल खुशबू रोते-रोते जीप से नीचे उतरी तो बाकी दो जन भी उतर गये।

"क्या हुआ! अंदर बैठो। बाहर बहुत तेज हवा चल रही है।" आदित्य ने कहा। असल में और क्या कहता इसका कोई ठोर-ठिकाना नहीं था। मगर खुशबू को कहना था। उसे बहुत कुछ कहना था। वह बोल पड़ी, "हमारी ही बुद्धि भ्रष्ट हो गयी है। न जाने कैसे हमने तुम्हारा हाथ थाम लिया और क्यों थामा? हमने हमारी वजह से तुम्हारी उलझन बढ़ा दी। पता नहीं हम यहाँ तुम्हारे साथ कैसे हैं? और हैं ही क्यों? मेहरबानी करके हमें अपनी हालत पर छोड़ दो।"

"ये क्या कह रही हो तुम... मैंने तुम्हारा हाथ थामा है, जीवन भर तुम्हारा साथ माँगा है।"

"हमें भी कुछ पल तुम्हारा साथ मिला तो वो तुम्हारा बेइंतिहा मोहब्बत याद आ गया। मगर हमें यह भी याद रखना चाहिए कि हमारी जींदगी जहन्नुम बन चुकी है, इसमें हम तुम्हें नहीं घसीट सकते।" और वह फिर रोने लगी। वह अपनी बच्ची को सिने से लगा कर आदित्य से दूरी बनाते हुए पीछे जा रही थी, तभी उसके पाँव लड़खड़ा गये... बिना एक पल गँवाये आदित्य ने उसे कमर से पकड़ लिया। उसे और बच्ची दोनों को संभाल लिया।

"जब प्यार साथ हो तब नर्क भी स्वर्ग बन जाता है।" आदित्य ने खुशबू की आँखों में देख कर कहा।

आदित्य की आँखों में उसके लिये बेइंतिहा मोहब्बत था। वह स्पष्ट देख पा रही थी। उसे पूरा यकीन था कि जितनी शिद्दत से उसने उसे अभी थामा हुआ है वैसे ही आजीवन थामेगा। मगर इन सबके अलावा खुशबू का मन बार-बार उसे याद दिला रहा था कि उसने फिर से एक भूल कर दी। उसे इस तरह आदित्य के साथ नहीं आना था। वह इन सबको जितना आसान समझ रही थी असल में वह उतना ही पेचीदा था। वह खुद को सँभालते हुए आदित्य से दूर हो गयी। मगर उसकी अंतरात्मा आदित्य से लिपट जाना चाहती थी उसे खुद में समाहित कर लेना चाहती थी।

फिर भी वह बोली,"दूर रहो हमसे... क्यों हमारे चलते अपने परिवार से लड़ोगे... पूरे गाँव से लड़ोगे? ये तुम्हारे मोहब्बत का जादू है जो हमें यहाँ ले आया। मगर अब आगे का सफर उतना आसान नहीं जैसा हम सोच रहे..."

इसपर आदित्य बोल उठा,

"क्या होगा? मर्यादा की धज्जियाँ उड़ाई जायेंगी! मेरे संस्कारों पर सवाल उठेंगे! जाति-धर्म की राजनीति होगी।

मगर क्या इंसाफ होगा?

क्या तुम्हारे शरीर पर लगे इन जख्मों का हिसाब होगा?

तुम्हें क्या लगता है; तुम वापस गयी तो क्या तुम्हारे साथ अच्छा व्यवहार होगा?

तुम आज भी जिसके बारे में सोच कर चिंतित हो उसके सामने तुम्हारे जीवन का कोई मोल नहीं।

तुम स्त्री यह कब समझोगी कि तुम पुरुषों की कठपुतली नहीं। तुम समाज के लिये एक राजनीति का मुद्दा नहीं। तुम महज एक शरीर नहीं जिसपर चरित्र का लांछन लगाया जाए।

तुम शक्ति का प्रतीक हो।

अँधियारे समाज की दीप हो।"

आदित्य के हर शब्द ऊर्जावान थे। खुशबू आदित्य को बड़ी शालीनता से निहारते हुए बोली,

"मगर इसी स्त्री के सामने कितनी बाधाएँ होती हैं... पता है तुम्हें..."

"मैं हर बाधाओं को लाँघ कर तुम्हें अपनाने के लिये तैयार हूँ।" यह कहते हुए आदित्य की आँखों में आत्मविश्वास था। खुशबू के शब्द अधूरे रह गये। वह इसके आगे कुछ नहीं बोल पायी। आदित्य के बेइंतिहा मोहब्बत ने आज उसके सभी बेड़ियों को तोड़ दिया था।

"बेशुमार प्यार बस सुना था आज साक्षात देख रहा हूँ। आपके इस समर्पण

को नमन!" यह पंडित था जो चुपचाप सब कुछ देख रहा था, मगर जब उसने खुशबू के लिये आदित्य का बेशुमार प्यार देखा तो उसके मुँह से वे शब्द स्वंय निकल पड़े जो उसके कंठ में आकर अटके थे। "सचमुच इतना गहरा प्यार... जो हर बाधाओं को लाँघ कर एक-दूसरे पर न्योछावर है वे जुदा नहीं होना चाहिए। यदि आप अभी वापस लौटे तो तिल का तार बनेगा और आगे अपने गाँव गये तो शायद ही अपना निर्मल प्यार दूषित समाज में स्थापित कर पायेंगे।"

"क्या करें... इन सबसे भाग भी तो नहीं सकते। एक-न-एक दिन सारे प्रश्न आ धमकेंगे।" आदित्य बोला। अब वह खुशबू के पास खड़ा था। वह भी शांत खड़ी थी; जैसे उसने यह स्वीकार लिया था कि उसे यह लड़ाई लड़नी ही थी।

"कभी-कभी भागना कायरता नहीं कहलाता। मेरी मानें तो कुछ दिन आप कहीं दूसरी जगह चलें जाएँ।" पंडित बोला।

"मगर इस हालात में... अभी कहाँ जाया जाएँ?" आदित्य ने सवाल किया।

"वैसे एक जगह तो है। बिल्कुल पास और समाज की नज़रों और इस सोच से दूर कि आप वहाँ गये होंगे। मगर वो जगह थोड़ा..." बोल कर पंडित गंभीर मुद्रा में कुछ सोचने लगा और फिर बोला, "अच्छा आप चलिए।"

जीप को वहीं छोड़ वह कच्ची रास्ते उतर कर खेत की ओर बढ़ा तो उसी पल आदित्य ने अपना एक कदम आगे बढ़ाते हुए खुशबू की ओर देखा कि वह उसके साथ चल रही थी न?खुशबू के मन में अब तक उथल-पुथल मची हुई थी फिर भी न जाने क्यों वह आदित्य के साथ खुद को सुरक्षित महसूस कर रही थी। कुछ तो था जिसने उसे बाँधे रखा था। उसका पहला कदम धीरे से उठा और आगे बढ़ा।

अगले ही पल उन तीनों के कदम मटर के खेत को रौंदते हुए बड़ी तेजी से आगे बढ़ते जा रहे थे।

अब पंडित उन्हें बताता जा रहा था,"यह गाँव गंगा किनारे है। यहाँ पास से ही गंगा की धारा गुज़री है वहीं एक तालाब जैसा बन गया है। पानी कम है। नाव भी चलती है। बस आपको तालाब के उस पार जाना है, आसानी से चले जायेंगे घबराइये नहीं।"

"हाँ... हम्म..." आदित्य तेज कदमों से चलता हुआ हामी भर रहा था।

"उस पार आपको एक मल्लाह मिलेगा वह काफी साँवला है और कद-काठी से मजबूत है। वह लँगड़ा कर चलता है क्योंकि उसका एक पैर..."

"क्या!" आदित्य के शब्द भय से भरे थे।

"घबराइए नहीं उसका पैर ठीक है। बस गलती से एक बार वह मगरमच्छ की चपेट में आ गया था। मैंने चालाकी से उसे बचाया, मगर उसके पैर की एड़ी बुरी तरह जख्मी हो गयी। मैं उस पार गया। उसके इलाके से कुछ लोगों को बुला लाया और फिर उसका उपचार हुआ। तब से वह एक मित्र की तरह है। उसने कहा था कि जब कभी मुझे उसकी आवश्यकता पड़े मैं उससे निःसंकोच कहूँ। उस वक्त तो मुझे लगा था कि मुझे क्या ही आवश्यकता पड़ेगी, मगर देखिए भगवान की लीला आज वही इस परिस्थिति से बचा सकता है।"

बातों ही बातों में वे तीनों तालाब किनारे आ पहुँचे। तीनों के कदम आहिस्ता हुए। वे गहरी साँसें ले रहे थे। मौसम में ठंडक थी। आकाश में गहरे काले बादल छाये हुए थे, न जाने कब बूँदा-बाँदी शुरू हो जाए इसका भी कोई अनुमान न था।

"अब देख क्या रहे हैं। वक्त मत गँवाइये। इनमें से किसी नाव को खोलिए और उसपार चले जाइए।"

"मगर... क्या यह ठीक रहेगा? यह तो किसी का..." आदित्य थोड़ा सकुचाया। मगर पंडित झट से बोला,"आप फिक्र मत कीजिए। उस पार जाते ही आप मेरे मित्र को मेरा परिचय दीजिएगा वो सब संभाल लेगा। अब जल्दी कीजिए।" बोल कर पंडित एक नाव की ओर बढ़ा। नाव आधा पानी में थी और पास की एक खूँटे से बँधी हुई थी। वह रस्सी की गाँठ को खोलने लगा।

आदित्य उसके पास जाकर बड़ी विनम्रता से बोला,"आपका मैं आभार किस प्रकार व्यक्त करूँ... मुझे समझ नहीं आ रहा। आपने हमारी इतनी मदद की।" उसने अपने दोनों हाथ पंडित के सामने जोड़ लिया था।

"अब आप शर्मिंदा न करें। यह सब मैंने मानवता के नाते किया है।"

“हम भी आपको शुक्रिया कहना चाहते हैं। आपकी वजह से आज हम दोनों मिल पाये। मगर हमारी वजह से आपको कितनी परेशानी हुई न? आप वापस जाकर क्या जवाब देंगे?” खुशबू बोली।

“हाँ यही मैं भी सोच रहा था।”

रस्सी का आखिरी गाँठ खोल कर वह खड़ा हुआ। रस्सी का एक छोड़ उसके हाथों में था। वह फिर आगे बोला,

“आप इसकी चिंता न करें। मैं वह भी सँभाल लूँगा। मैं कह दूँगा कि मौसम ठीक नहीं था मैंने आपको आपके गाँव की ओर जा रही एक सवारी गाड़ी में बैठा दिया और वापस आ गया। खैर वह सब देखा जायेगा। अब जल्दी कीजिए... बैठिये...”

आदित्य ने नाव को कस के पकड़े रखा ताकि उसका संतुलन न बिगड़े। खुशबू अपनी बच्ची को लेकर नाव पर बैठ गयी। अब उसका उथल-पुथल मन शांत हो गया था। ठीक उसकी गोद में सो रही बच्ची की तरह, जो कुछ पल पहले शोर कर रह रही थी।

यह तो तय था कि खुशबू ने अपनी मंजिल तय कर ली थी। वह किस रास्ते से आयी थी सबकुछ भूल कर वह एक नये सफर पर थी। उसके मन से सारे प्रश्न गायब हो गये थे। ठीक उसी तरह जैसे रेत में पैर के निशान धूल की तरह उड़ जाते हैं।

आदित्य भी नाव पर चढ़ गया और पतवार हाथ में ले लिया। पंडित ने पास आकर रस्सी नाव पर रखा और बोला,“आप सबसे पहले मेरा परिचय दीजिएगा, वह जगह उतना भी सही नहीं। कोई जाता नहीं उधर, इसलिए एक तरह से आपके लिये सही रहेगा। लोगों को भनक नहीं लगेगी कि आप वहाँ हैं।”

नाव धीरे-धीरे पीछे की ओर जाने लगी। पंडित उनसे आखिरी बात पूरी कर रहा था।

“इधर से कोई मदद चाहिए होगा तो मेरे मित्र से कहलवाइएगा... मैं भी आ जाऊँगा... अब चिंता मत कीजिएगा... आप हमलोगों से दूर नहीं हैं... बस

कुछ दिन वहीं रह जाइएगा...हाँ।" निश्चिंत भरे आखिरी शब्द से उसने उन्हें विदा किया।

नाव रेत में खुद-ब-खुद बह रही थी। कुछ ही पल में वह पंडित की नज़रों से ओझल हो गयी।

इधर आदित्य ने सख्ती से पतवार थामा और नाव खेवने लगा। मगर उसका ध्यान कहीं और था, पंडित की बातों पर। आखिर क्या था वहाँ जहाँ वे दोनों चल पड़े थे। क्यों ऐसा लग रहा था जैसे कोई एक अनजान जगह की ओर जान-बूझ कर संकेत कर था। कहीं यह आदित्य के जीवन की एक बड़े अध्याय की शुरूआत तो नहीं थी या उसके रहस्यमई जीवन के अध्याय के प्रश्नों का उत्तर मिलने वाला था। किस ओर रुख कर रहा था उसके जीवन की नाव...?

***

अध्याय- अठारह

आदित्य का जीवन और उसकी नाव जैसे स्वतः एक दिशा की ओर जा रही थी। कई विचारों से सना उसका मन इतना लीन था कि उसे यह भी खबर न थी कि वह नाव खेव रहा था। उसका पतवार तालाब के पानी को नहीं, बल्कि उसके दिमाग में चल रहे सवालों को टारता हुआ आगे बढ़ रहा था।

खुशबू एक टक उसे देख रही थी। वो एक-एक लम्हा उसे याद आ रहा था जिस पल आदित्य उसके साथ था। वो ख़त का सफर... वो बाँहों का घेरा जिसमें उसने बड़ी इत्मीनान से खुशनुमा पल व्यतीत किया था।उसे आदित्य की कही एक बात याद आ गयी,"मैंने सच्चा प्रेम किया है और मैं आखिरी दम तक निभाऊँगा। तुम सिर्फ गम की हकदार नहीं हो... मैं तुम्हारी खुशियों के लिये कुछ भी करूँगा ये वादा रहा।"

वह सोच रही थी कितना अच्छा होता यदि समाज की कुरीतियाँ प्रेम के चारों ओर न मंडराती। आज वो इस स्थिति में समाज की नज़रों से दूर भाग रही थी, उन कुरीतियों को कुचल कर एक संघर्ष कर रही थी शायद ही इसकी नौबत आती। आखिर क्यों किसी कुल में पैदा लेकर वह उसका भागी बन जाता है। क्या यह धार्मिक है भी या सिर्फ एक सामाजिक कुरीति। आखिर मानव को यह हक किसने दिया कि वह मानवता का ही बँटवारा कर दे। बेसक ऊपर वाले ने तो नहीं ही...

आज उसका प्रेमी हजारों बाधाओं को लाँघ कर उसके साथ संघर्ष की लड़ाई में शामिल था। मगर क्या वे बाधाएँ सच में बाधाएँ थी! जिसे वह आज तक मान बैठी थी।

खुशबू के मन में भी कई विचार चल रहे थे जैसे इस वक्त शांत पानी में नाव चल रही थी।

वही हुआ दिल के किसी कोने में जिसके होने का भय था! बूँदा-बाँदी शुरू हो गयी। दोनों ही ख़यालों की दुनिया से बाहर आये तो खुद को परेशानी में घिरा पाया।

"ये तो तेज बारिश के आसार नज़र आ रहे हैं।" खुशबू बोली और बच्ची को अपनी आँचल में छुपा लिया।

"किनारा पास ही नज़र आ रहा है। बस कुछ वक्त और बारिश बूँदा-बाँदी पर अटकी रहे हम पहुँच जायेंगे।" आदित्य हड़बड़ा कर बोला और तेजी से नाव खेवने लगा। बारिश की बूँदों में और उसमें जैसे जंग छिड़ गयी थी। बूँदें लगातार तेज हो रही थीं। खुशबू ऊपर वाले से मना रही थी कि बस कुछ देर के लिये बारिश की बूँदें कम हो जाए, जैसे आगे सब कुछ ठीक होने था। इसके विपरीत जो आगे होने वाला था उसका भी कोई ठोर-ठिकाना न था।

आखिरकार आदित्य ने नाव को किनारे लगाया और झट से नीचे उतर कर नाव को सख्ती से पकड़ा ताकि खुशबू भी नीचे आये। रिमझिम बारिश की बूँदें फुहारे की तरह चेहरे पर पड़ रही थी। शुक्र था कि अब तक बारिश तेज नहीं हुई थी।

खुशबू जैसे ही नीचे उतरी उसके पैर कीचड़ में सन गये उसे इस बात की परवाह नहीं थी। वह बस अपनी बच्ची को सँभालते हुए आगे बढ़ी और एक बड़ी-सी नाव के आड़ में आकर खड़ी हो गयी। वहाँ फुहारे नहीं पहुँच पा रहे थे। हाँ, मगर अब ठंड जरूर लग रही थी।

आदित्य भी कीचड़ से सने पैरों से खुशबू के पास आया और उसके साथ खड़ा हो गया। वहाँ उनके सिवा कुछ था तो एक गहरा सन्नाटा...

बगल में ही आधी जली लकड़ियाँ और सफेद राख पसरे पड़े थे। ये कोई समाधि स्थल जान पड़ता था। दोनों का दिल जोरों से धड़के जा रहा था। यहाँ तक का सफर कम कठिन नहीं था कि आगे भी हालात कठिन ही प्रतीत होते दिख रहे थे।

"यहाँ तो कोई दिख भी नहीं रहा।" आदित्य चारों तरफ घूरते हुए बोला।

"इस वक्त हो भी कौन सकता है। एक तो अँधेरा ऊपर से बारिश..." खुशबू बोली।

"वो मल्लाह भी तो नहीं दिख रहा है। असल में कुछ दिख ही नहीं रहा है। तुम यहीं रुको मैं देख कर आता हूँ बारिश से बचने का कोई और अच्छी जगह मिल जाए तो।" इतना बोल कर आदित्य बारिश में ही आगे बढ़ गया। खुशबू कुछ बोल भी नहीं पायी। तभी उसकी बच्ची नींद से जगी और हल्के आवाज में रोने लगी। खुशबू उसे सीने से लगा कर दूध पिलाने लगी तो बच्ची चुपचाप अपना पेट भरने लगी, जैसे बहुत भूखी थी।

कुछ देर बाद आदित्य किसी के साथ छाता लेकर आता दिखा। वह व्यक्ति लँगड़ा कर चल रहा था। खुशबू समझ गयी कि वह कौन था। अब तक उसकी बच्ची दूध पीकर पुनः चैन से सो रही थी।

दोनों उसके नजदीक आ गये। हाव-भाव से ऐसा ही लग रहा था कि आदित्य ने सारी बातें उससे कह दी थीं।

"ये छाता इन्हें दे दीजिए और चलिए। आप तो ठंड से काँप रही हैं।" मल्लाह ने छाता देते हुए कहा।

अगले ही पल दोनों मल्लाह के पीछे-पीछे जाने लगे। मल्लाह के स्वभाव से स्पष्ट था कि वह एक नेक दिल इंसान था। कुछ ही देर बाद वे दोनों उसकी एक छोटी सी झोपड़ी में बैठे थे। आदित्य बुरी तरह से भीग चुका था। खुशबू की साड़ी भी लगभग भीग ही गयी थी। मल्लाह माटी के चुल्हे में आग लगा रहा था। ऐसा प्रतीत होता था कि वह गप्पु था। वह बोल रहा था, "हम इस घाट के मुखिया हैं। मुखिया मतलब मैनेजर समझ लीजिए। जितना भी नाव आया-गया सबका हिसाब हमारे पास रहता है। ई हमारा घर नहीं है। ई तो बस एक

बसेरा है।"

आदित्य और खुशबू दोनों उसकी बातें सुन रहे थे। मगर आगे क्या होने वाला था इसका कोई अता-पता नहीं था। यहाँ तक आ तो गये थे मगर कब तक रहते, अब कहाँ जाना था कुछ पता नहीं।

"लीजिए आग लग गयी। तापिए, थोड़ा शरीर गरमा जायेगा और कपड़ा भी सुख जायेगा।"

आदित्य ने मुस्कुरा कर उसकी बात रख ली। असल में अभी इसकी काफी आवश्यकता भी थी। खुशबू भी आग के पास बैठ कर अपनी साड़ी की पल्लू सुखाने लगी।

"सब महादेव की लीला है...। देखिए कहाँ से बरसा होने लगी और हम यहीं रह गये नहीं तो चले जाते थे। आपलोगों को भी भूख लगी होगी। खाने के लिये जो कुछ भी है यही है, लेकिन है बहुत स्वादिष्ट। खायेंगे न तो तबियत तर हो जायेगी।" बोलते हुए मल्लाह ने पास रखे एक झोले से सत्तु निकाला और एक बड़े से पतीले से सानने लग गया।

"अरे... नहीं। भूख कहाँ। हम तो..." आदित्य के पास शब्द नहीं थे उसे रोकने के लिये। सामने खाना देख उसकी भूख और तीव्र हो गयी थी। उसे याद आया कि उसने कुछ खाया भी नहीं। अब यह अँधेरा काली बादलों का नहीं रात का अँधेरा छा चुका था। खुशबू भी भूख से जल रही थी। मगर उसके मन में कुछ और चल रहा था जैसा कि हमेशा से चलता रहता था।

रात हो चली थी। बाहर मौसम भी ठीक नहीं। एक छोटी सी झोपड़ी। उसमें दो मर्द के साथ वह असहज महसूस कर रही थी। यदि सिर्फ आदित्य होता तो बात कुछ और थी मगर एक और पराया मर्द उसे पल-पल असहज महसूस करवा रहा था। रात कैसे कटेगी अब वह इस सोच में पड़ी थी। वह मना रही थी कि किसी तरह ये रात जल्दी समाप्त हो जाए। जैसे घंटे पहले वह वर्षा टलने को मना रही थी। हाँ, वह सिर्फ मना ही सकती थी इसके सिवाय उसके पास दूसरा कोई विकल्प भी नहीं था।

इधर मल्लाह भी यह समझ सकता था कि उसकी वजह से कोई असहज

था। मगर यह भी तो सच था न कि उसी की वजह से वो सुरक्षित भी थे। फिर भी जितना हो सकता था मल्लाह अपनी नज़रें आदित्य पर ही टिकाये था ताकि नज़र खुशबू पर न पड़े । वह बातें किये जा रहा था।

"हम अभी तक नहीं समझे कि आप दोनों इस परिस्थिति में कैसे? बीवी है, बच्चा है, कद-काठी से मजबूत हैं फिर क्या चिंता।"

"चिंता की ही तो बात है।" बोल कर आदित्य उसके सहयोग में हाथ बँटाने आगे बढ़ा। उसने पानी का हल्का छींटा मारा और सत्तु सानने लगा।

"तब जरूर सास-पतोहू का झगड़ा हुआ होगा। है ना?"

"काश कि यही होता।" आदित्य न चाहते हुए भी मुस्कुराया।

अगले ही पल सबके सामने सखुआ के पत्ते में सत्तु का मुठला बन कर तैयार था। भूख तो लगी ही थी कोई इंकार न कर पाया और तीनों खाने लगे। और फिर बातों ही बातों में आदित्य ने सारी बातें मल्लाह को बता दीं।

जैसे ही पता चला कि खुशबू एक मुस्लिम महिला थी मल्लाह के दाँतों में सत्तु फँसा रह गया और वह चबाना रोक कर फटी आँखों से आदित्य को देखने लगा। कुछ पल के लिये आदित्य भी घबड़ा गया कि कहीं उसने ये बात बता कर कोई गलती तो न कर दी। मगर अगले ही पल पहले की भाँति मल्लाह चबाने लगा और बोला,"समस्या तो काफी गंभीर है। खैर मित्र का मित्र, मेरा प्रिय मित्र। जरा भी सकुचाना नहीं है। हमें पता है आप अकेले समाज से नहीं लड़ पाने की भय से इतनी बड़ी बाधाओं को पार कर यहाँ आये हैं।"

"असल में परिस्थिति ही कुछ ऐसी थी कि..."

"नहीं, नहीं, ठीक किया आपने। लड़ने की जरूरत नहीं किसी से। आप जितना दिन यहाँ रहना चाहें रह सकते हैं। हम करते हैं न कुछ इंतजाम। यहाँ रहने के लिये आसानी से जगह मिल जायेगी। इधर रहने के लिये कोई नहीं आता न, बस चंद पल के मेहमान फिर अपने स्थान।"

"मगर यहाँ भी तो लोग सवाल करेंगे न? आप बस आज कष्ट कीजिए हम कल कहीं और निकल जायेंगे।" आदित्य बोला। उसे महसूस हुआ कि उसकी

वजह से किसी की परेशानी बढ़ जाने वाली थी।

"अरे नहीं। काहे का लोग। कोई नहीं पूछेगा। कोई पूछने वाला होगा तब न। हमारा खुद का परिवार इधर नहीं रहता।"

"मतलब मैं समझा नहीं।"

मल्लाह धीमी आवाज में बोला,"असल में यह तवायफों का मोहल्ला है। यहाँ लोग आते हैं और जाते हैं। यहाँ किसी को किसी से मतलब नहीं।"

"क्या!" इस बार आदित्य के दाँत में सत्तु अटक गया।

खुशबू यह सुन कर और सहम गयी। इतनी आफत कम थी जो ये आन पड़ी। उसे डर था कि कहीं इन सब में वो उलझ न जाए और बात पहले से ज्यादा न बिगड़ जाए।

आदित्य को पंडित की कही बात याद आयी, 'वो जगह थोड़...' वह इसी की बात कर रहा था।

"हाँ तब और क्या। हम खाली इस घाट के मुखिया हुए। हम यहाँ नाव चलवाने का काम करते हैं। लोगों को इधर-उधर लाते-छोड़ते हैं। मछली भी मरवाते हैं। अब इस स्थिति में और कोई काम तो न हो सकता।" उसने अपने पैर की ओर इशारा किया और आगे बोलना जारी रखा,"इसी में मन लगा रहता है। पापी पेट का सवाल है। हम भी बाल-बच्चेदार हैं। करना पड़ता है। वैसे आप तनिको मत सकुचाइये। हम बात करते हैं न रुखसाना बेगम से। जैसे हम घाट के मुखिया वैसे वो उस मोहल्ले की मुखियाइन। हमसे अच्छा रिश्ता है। हम बात करते हैं न। आपका इंतजाम कर देगी।"

आदित्य और खुशबू दोनों ही अंदर से पूरी तरह से भयभीत थे। अब सत्तु उनके गले से नहीं उतर रहा था। यह मोहल्ला इस तरह का था ये जानने के बाद किसी भी शरीफ का दिल घबड़ा जाए।

"और अच्छा है कि ये मुसलमान हैं। रुखसाना बेगम वैसे दिल की अच्छी हैं लेकिन जात-पात में थोड़ी सख्त हैं। हम बोल देंगे कि मियाँ-बीवी हैं काम की तलाश में आये हैं। क्या ठीक रहेगा न?" मल्लाह ने सवाल किया।

आदित्य थोड़ा सकुचा कर बोला, "उनसे काम के बारे में मत बोलिएगा। कहिएगा कि लंबे सफर से आये हैं कुछ दिन आसरा चाहते हैं फिर चले जायेंगे। या आपको जो ठीक लगे मगर काम के बारे में मत बोलिएगा।"

आदित्य काम पर कुछ ज्यादा ही जोर डाल रहा था। उसके मन में विचित्र छवि तैर रही थी। कहीं काम की बात से रुखसाना बेगम खुशबू से भी... खैर ये ख्यालात वह अपने दिमाग से निकाल देना चाहता था। वह अंदर ही अंदर अच्छा-अच्छा सोचना चाह रहा था। इतने में खुशबू भी धीरे से बोली, (आखिरकार उसके मन में भी वैसे ही ख्यालात तैर रहे थे।)

"मैं तो कहती हूँ वापस चलते हैं। वहाँ जा के मना लेंगे सबको। लड़ना पड़ेगा तो लड़ेंगे भी।"

मल्लाह भी कान उसकी ओर लगाये था। इतने में वह बोला, "अरे नहीं क्या बात कर रहीं हैं आप। माहौल थोड़ा ठंडा पड़ने दीजिए। और वैसे भी अभी तो वापस जाना संभव नहीं। सबेरा होने दीजिए। एक बार मिल लीजिए रुखसाना बेगम से, जगह देख लीजिए; बड़ी हरियाली है यहाँ। मन में न जँचा तो रोज चलती है हमारी नाव, छोड़ देंगे आपको।" मल्लाह औपचारिकता से बोला। उसकी बातों से तो ऐसा ही लग रहा था कि कहीं कोई दिक्कत नहीं होगी। अब ऊपर वाला ही जाने की आगे क्या होने वाला था।

जब बातें और खाना दोनों ही खत्म हो गये तब मल्लाह ने पत्ता लिया और बाहर फेंक आया। गले में लिपटे गमछे में अपना हाथ पोंछते हुए वह बोला,

"तब, आपदोनों निश्चिंत से रहिए। सबेरे बात करते हैं।" इतना बोल कर वह बाहर निकला तो आदित्य भी उसके पीछे आया और बोला, "लेकिन इस वक्त आप कहाँ जायेंगे। आपने कहा कि आपका परिवार भी नहीं इधर।"

"धौअ... देख नहीं रहे बरसा भी छूट गया है तब कौन दिक्कत। अरे इतना भी निर्लज्ज थोड़े हैं साहब कि वहीं कुंडली मार कर बैठ जायेंगे। ऊ... वहाँ एकठो नागा बाबा का झोपड़ी है, खालिये है। हम वहीं सो जाते हैं। और ई कोई पहली बार नहीं है। हमारा ई रोज का काम है। आप निश्चिंत से आराम कीजिए सबेरे मोहल्ला चलेंगे, बगले में है।" मल्लाह एकदम मस्ताने अंदाज में बोला और

गुन-गुनाते हुए वहाँ से चल दिया।

आदित्य भी उसे दोबारा रोक नहीं पाया क्योंकि उसने भी खुशबू की असहजता देखी थी। वह वापस अंदर आ गया और बाँस का फाटक लगा दिया।

कुछ देर तो असहज खामोशी छायी रही मगर अगले ही पल बच्ची रो पड़ी। खुशबू उसे चुप करने का प्रयास कर रही थी मगर इस बार वह असमर्थ रही। आदित्य चाहता था कि उसके पास जाये और बच्ची को अपने गोद में लेकर उसे प्यार से चुप करवाये। उसे जितना मन कर रहा था उतना ही मोम की तरह वह खुद को जमा कर स्थिर खड़ा था। न जाने क्यों उसे इस बात का एहसास था कि खुशबू अब भी उसकी नहीं हुई थी। वह किसी और की थी। भले ही वह सब कुछ छोड़-छाड़ कर आ गयी हो मगर वह अब भी बंधन से आजाद नहीं हुई थी। आदित्य उसे पूरी तरह से अपनाना चाहता था। दिलों जान से एक होना चाहता था।

"चुप हो जा... ओ... ओ..." खुशबू प्रयास कर रही थी कि वह चुप हो जाए। जैसे ही वह उसे दूध पिलाना चाही इधर आदित्य ने अपनी नज़रें नीची कर लीं।

बच्ची का पेट भरा हुआ था। शायद ये रोना नींद के टूटने से आया था। वह चुप नहीं हो रही थी। तभी खुशबू की नज़रें अनायास ही आदित्य पर पड़ गयी। उसका इशारा इस ओर तो नहीं था मगर आदित्य खुद को रोक न पाया और उसकी गोद से बच्ची को अपनी गोद में ले लिया और उसे गोद में ही झुलाने लगा।

"आरे रे... रे, देखो... देखो मर्द तांगेवाला हूँ मैं मर्द तांगेवाला।" उसे कुछ नहीं सूझा तो यह बोल कर खुद को भी हिलाने लगा।

आदित्य को ऐसे देख कर वह स्तब्ध हो गयी। संतोष भरी नज़रें उसे निहार रही थीं। कैसे एक किसी मर्द का हृदय इतना सौम्य और ईमानदार हो सकता था। जाति-बिरादरी से कोसों दूर... ऐसा लग रहा था जैसे उसे याद भी नहीं था कि वह एक ब्राह्मण पुरुष था। उसे इस बात का फर्क नहीं था कि किसी दूसरी जाति-बिरादरी की लड़की से उसे प्यार हो गया था। और आज किसी और की संतान को वह खुद की गोद में खिला रहा था। शायद उसे बस इतना पता था कि

यह उसकी बच्ची थी जिससे वह प्यार करता था। शायद आदित्य केवल धर्म से ब्राह्मण नहीं था उसने वास्तव में ब्रह्म को जाना था।

इस दृश्य को देख कर खुशबू की आँखों में आँसू उभर गये थे।

कुछ ही देर में बच्ची चुप हो गयी। आदित्य ने खुशबू को उसकी अमानत की तरह उसे वापस कर दिया और चुपचाप उससे थोड़ी दूर जाकर बैठ गया। वह चाहता तो उसके एकदम पास जाकर बैठ सकता था मगर उसकी अंतरात्मा ने इसकी इजाज़त नहीं दी। दोनों एक-दूसरे से दूर नीचे खर से बने बिछावन पर लेट गये।

दोनों की आँखें खुली हुई थीं। यह किसी स्वप्न की तरह लग रहा था। सबकुछ याद आ रहा था। आकाश तो नहीं दिख रहा था फिर भी ऐसा लग रहा था जैसे आसमान में टिम-टिमाते तारे हों। उन्हें देखते-देखते आँखें भारी हो रही थीं।

***

अध्याय- उन्नीस

"पाँच वक्त की नमाज़ी हो इसलिए जगह दे रही हूँ। वरना मैं न रखूँ किसी को और अपने मियाँ से कहना कि मेस का कोई काम देख ले। सारी लड़कियों का खाना यहीं बनाता है फ्री फोकट के कुछ नहीं चलेगा यहाँ।" रुखसाना बेगन में कहा और बगल में रखी पान की डिबिया से पान निकाल कर वह चूना लगाने गयी।

आदित्य और खुशबू मल्लाह के कहने पर सबेरे ही रुखसाना बेगम से मिलने चले आये थे। रुखसाना बेगम एक उम्रदराज महिला थी। उसने पूरी तरह से श्रृंगार कर रखा था। उसका चेहरा चमकीले पाउडर से चमक रहा था। मगर यह तो साफ था कि उसकी उम्र हो चली थी। बुढ़ापा ने उसके जीवन में दस्तक दे दिया था, मगर उसे इस बात की जरा भी परवाह न थी। वह मालकिन की तरह एक शानदार सोफे पर बैठ कर हुक्म चलाती थी।

"अरे काहे नहीं करेगा। मजबूत मर्द है कर लेगा।" मल्लाह तरफदारी करते हुए बोला।

"क्यों मियाँ कर लेंगे न? दिल लगा कर काम करोगे तो यहीं रह सकते हो।उसमें क्या है, लेकिन मेहमान नवाजी हमसे न होगी।"

बदले में आदित्य ने उत्तर दिया, "आ...आ... आ..." और अपने दोनों हाथों से इशारा किया कि काम हो जाएगा। हाँ, आदित्य एक गूँगे की भाँति पेश

आया। ऐसा करने के लिये उससे मल्लाह ने कहा था। क्योंकि यदि रुखसाना बेगम यह जान जाती कि वह मुस्लिम नहीं था और यह महिला उसकी बीवी नहीं थी तब वो मानने से रही। खुशबू से तो उसने एक आयत पढ़ने को कहा तो उसने पढ़ कर साबित कर दिया, मगर आदित्य ऐसा कुछ न कर पाता इसलिए उसने गूँगा बने रहने का निर्णय ले लिया।

"नहीं हम तो एक-दो दिन में चले जायेंगे। आपका शुक्रगुज़ार रहेंगे कि आपने पनाह दिया।"

"हाँ, हाँ, वो सब ठीक है। इसके कहने पर पनाह दिया। वरना हम सिर्फ अपना काम जानते हैं। कोई किसी का नहीं इस दुनिया में। हमें क्या परी है किसी को पनाह देकर शुक्रिया सुनने की।" रुखसाना बेगम ने कहा और पान दाँतों में फँसा कर इशारा किया कि वो अपना कमरा देख ले।

मल्लाह के साथ आदित्य और खुशबू बरामदे से चल कर कमरे की ओर बढ़ गये। कदम तो आगे बढ़ रह थे मगर मन पीछे हुई बातों पर लगा हुआ था। क्या माहौल होगा गाँव का। क्या खुशबू को उसका शौहर उसे ढूँढवा रहा होगा या आफत समझ कर छोड़ दिया होगा। क्या कुछ दिन चेहरा छुपाने से सब ठीक हो जायेगा या फिर से वही सब शुरू होगा जो शुरूआत में हो सकता था। यहाँ तक का तो सफर तय कर लिया मगर आगे क्या? क्या करना था? कहाँ जाना था इसका कोई ठोर-ठिकाना न था। न ही पास में पर्याप्त पैसे थे जिससे रोजी-रोटी चल सकती थी। अब तक तो किसी तरह काम चल गया था मगर जीवन भर तक तो सिर्फ काम नहीं चलाया जा सकता था कुछ तो करना था मगर क्या...?

पंडित ने वापस जाकर बात कैसे सँभाली होगी? क्या कहा होगा? उसकी बातों पर लोगों ने यकीन किया होगा भी या नहीं? वो ठीक तो होगा न?

जैसे ही ये प्रश्न आदित्य के मन में आया तुरंत वह मल्लाह से बोला, "आपके लोग तो उस पार जाते रहते हैं न पंडित जी को यह संदेश पहुँचवा दीजिएगा कि हम लोग सही सलामत हैं और अब उनको हमारी कोई भी चिंता नहीं करनी है। ऐसा निर्णय हमारा था अब आगे का सफर भी हमें खुद तय करना होगा।" उसके शब्द उदासी भरे थे। जिससे साफ दिख रहा था कि आगे का सफर इससे भी

तकलीफ भरा होने वाला था।

"धौअ... कैसा बात करते हैं। आज तक कोई सफर किसी ने अकेला तय किया है। महादेव सबके साथ हैं। यदि आप सही हैं तो सब सही ही होगा।" मल्लाह बोला। वह हमेशा मस्ताने अंदाज में रहता था।

लेकिन आदित्य के शब्द रूखे थे, "हम सही नहीं हैं।" यह बात आदित्य मल्लाह की तरफ उसकी आँखों में देख कर बोला। "हम सही नहीं हैं। भले ही ये प्रेम मेरी है मगर अब तक यह किसी और की अर्धांगिनी है इसका तलाक भी नहीं हुआ है।"

अगले पल उन तीनों के कदम कमरे तक आकर रुक गये। खुशबू ने आदित्य की तरफ देखा। उसके दिल में भी वही बात थी जो आदित्य ने अभी-अभी कहा।

"मगर प्रेम आपसे है तो जीवनसंगिनी भी आपकी ही होगी।" इस बार मल्लाह गंभीरता से बोला, "और हम खुद जाते हैं उसपार। मित्र से भी बात करेंगे और बाकी कुछ उपाय लगाते हैं। जो उचित हो, सबकी नज़र में सही हो। तब-तक आपको बस यही करना है कि यहाँ इसी दशा में रहना है। और ये भूल जाइए कि आप यहाँ अकेले हैं।"

मल्लाह की बातों से आदित्य की आँखें नम हो गयी थीं। वह तो सोचने लगा था कि मानवता खत्म होने लगी है मगर ऐसे हृदय से ही शायद आज मानवता का नया संचार होता है। जिसे कल तक जानता भी नहीं था आज वो उसके लिये हर वक्त खड़ा था।

आदित्य और खुशबू एक मियाँ-बीवी की तरह एक कमरे में थे। बिछावन भी वहाँ एक ही था। शुक्र था कि पास में ही एक कुर्सी भी रखी हुई थी। आदित्य वहाँ जाकर बैठ गया। एक मोड़ी हुई चटाई दीवार से टिकी हुई थी। बाकी कमरे में कुछ भी नहीं था। खुशबू बच्ची को लेकर बिछावन पर बैठी और फिर बच्ची को बिछावन पर सुला दिया।

कुछ पल खामोशी में बीते।

"अब क्या होगा! हमने हमारी मोहब्बत के लिये ये सब कर तो लिया मगर क्या इसका अंजाम सही होगा। एक न एक दिन तो हमें सामने आना होगा। दो दिन में हमें लग रहा है जैसे हम सालों से इस मुसीबत में फँसे हैं। और जो हम सोच रहे थे वो तुम भी तो सोच रहे थे न? हमारा तलाक भी नहीं हुआ पूरी तरह। हम ऐसे कैसे जी सकते हैं।" इतनी देर तो खुशबू सख्त बनी नहीं मगर चहारदीवारी में उसके भाव पिघल कर बहने लगे।

खामोशी।

आदित्य को भी एहसास था कि अब तक जो भी हुआ वो गलत था। मगर दिल के किसी कोने में ये बात भी बैठी हुई थी कि इससे पहले जो खुशबू के साथ हुआ था वो अनर्थ था, अन्याय था।

"हम ऐसे सबसे भाग तो जायेंगे मगर जिस मोहब्बत के लिये भाग रहे। अपनी बच्ची के लिये भाग रहे उसे भविष्य में क्या नाम देंगे। हम पकड़े जायेंगे। रुखसाना बेगम को पता चल जायेगा कि हमारा निकाह तुमसे नहीं हुआ है।" खुशबू बोली। और तभी नज़र सामने दरवाजे पर पड़ी तो रुखसाना बेगम दरवाजे पर खड़ी थी।

उसे देखते ही दोनों को जैसे साँप सूँघ गया। एक गहरी चुप्पी छा गयी। खुशबू को बेहद अफसोस था कि वो ये सब बोल ही क्यों रही थी। इतनी मुश्किल से एक आसरा मिला था उसने सब चौपट कर दिया। कुछ देर चुप ही बैठ जाती तो क्या बिगड़ जाता।

रुखसाना बेगम भी ऐसे चुप खड़ी थी जैसे उसने सब कुछ सुन लिया था। मगर अगले ही पल यह सुनिश्चित हो गया कि वह कुछ न सुन पायी थी। वह बोली,"कुछ खाने-पीने का सामान लाई हूँ। छोटी बच्ची है तुम्हारी कुछ तो ख़याल करो अपना, देखो मुँह कितना सूखा हुआ है।" बोलते हुए वह अंदर आयी तो आदित्य कुर्सी से उठ कर खड़ा हो गया। रुखसाना के हाथ में कुछ फल थे उन्हें बिछावन पर रखते हुए वह फिर बोली,"दूध की जरूरत हो तो कहना। तीन भैंसें और एक गाय बँधी है मेरी। मँगवा देंगे।" इस बार वह प्यार से पेश आ रही थी। इस वक्त वह वैसी नहीं थी जैसी सोफे पर बैठ कर बोल रही थी। खुशबू

ने देखा कि रुखसाना बेगम उसकी बच्ची को बड़े स्नेह से देख रही थी।

असल में रुखसाना जैसी थी वह बस बाहरी दिखावे के लिये। उसके अंदर भी दिल था। आदित्य ने उसकी आँखों में देखा तो पाया कि वह अपने जीवन का कोई इतिहास सबसे छुपाये बैठी थी।

"और मियाँ, बीवी में चिपके रहेंगे या हाथ भी बँटायेंगे। चलो मेरे साथ मेस दिखा आऊँ।" बोलते हुए वह वापस मुड़ी तो आदित्य को भी चुपचाप उसके पीछे जाना पड़ा। वह खुशबू से बात करना चाहता था। उससे अपने सुख-दुःख बाँटना चाहता था। उसके साथ मिल कर कोई समाधान ढूँढना चाहता था।

रुखसाना बेगम आगे चल रही थी और आदित्य उसके पीछे-पीछे। रुखसाना बोले जा रही थी, "अभी तो नाश्ताबन रहा है। अपनी बीवी के लिये भी ले आना और फिर खाने में वो भी हाथ बँटा देगी। कुछ ही दिन रहोगे न? कुंडली मार कर मेरे सिर पर तो नहीं बैठ जाओगे?" उसके अंतिम शब्द थोड़े तीखे थे।

"आ...आ...अ..." आदित्य ने अपना सिर बायें-दायें हिला कर न में जवाब दिया। ऐसा करके वह एक कमजोर ढ़ोंगी सा प्रतीत हो रहा था। खैर रुखसाना यह मान बैठी थी कि वह गूँगा था।

***

रात का खाना खाकर आदित्य और खुशबू ठीक उसी तरह बैठे थे जैसे सबेरे। रुखसाना बेगम बच्ची के लिये दूध रख कर चली गयी थी। अब वह वापस आने वाली नहीं थी फिर भी कमरे में ठीक वैसी ही खामोशी छायी हुई थी जैसे सुबह थी।

आदित्य ने खुशबू के साथ कितना खुशनुमा पल बिताया था। कितनी बातें की थीं। एक वक्त था कि बातें खत्म होने का नाम ही नहीं लेती थीं। आज फिर से दोनों पास थे मगर चुप थे। खुशबू उस बारे में फिर से बात करना चाहती थी मगर कमरे के अंदर और बाहर इतना गहरा सन्नाटा छाया हुआ था कि कुछ भी बोलने पर ऐसा प्रतीत होता था जैसे कि सच में दीवार के भी कान हों।

मल्लाह भी कोई संदेश लेकर नहीं आया था। आदित्य को उसका भी

इंतजार था। एक वही था जो मौजूदा हालात बता सकता था।

"मुझे पता है कि तुम यहाँ असहज और असुरक्षित हो। लेकिन बस कल तक। कल जो भी हो हम यहाँ से चले जायेंगे। मैंने तुम्हारी खुशी का वादा किया है तुम्हें इस तरह नहीं देख सकता।" आदित्य बोला। उसकी नज़रें नीचे जमीन की तरफ गड़ी हुई थीं। ये वही आदित्य था जिसने तन कर खुशबू का हाथ थामा था। मगर इस वक्त उसके दिल में इस बात ने भी जगह बना ली थी कि खुशबू का पूरी तरह से तलाक नहीं हुआ था। उसपर उसका हक नहीं था।

वह कुर्सी से उठा और चटाई निकाल कर नीचे बिछाने लगा। खुशबू उसे सहजता से यह भी नहीं कह सकती थी कि वह ऊपर ही सो जाए।

अपनी खामोशी को तोड़ते हुए वह बोली,"वैसे रुखसाना बेगम उतनी भी सख्त नहीं हैं जितनी कि वो दिखती हैं। जब तुम चले गये तो वो मेरे साथ बैठी रही। बहुत सी बातें कीं हमने। वो साफ दिल की हैं। उन्होंने हमारी सोनी को भी खिलाया। ऐसे तो इसकी अपनी दादी ने न खिलाया हो।" बोल कर खुशबू थोड़ी मुस्कुराई। उसकी मुस्कान से माहौल थोड़ा हल्का हो गया।

आदित्य नीचे चटाई बिछा कर अपनी हथेलियों को तकिया बनाया और लेट गया। वह बोला,"अच्छा... सोनी है ही इतनी प्यारी।"

फिर कुछ देर गहरी साँसें लेने के बाद वह बोला,"मुझे माँ की याद आ रही है... मुझे मेरा गाँव याद आ रहा है। क्या हम फिर से पहले की तरह वहाँ रह पायेंगे।" बदले में वह कोई उत्तर नहीं चाहता था। शायद ये सब वो खुद से कह रहा था।

"याद तो हमें भी बहुत आ रही। अपना घर। अम्मी-अब्बा, बहन। ऐसा लगता है जैसे वो कोई दूसरी दुनिया थी। कितना हसीन था न वो पल जब छोटी-सी जिंदगी थी। हम बड़े क्यों हो जाते हैं!" खुशबू के शब्दों में बचपना था।

"पता नहीं। शायद यही जिंदगी का हिस्सा है।" आदित्य धीरे से बोला। वह छत को देख रहा था।

"हम मानाते हैं कि कल की सुबह सबकुछ ठीक कर दे। सुबह हो नींद खुले

और पता चले कि हम तो किसी उलझन में थे ही नहीं, ये एक बुरा सपना था।"

"काश ऐसा हो..."

दोनों के शब्द दिल से निकल रहे थे। ऐसा लग रहा था जैसे परलोक से उन्हें कोई देख रहा हो। उनकी कहानी लिख रहा हो। कुछ तो होने वाला था। कुछ अद्भुत... अनोखा। आखिर यूँ ही नहीं इन दो प्रेमियों का रुख इस ओर आ मुड़ा था। शायद वो अध्याय उजागर होने वाले था जो आदित्य के जीवन से कहीं विलुप्त था।

***

अध्याय- बीस

अगली सुबह।

ऐसा लग रहा था जैसे एक खुशनुमा जिंदगी की शुरूआत होने में बस कुछ ही पल बाकी था। आदित्य और खुशबू दोनों के ही होंठों पर संतोष के भाव उभर आये थे। खुशबू यह सोच कर खुश थी कि जैसा उसने कल्पना की थी आज के दिन का रुख ठीक वैसा ही था।

मल्लाह उनके पास आकर वे सारी बातें बोल रहा था जिसका पता लगा कर वह उस पार से आया था।

"अरे वो लोग तो डरे हुए हैं। सबसे ज्यादा डर तो अपके शौहर को है। आपका पूरी तरह से तलाक भी नहीं हुआ और आप लापता हो गये तो उसे इस बात का डर है कि कहीं आपको कुछ हो जाए तो आरोप उसपर ही आयेगा।"

"जितना उसने हमारे साथ किया है उससे और भद्दा क्या होगा। उसे किस बात की चिंता।"

"चिंता है कि कहीं उसे इस मामले में कोट-कचहरी के धक्के न खाने पड़े। खैर उसने जो-जो किया है इसके लिये तो उसे सलाखों के पीछे होना चाहिए। गलत तो वो है ये बात उसे पूरी तरह से पता है। वो घबराया हुआ है। वह जितनी जल्दी हो सके मौलवी की उपस्थिति में तलाक चाहता है।"

“हमें भी कोई शौक नहीं उससे नाता रखने का। हम भी जल्द-से-जल्द तलाक चाहते हैं। हम नहीं चाहते कि उस हैवान का साया भी हमारी सोनी पर पड़े।” खुशबू अपनी बच्ची के सिर पर हाथ फेरते हुए बोली।

आदित्य भी मल्लाह को देखते हुए बोला,“जहाँ विचार नहीं मिलते वहाँ रिश्ते कैसे जुड़े रह सकते हैं। हमें उसे न जेल भेजना है और न ही उससे लड़ना है। बस उससे निजाद पा लें फिर हम अपनी जिंदगी की नयी शुरूआत करेंगे। बहुत लड़े अब किसी से नहीं लड़ना।”

मल्लाह आगे की बात बोला,“हाँ, सब कुछ तौर-तरीके से हो जाए तो भला किसे क्या दिक्कत होना चाहिए। आपके गाँव में आक्रोश का माहौल तो था मगर आपके पिता ने सब सँभाला हुआ है। हाँ वो खफा हैं। आपको बिन बताये ऐसा नहीं करना चाहिए था।”

आदित्य भावुकता से उसकी ओर देखते हुए बोला,“तो आप ही बताइए न क्या करते। उस वक्त कुछ समझ नहीं आ रहा था। मैंने उनका सिर नीचा करवा दिया इसका मुझे जीवन भर अफसोस रहेगा।”

“अब आगे का काम तो सामाजिक है, बिना उनके भागीदारी के संभव नहीं। आप जाइएगा और सीधे अपने माता-पिता के पैरों पर गिर कर उनसे माफ़ी माँग लीजिएगा।”मल्लाह ने अपने स्तर से सुझाव दिया।

आदित्य ने हामी भरी और मन में सोचा ‘इससे कहीं ज्यादा।’

मल्लाह सारी बातें बाता कर वापस अपने अंदाज में जाने लगा। रुखसाना बेगम के कमरे तक पहुँच कर उस ओर बोला,“अरे मालकिन साहिबा। ज्यादा कष्ट नहीं दिये आपको... आज वापस ले जा रहे हैं इन्हें।”

उसकी आवाज सुन रुखसाना बाहर आयी।

“अच्छा... जा रहे हैं। इतनी जल्दी। मेरी बातें तो कड़वी न लगी उन्हें।” रुखसाना कुछ उदास थी।

“नहीं, नहीं। वो तो आपकी बड़ी प्रशंसाकर रहे थे।” इतना कह कर मल्लाह गुनगुनाते हुए वहाँ से चल दिया।

रुखसाना बेगम चल कर आदित्य और खुशबू के कमरे में आयी और उदास भाव में बोली, उसका यह रूप उसने स्वयं भी कभी न देखा था।

"तो जा रहे हैं आपलोग। अच्छा है यहाँ कौन ही रुकता है। वैसे मैंने तुम्हारे मियाँ से ज्यादा काम तो न ले लिया?" अंतिम वाक्य वह हँसी-मजाक में बोली।

खुशबू विनम्रता से उसके पास गयी और बोली,"ये क्या कह रही हैं आप। हम आपका शुक्रियाअदा करते हैं आपने हमें मेहमान की तरह पनाह दिया।"

रुखसाना मुस्कुरा कर बोली, "और बच्ची कैसी है तुम्हारी?"

"अच्छी है। आपसे तो इसकी इतनी जल्दी जान-पहचान हो गयी।" खुशबू भी मुस्कुराई।

उसकी बेटी रुखसाना बेगम को देख कर मुँह खोल कर हँसने लगती थी और जब वह ऐसा करती थी तो बड़ी प्यारी लगती थी। रुखसाना को भी ये अच्छा लगता था। यदि उसकी भी कोई औलाद होती तो उसकी पोती भी ठीक ऐसी ही होती। वह उसे देख कर आकर्षित हो गयी थी।

"वैसे कुछ दिन और रहना चाहती हो तो रह सकती हो। अभी बच्ची छोटी है कहाँ-कहाँ जाओगी।" रुखसाना बेगम यह कहते हुए बिछावन पर खुशबू के साथ बैठ गयी।

कुर्सी पर बैठा आदित्य ने अपनी जुबां में कहा कि नहीं अब तो चलना ही होगा।

"तो खाना-पीना और बच्ची के लिये दूध भी साथ ले लेना, सफर लंबा होगा न।" उसने बच्ची को प्यार से छुआ।

खुशबू मुस्कुराई। कुछ देर तो खामोशी में बीते फिर खुशबू मुस्कुरा कर बोली,"सब आपको आपके नाम से बुलाती हैं। रुखसाना बेगम, इस बेगम का शौहर कौन है? क्या वो कहीं और रहते हैं।" उसने बस यूँ ही बोल दिया।

आदित्य शांत बैठा था मगर उसे क्या पता था कि कुछ ही पलों में इतिहास उसकी अँगुली पकड़ कर उसे अपने साथ ले जाने वाला था।

"मैंने कहा न यहाँ थोड़ी कोई रुकता है। एक समय था जब मैं भी हुस्न की

मलिका थी। मैंने भी सपना देखा था। एक खुशनुमा वैवाहिक जीवन का सपना। मुझे भी मोहब्बत हुई थी।" शुरूआत में तो उसके शब्दों में भावना भरी हुई थी मगर उन्हें छिपाते हुए वह मुस्कुरा पड़ी।

"अच्छा... फिर क्या हुआ क्या समाज के डर से आपको दूर जाना पड़ा?" खुशबू बोल पड़ी।

"डर, मुझे नहीं लगता था किसी से... हम तो बेबाक थे। अपनी मोहब्बत के लिये कुछ कर गुजरते।" बोलते हुए रुखसाना भावुक हो रही थी। पता नहीं क्यों आज उसे अपना प्यार याद आ रहा था। वो ये सब किसी के सामने जाहिर नहीं करती थी मगर दो निर्मल दिलों के सामने वह दिली बात कर गयी।

"फिर... आपने अपनी मोहब्बत को पाने की कोशिश नहीं की..."

"कोशिश... हर हद गुजर गयी... मगर..." रुखसाना बेगम के सामने जैसे सालों पहले का दृश्य उसके सामने चल रहा था। उसके साथ क्या-क्या हुआ था। उसने भी अपनी मोहब्बत के लिये क्या कुछ नहीं किया था। उसके अंदर ये सब सालों से दबा हुआ था। आज जैसे किसी ने उसे कुरेद दिया था। रुखसाना बेगम कि आँखों में किसी के लिये बेशुमार प्यार था।

"मगर..." न जाने क्यों खुशबू भी सुनना चाहती थी। शायद वह जानना चाहती थी कि क्या सबकी प्रेम कहानी उतनी ही मुश्किल होती है जितनी कि उसकी थी। क्या सबको लड़ना पड़ता है। क्या समाज प्रेम की मंजूरी किसी को नहीं देता।

रुखसाना बेगम आगे बोली, जैसे वो सदियों से किसी के साथ अपना दुःख-दर्द बाँटना चाहती थी।

"उसने ही साथ नहीं दिया। एक पराये कि तरह समाज से नज़रें बचाये मुझसे दूर रहा। मुझे गुमराह करता रहा और अंततः बेवफाई की... मैंने जितना टूट कर चाहा उससे कहीं गुणा ज्यादा बेवफाई मिली मुझे। आखिर होना भी तो यही था जरूरत से ज्यादा किसी पर भरोसा करने से एक दिन वही भरोसा करारा तमाचा मारता है।" उसकी आँखें नम होने को थीं।

उसकी जुबां से ये सब शायद इसलिए निकल पा रहा था क्योंकि वह अपने सामने एक गृहस्थ जीवन देख रही थी। एक बाल-बच्चेदार परिवार को देख रही थी। और उसके जीवन से परिवार शब्द कोसों दूर था। यदि उसका प्यार सफल होता तो शायद ही आज उसकी जिंदगी ऐसी होती।

"ऐसा नहीं है हर कोई भरोसा नहीं तोड़ता। क्या आपने अपनी जिंदगी किसी एक के नाम कर दी थी? क्या आपने फिर से नयी शुरूआत करने की कोशिश नहीं की? क्या उम्रभर आपने ऐसे ही रहने की सोच ली थी? बेवफाई किसी ने की तो उम्रभर सजा खुद को क्यों?" खुशबू हमदर्दी से बोली।

"गलती तो मेरी भी थी कि मैंने उसपर बेतहाशा भरोसा किया। उसके इंतजार में रही कि एक दिन वो मुझे अपना लेगा। उसका बच्चा मेरी कोख में था।"

तभी वहाँ एक गहरा सन्नाटा छा गया। कुछ ही क्षण बाद वो फिर बोली। उसका दर्द टूट कर गिर रहा था।

"हाँ, बहुत इंतजार किया मैंने। उसके लिये घर-परिवार सब छोड़ कर एक नयी दुनिया बनां ली। मैं उस बच्चे को इस दुनिया में लाना चाहती थी उसे हमारा नाम देना चाहती थी। आखिर तक मैं उसका इंतजार करती रही। मुझे लगा कि वो कमाने दूर किसी शहर गया है मेरे लिये, हमारे बच्चे के लिये वो वापस जरूर आयेगा। हमसे बहुत बड़ा पाप हो गया था। हमने शादी नहीं की थी। और मैंने एक लड़के को जन्म दिया था... मेरा लाडला..." रुखसाना बेगम ने अपने हाथ आगे किये जैसे अपने बच्चे को बुला रही हो। उसकी आँखों से आँसू की धाराएँ बहने लगी। ये आँसू वो सालों से पी रही थी। अपने अंदर के इस दर्द को सबसे छुपाये वह अलग दुनिया में जी रही थी। सहानुभूति से खुशबू ने रुखसाना बेगम की बाँहों पर हाथ रखा और थोड़ा सहलाया ताकि उसका मन हल्का हो जाए।

"अब आपका लड़का कहाँ है? वह सही सलामत तो है न?" खुशबू ने पूछा।

"मुझे नहीं पता... जब मुझे पता चला कि मेरा इंतजार जीवन भर खत्म नहीं होने वाला तो मैं तो डर गयी थी। कितनी बड़ी निर्दयी थी मैं। मुझे नहीं पता कि वो किस हालत में होगा। मैं तो पहचान भी न पाऊँ उसे। अब उसकी एक झलक के लिये तरस रही हूँ... तिल-तिल मर रही हूँ।"

फिर वह फूट-फूट कर रोने लगी। उसने आँचल से अपने आँसू पोंछने चाहे मगर वो रुकने का नाम नहीं ले रहे थे। वह रोते-रोते बोली,"मैं क्यों इतनी डर गयी थी। मैं अपने हाथों से... अपने बच्चे को... अपने दिल के टुकड़े को दूर किसी गाँव के मंदिर में छोड़ आयी।" और फिर आँसू की धाराएँ बहती ही चली गयी।

कुर्सी पर बैठा आदित्य हिल गया। उसका दिल जोरों से धड़का। ऐसा लगा जैसे उसके शरीर का पूरा रक्त एकसाथ उसके हृदय में प्रवेश कर गया हो। उसके कानों में वह फिर से सुनाई दिया,"मैं अपने हाथों से... अपने बच्चे को... अपने दिल के टुकड़े को दूर किसी गाँव के मंदिर में छोड़ आयी।"

आदित्य की आँखों से भी एकाएक आँसुओं की धाराएँ बहने लगी। उसने महसूस किया था कि उसका यहाँ आना कोई इत्तेफाक नहीं था प्रकृति खुद उसके अस्तित्व को उजागर करने वाली थी।

इधर खुशबू को भी इस बात का अंदाजा नहीं था कि आदित्य इस तरह क्यों रो रहा था। खुशबू को अब तक मालूम नहीं था कि आदित्य दीपक की अपनी संतान नहीं था। उसे इस तरह रोता देख खुशबू भी भावुक हो गयी उसे समझ नहीं आ रहा था कि उसे क्या कहे। रुखसाना बेगम भी अपने आँखों को पोंछ कर आदित्य के करीब आयी और बोली,"यह तो मेरा अतीत था तुम क्यों रो रहे हो?"

इतना कहते ही आदित्य और ज्यादा फूट कर रोते हुए रुखसाना बेगम को अपने दोनों हाथों से पकड़ लिया और रोते-रोते बोला,"आपने फिर कभी ढूँढा नहीं उसे..."

"या अल्लाह! तुम्हारा मियाँ तो बोल सकता है!" रुखसाना बेगम हैरत से बोली। "और मुझे ऐसे क्यों पकड़े हो... छोड़ो।" उसे कुछ समझ नहीं आ रहा था कि ये सब क्या हो रहा था। उसके मन में जो चल रहा था वह उसपर आश्चर्यचकित थी कि क्या वह सच हो सकता था जो वह सोच रही है।

खुशबू भी उसके पास आयी और प्यार से उसके कंधे पर हाथ रख कर उसे सहारा देते हुए बोली,"आदित्य... क्या हुआ।" खुशबू के मन में भी वही था।

मगर उसपर यकीन करना असंभव था। आदित्य ने अपना सिर ऊपर किया तो उसके दोनों गाल आँसुओं से भरे पड़े थे। आँसू की धाराएँ रुकने का नाम ही नहीं ले रहे थे।

"पहले तो मुझे ये जानना है कि तुमदोनों ने झूठ क्यों बोला? ये गूँगेपन का नाटक क्यों?" रुखसाना बेगम बोली।

"क्या हुआ आदित्य तुम रोक्यों रहे हो?" खुशबू के सवाल में रुखसाना बेगम का सवाल कहीं लापता हो गया।

आदित्य बोला, "जिसे हम आज तक अंतर्जातीय समझ रहे थे। इससे लड़ते आ रहे थे। शायद ऐसा कभी था ही नहीं।" वह रुका और रुखसाना बेगम की ओर देख कर बोला,"क्या आप अपने बेटा को माधव मंदिर में छोड़ आयी थीं?"

जब तक रुखसाना कुछ बोलती। आदित्य फिर बोल उठा,

"क्या आपके बेटे के पीठ पर यही मस्सा था ना?" वह कुर्सी से उठा और अपनी कमीज ऊपर करते हुए पीछे मुड़ कर उस दाग को दिखाया जो उसे बचपन से था।

रुखसाना कुछ बोल न पायी। उसकी आँखों में थमें आँसू फिर से बहने लगे। उसका पैर काँपने लगा। उसे यकीन नहीं हो रहा था कि ये जो कुछ हो रहा था वो सच था।

अगले ही पल उसने आदित्य को अपने सामने किया और उसे गले से लगा कर फूट-फूट कर रोने लगी।

"मुझे माफ कर दो बेटा... मुझसे बहुत बड़ा गुनाह हो गया। मैं तुम्हारी अम्मी नहीं, तुम्हारी गुनहगार हूँ... मुझे सजा दो... मैं बहुत बुरी हूँ।" आदित्य को सीने से लगा कर वह जिस तरह रो रही थी इस तरह वह जीवन में पहले कभी न रोयी थी और रोती भी क्यों न सालों बाद उसके जिगड़ का टुकड़ा उसके पास था... एकदम सही सलामत। वह उसे ऐसे सीने से लगायी हुई थी जैसे वह कोई नन्हा सा बच्चा हो... ठीक वैसा ही जैसा वह उसे छोड़ गयी थी।

खुशबू अपनी आँखों से इस अलौकि कद्दश्य को देख रही थी। उसे अब भी

यकीन नहीं हो रहा था, वो जो देख रही थी आखिरकार वास्तव में वो सच था।

इधर माँ और बेटे के इस अद्भुत मिलन ने उनके दिलों के सूनापन को बड़ी खूबसूरती से भर दिया था। आदित्य अपना जीवन तो बेहिचक जी रहा था, मगर दिल के किसी कोने में एक प्रश्न बैठा हुआ था आज उसे उसका भी उत्तर मिल गया था। उसे ऐसा लग रहा था जैसे उसके जीवन में अब किसी चीज की कमी नहीं थी। उसके जीवन का इतिहास उसके सामने आ गया था।

जीवन का इतिहास जैसा भी रहा हो उसे जाने बिना जीना मुश्किल होता है। आज सालों की दूरियाँ मिट गयी थी। ऐसा लग रहा था जैसे कल की ही बात हो।

रुखसाना बेगम आत्म-संतोष से भरी हुई थी। उसने आदित्य को सामने से देखा। देख कर निहारती रही।आखिर जिसके लिये वह अंतिम तक अपनी जान जोखिम में रख कर सबसे दूर रही थी। जिसके लिये उसने सपने सजाये थे वह उसके सामने था।

“जब तुम आये थे मुझे तभी महसूस हुआ था... तुम कोई पराये नहीं... अपने हो, मेरे अपने।” बोल कर रुखसाना ने फिर से आदित्य को गले से लगा लिया।

***

अध्याय- इक्कीस

एक साल बाद।

दरवाजे पर किसी ने दस्तक दी और फिर आवाज आयी,"तुमने नमाज अदा कर लिया बेटी?"

यह दीपक था आदित्य के पिता। हाँ, खुशबू आदित्य के घर में थी। एक साल बीत गया था। खुशबू का उसके शौहर से तीन तलाक हो गया था और जब यह बात भी सबके सामने उजागर हो गया कि आदित्य जन्म से ही मुसलमान था तो सबकी सहमती और भागीदारी से उसने खुशबू को अपना लिया।

आदित्य की अम्मी, रुखसाना ने उनका निकाह मुस्लिम रीति-रिवाज से क़ुबूल करवाया और जिस माँ ने उसकी परवरिश की थी आदित्य भला उनका मान कैसे नहीं रखता। मंदिर में हिन्दू रीति-रिवाज से सारे रस्मों के साथ उसने खुशबू के साथ सात फेरे लिये।

खुशबू के अब्बा भी मान चुके थे कि जहाँ उसकी बेटी की जिंदगी के साथ खिलवार हो रहा था वहाँ रिश्ता रखना मुर्खता ही थी। इसके अलावा एक योग्य लड़का उससे निकाह करना चाह रहा था तो वो इसमें बाधा डालना नहीं चाहते थे। उन्होंने भी इस सच को स्वीकार लिया था।

आज भी आदित्य अपने धर्म, अपने रीति-रिवाजों के साथ जीवन यापन

कर रहा था। उसे यह भली-भाँति पता था कि हर किसी का जन्म मनुष्य जाति में होता है और उसके बाद उसके कर्म, उसके संस्कार उसे धार्मिक बनाते हैं। वह आज भी अपने धर्म के साथ था और खुशबू को भी उसने अपने संस्कारों, अपने मन मुताबिक आस्था की स्वतंत्रता दे रखी थी।

"हाँ बाबा!" खुशबू ने जवाब दिया और दरवाजे के पास आयी।

"ये लो प्रसाद!"

खुशबू आगे बढ़ी और अपना हाथ सामने किया।

"आदित्य नहीं दिख रहा है..."

"वो सोनी को घुमाने ले गये हैं।"

"ये लो, आ जाए तो उसे भी प्रसाद दे देना।"

खुशबू ने मुस्कुरा कर प्रसाद ग्रहण कर लिया।

अब सोनी के दो घर थे। ज्यादातर वो यहीं रहती थी और जब भी मन किया अपने रुखसाना दादीजान के पास चली जाती थी।

जब आदित्य की माँ को यह पता चला था कि उसकी असली माँ मिल गयी तो वो उदास थी और उसके चले जाने के गम में आँसू बहा रही थी। मगर आदित्य उन्हें कभी न छोड़ जाने का वचन देकर पहले की तरह रहने लगा जैसे कभी कुछ हुआ ही न हो।

अभी वो अपनी बच्ची को अपने साथ लेकर मस्त-मगन घूम रह था।

इधर खुशबू आदित्य का प्रसाद भागवान को अर्पित करने गयी। घर में भगवान का एक छोटा सा घरकुंडा था। जब वह प्रसाद पत्ते पर रख रही थी तो उसे कुछ दिखा। एक पल के लिये उसे कुछ याद आया। उसने सोचा क्या ये वही था जो वो सोच रही थी। उसके सामने मूर्तियों के पीछे एक पुराना कागज था। वह देखना चाहती थी कि क्या सच में वो अब तक आदित्य के पास था।

अगले ही पल आदित्य ने देखा कि खुशबू भी उसके करीब आ रही थी।आदित्य बाहर चबूतरे पर बैठा था। उसकी बेटी जब खेल कर थक गयी थी

तो वापस उसकी गोद में बैठी थी।

खुशबू को पास आता देख आदित्य बोला,"आओ खुशबू! मैं तो बस सोनी से कुछ पूछ रहा था... क्योंकि नाम से तो कुछ पता ही नहीं चल रहा है।" उसके होंठों पर हल्की मुस्कुराहट थी जो ये इशारा कर रही थी कि वह क्या कहना चाहता था।

खुशबू उसके पास आकर बैठ गयी। आदित्य ने सोनी के चेहरे को निहारते हुए कहा,"इसकी आँखें बिल्कुल तुम्हारे ऊपर गयी हैं। गाल, नाक और होंठ भी..." वह रुका और फिर मुस्काराते हुए बोला, "अरे वाह यह तो कोई कविता बन गयी। मैं तो भूल ही गया था कि कभी मैं भी..."

उसे रोकते हुए खुशबू बोली, "इसलिए अभी तक इसे सँभाल कर रखे हो न... हम तो उस दिन तुमसे ये लेना भूल ही गये थे। उस दिन हालात ही कुछ और थे, शायद हमारी तकदीर में आज का दिन लिखा था। उसने आदित्य को वो ख़त दिखाया जो वो उसे आखिरी बार देना चाहता था। उस रात जिस दिन दोनों बिछड़ गये थे।

उस ख़त को देखते ही आदित्य बोला,

"ये तुम्हें कहाँ मिला। मैंने इसे सँभाल कर रखा था।"

"हमारे लिये लिखा था हमें मिल गया। आज फिर वो सब याद आ गया कैसे तुम हमारी जिंदगी में आये थे। कैसे ये चमत्कार हुआ... जरूर हमारी कहानी ऊपर वाला लिख रहा था।" खुशबू उन दिनों से लेकर आज तक को याद करके भावुक थी।

"ऊपर वाले ने इस कहानी का शीर्षक क्या दिया होगा... प्रेम या मोहब्बत...?" आदित्य थोड़ा मजाकिया अंदाज में बोला।

"हमें नहीं पता कि ये प्रेम है या मोहब्बत... बस जो भी है किसी ख़्वाब से कम नहीं है।" खुशबू प्यार से बोली... उसने अपना सिर आदित्य के कंधे पर टिका दिया। गोद में खेल रही बच्ची उन दोनों को देख कर मुस्कुरा रही थी।

***

इंटरसिटी एक्सप्रेस ट्रेन अपनी ताव में कुर्सेला पुल पार कर रही थी। ऐसा लग रहा था जैसे अब तक ट्रेन भी मेरी कहानी के साथ चल रही हो।

बोगी में एक अलग ही वातावरण छाया हुआ था। सब मुझे सुन रहे थे। मेरे दोस्त लोग जो ये कहानी सुनते-सुनते कभी रो भर आये थे उनकी आँखों में खुशी की भावनाएँ चमक रही थीं। आखिरकार ये प्रेम कहानी एक सफल प्रेम कहानी साबित हुई।

हम और बाकी लोग भी जो कुर्सेला स्टेशन पर उतरने वाले थे अपने सामान नीचे उतार रहे थे। वे अंजान लोग स्नेह-पूर्वक मुझे देख रहे थे। उनसे मेरी कहानी ने अपना रिश्ता जोड़ लिया था।

रात हो गयी थी। पटना से यहाँ तक का सफर कैसे बीता, न मुझे इसका एहसास हुआ और न ही मेरे दोस्तों को।

अब ट्रेन धीमी होने लगी थी...

"ये कहानी लोगों तक आनी चाहिए यार... एक ऐसी कथा जिसने हर बाधाओं को लाँघकर अपने प्रेम को साकार कर दिखाया, ये सिर्फ इस बोगी तक ही सीमित नहीं रहनी चाहिए।" एक दोस्त बोला और बैग को अपने कंधे पर लाद लिया। बदले में मैं मुस्कुराया।

"और उस ख़त में क्या लिखा था।" एक दोस्त पर अब भी मेरी कहानी का जादू छाया हुआ था।

मैं मुस्कुराया...और बोला, "एक प्यार भरा नज़्म।"

अपनी आँखों में देखा है मैंने तुमको ऐसे,
जैसे दिन में देखा हो कोई हसीन ख़्वाब,
ख़्वाबों में लिखा हो ऐसे,
जैसे तुम हो मेरा प्यार,
तुम हो मेरा ख़्वाब।

रातों को भी बंद पलकों में
बस रहता है तुम्हारा इंतज़ार।

तुम आती भी हो ऐसे,
जैसे अब तुमको करना हो इज़हार।

मुस्कुराती हो, बलखाती हो, शर्माती हो
और वापस चली जाती हो हर बार।

यही सब होता है मेरे ख़्वाबों में,
जबसे देखा है मैंने तुमको अपनी आँखों में।

तुमसे कहने, लिखता हूँ ख़त तुमको,
तुम हो मेरा प्यार।
तुम हो मेरा ख़्वाब,

तुम्हारा चुप रहना भी लगता है नज़्म मुझको,
सुन कर दिल को आता है करार।

नज़्मों में साथ हो तुम,
तो वीरान भी लगता है मुझको खास।

तुम बिन सूना लगे है मुझको,
सारा सजा बाज़ार।

बिन बोले बातें करता हूँ तुमसे,
चाहे दिन हो, या हो चाहे रात।

बिन करीब आये हर रोज़ मिलता हूँ ऐसे,
जैसे कहना हो तुमसे बार-बार,
तुम हो मेरा प्यार,
तुम हो मेरा ख़्वाब।

समाप्त।

लेखक की कलम से

पल दो पल का प्यार

(उपन्यास)

एक लम्बे समय अंतराल के बाद मैं अपने बचपन के दोस्त रणवीर को सरप्राइज देने भागलपुर पहुँचता हूँ। मगर सरप्राइज मैं नहीं, बल्कि रणवीर मुझे देता है। वह खुद तो मुझे नहीं मिलता मगर मेरे लिये अपनी एक डायरी छोड़ जाता है।

रणवीर, जिसके लिये दोस्ती ही सबसे खूबसूरत रिश्ता है। किसी लड़की से प्यार हो जाना उसे फिल्मों में ही अच्छा लगता है। मगर डायरी पढ़ कर पता चलता है कि कॉलेज लाइफ में प्यार उसके जीवन में दस्तक देता है। वह पहली बार किसी लड़की से कहता है कि वह उससे प्यार करता है और जीवन भर करेगा। प्यार उसके जीवन में बेशुमार खुशियाँ भर देता है। मगर डायरी के अंतिम पन्ने मेरे आँसुओं से गीले हो जाते हैं। मैं प्रश्नों के जाल में फँसता चला जाता हूँ, अनेक तरह के खयाल मेरे दिमाग में लुका-छिपी खेलने लगते हैं। मेरी उससे मिलने की बेताबी बढ़ जाती है। मैं उसकी तलाश में निकल पड़ता हूँ; जब तक कि मैं रणवीर से मिलता, मेरी पहचान होती है एक खास शख्स से, प्रिया से। कौन है प्रिया? क्या है रणवीर की प्रेम कहानी? जानने के लिये आपको यह किताब पूरी पढ़नी होगी।

ख़्वाबों में भी ख़यालों में भी

(कहानी संग्रह)

इस किताब में वे बातें हैं जो अक्सर मेरे ख्वाबों में आते रहे हैं और उनका ख़याल करते-करते आज उन ख़्वाबों ने कहानियों का रूप ले लिया है। हर कहानी मानवीय संवेदनाओं को झकझोड़ते हुए सामाजिक मानसिकता पर चोट करती है एवं उन विषयों को उजागर करती है जो आज भी हमारे गाँव एवं शहर के इर्द-गिर्द घूम रही है और समाज उन्हें ढोता आ रहा है। इस दुनिया में किसी छोर पर ऐसे परिवार हैं जो गरीब है, मगर उनमें अथाह प्रेम है और किसी छोर पर ऐसे भी परिवार का बास है, जो एक-दूसरे के हक को हड़पने में लगे हैं। परिवार बिखरता जा रहा है, प्रेम मरता जा रहा है। ऐसी ही कई विचारों से सनी दस कहानियाँ किताब में हैं। इसमें शतरंज भी है और चालें भी। षड्यंत्र भी है और जिम्मेदारियाँ भी हैं। प्रेमी है और विधुर भी। अपराध है और न्याय भी। इसमें गुजरता समय है और समय की तलाश भी। कई सवाल हैं और सवालों के जवाब भी।

www.ingramcontent.com/pod-product-compliance
Lightning Source LLC
LaVergne TN
LVHW100300051026
849517LV00006B/2146